Christine Brückner · Katharina und der Zaungast

Christine Brückner

Katharina und der Zaungast

Roman

Ullstein

Satz: Dörlemann Satz, Lemförde
Druck und Bindung: Wiener Verlag, Himberg bei Wien
Printed in Austria 1995
ISBN 3 550 06784 4

Dieser Roman erschien erstmals 1957 im
C. Bertelsmann Verlag, Gütersloh.

Die Deutsche Bibliothek – CIP-Einheitsaufnahme

Brückner, Christine:
Katharina und der Zaungast : Roman / Christine Brückner. –
Frankfurt/M ; Berlin : Ullstein, 1995
ISBN 3-550-06784-4

. . . das Licht des Lichts
Erkennt den Antrieb, nicht die Tat,
Der Schatten Schatten sieht die Tat allein.

Yeats: Die Gräfin Cathleen

Sie werden sich nicht an diesen Tag erinnern können, den 12. März 1938.

Es war kein ungewöhnlicher Tag. Erst einen Tag später zogen Fackelzüge durch die Straße, in der das Haus des Doktors stand. Man feierte den Anschluß Österreichs an das Reich. Man muß das Stichwort haben, um heute, von dem Sessel aus, in dem Sie sitzen, auch nur das Gespräch verstehen zu können, das hinter dem Fenster im zweiten Stock zwischen dem Doktor und dem Mädchen Katharina geführt wurde.

Das Haus war alt wie das Jahrhundert, und noch stand es, als ob es ein nächstes Jahrhundert Bestand haben könnte. Man mußte die feinen Nerven des Doktors haben, um wahrzunehmen, daß alles Unheil von dem Marschtritt ausgehen würde, der an manchen Tagen die Häuser auch dieser scheinbar ruhigen Straße erbeben ließ.

»Nun, Katharina – sind Sie glücklich?« Er wandte nicht einmal den Kopf nach ihr um.

Katharina blieb am Fenster und sah auf die Straße, ohne etwas wahrzunehmen. »Glücklich, Doktor? Hat man Sie danach gefragt, ob Sie glücklich sind? Als ob es darauf ankäme!«

»Wenn man achtzehn ist, doch, dann kommt es darauf an.«

»Was heißt es, wenn Sie ›achtzehn‹ sagen? Heißt das: so jung? Sie wissen genau, daß ich nicht jung bin, und wenn Sie jetzt noch ›jung und glücklich‹ sagen, kann ich gleich wieder gehen.«

Beide schwiegen. Der Doktor schaltete die Lampe ein, schaltete sie wieder aus, sah dann eine Weile zu Katharina hinüber, deren Umriß sich undeutlich im Fensterrahmen abhob. Er blieb auch jetzt in seinem Sessel, obwohl es ihn trieb, aufzustehen und zu ihr zu gehen.

Niemals einem Impuls gehorchen war eines der Lebensgesetze, die er sich aufgestellt hatte, als er im gleichen Alter war wie Katharina. Einen kühlen Kopf behalten; sich nicht nachgeben; es sich nicht leichtmachen.

Es wäre leicht gewesen, sich jetzt neben Katharina zu stellen und den Lichtern zuzusehen, die in den Straßenzügen aufflammten. Er wußte, wie ihr Trotz müde wurde in dieser Stunde, in der auch ihr Aufbegehren einschlief. Einmal hatte sie sogar den Kopf an seine Schulter gelehnt, an diesem Fenster hier. Aber er liebte dieses Mädchen, weil es stark war. Wie hätte er einen Augenblick der Schwäche ausnutzen dürfen, in der sie so wenig sie selbst war?

Also blieb er in seinem Sessel und wartete. Vielleicht würde sie heute sprechen. Vielleicht würde sie gehen, ohne daß er erführe, warum sie gekommen war. Um ihm zu sagen, daß sie die Reifeprüfung bestanden hatte? Das war kein Grund, nicht für Katharina. Er glaubte nicht einmal, daß ihre gelegentlichen Besuche seiner Person galten. Ihre Zuneigung galt eher diesem Raum und dem Fenster, aus dem man hinuntersah auf die Stadt, den Fluß und die breite Autostraße, die die Stadt nach Westen verließ. Einmal hatte sie gesagt: »Meine Augen müssen manchmal die Straße entlanglaufen, die Beine sind ihnen nicht schnell genug, die sind schon müde, bis ich am Stadtrand bin.« Alles ging ihr nicht schnell genug.

Er versuchte, das Gespräch wieder in Gang zu bringen. »Warum wollen Sie das tun, Katharina?«

Sie drehte sich heftig um, als hätte sie die ganze Zeit auf dieses Stichwort gewartet. »Jetzt fragen auch Sie, Doktor! Warum tut man so etwas? Warum? Warum vergraben Sie sich hinter Ihren Büchern? Warum tun Sie etwas, das keinem Menschen nutzt? Keinem Menschen! Ob diese Figur da nun den rechten oder den linken Fuß anhebt, ob sie ein kurzes Gewand anhat oder ein langes – mein Gott! Wen kümmert das schon! Und Sie hängen Ihr ganzes Leben dran, das Ihnen Gott nur dieses eine Mal gegeben hat und doch bestimmt nicht, damit Sie nach Steinen suchen, die er vor tausend Jahren gestürzt hat. Alle zehn Jahre schreiben Sie ...«

»Höchstens alle fünfzehn Jahre, Katharina.«

»Also gut! Alle fünfzehn Jahre schreiben Sie ein Buch, und das lesen dann hundert Leute, die auch einen Narren an Steinen und so etwas gefressen haben, und – und – meinen Sie denn, ich könnte begreifen, warum Sie das tun?

Als ich Sie zum ersten Mal sah, da habe ich geglaubt, Sie wären ein richtiger Mensch. Von dem man lernen kann, wie man es anfangen muß. Und als ich herkam, gab es nur Bücher und Steine. Nichts, was lebt. Nur wenn man an Ihrem Fenster steht und hinuntersieht, da ist das Leben. Auf den Straßen, hinter den Gardinen. Richtige Menschen! Kinder, alte Leute, Kranke, vielleicht sogar ein paar Glückliche – aber es sind Menschen! Und hier bei Ihnen sind Bücher, Bücher und Steine, und dazwischen leben Sie. Und Sie wollen mich fragen, warum ich das tun will!«

»Katharina, Sie setzen mich ins Unrecht. Wenn Sie es so sagen, hier Bücher – dort Menschen, ziehe ich den kürzeren, ich weiß das. Ich habe mich beschieden. Vielleicht zu früh. Einmal werden auch Sie es tun – widersprechen Sie doch nicht gleich! Sie werden es müssen, und der Gedanke daran schmerzt mich.«

Katharina lachte auf. »Ach, Doktor, immer die großen Worte! Es schmerzt Sie! Ich glaube, Sie können eine ganze Menge Schmerzen ertragen, die andere erleiden. Verzeihung! Das hätte ich nicht sagen dürfen, aber warum reden Sie auch so.«

»Sie haben recht. Ihnen gehört das ganze Leben. Nehmen Sie es nicht ernst, wenn ich sage, daß Sie froh sein werden, später einmal, wenn Sie die Hälfte bekommen.« Er lenkte ein: »Wollen Sie mit mir zu Abend essen, oder werden Sie erwartet?«

»Erwartet? Nein, ich werde nicht erwartet! Ich bin noch nie im Leben erwartet worden.«

»Doch, ich warte sehr oft am Abend, ob ich Sie auf der Treppe höre. Ich warte gern auf Sie, auch wenn Sie nicht kommen.«

»Soll das . . .?«

Der Doktor lachte. »Ja, Katharina, das sollte ein Kompliment werden, aber Sie machen es mir nicht leicht.«

»Warum auch!«

»Sehen Sie, nun fragen auch Sie ›warum‹. Wenn wir miteinander reden, beginnt jeder zweite Satz mit ›warum‹. Woran liegt das?«

»Sagen Sie doch gleich: Warum, warum fragen wir immer warum? Ich meine, ich müßte von Ihnen lernen können, aber alles, was Sie sagen, ist voll Skepsis, ist müde und resigniert. Eines Tages werde ich zu Ihnen kommen, und dann sitzen Sie am Schreibtisch und sind aus Stein. Dann hole ich mir einen Hammer und klopfe an Ihren Kopf und sage . . .«

»Granit!«

Katharina lachte. »Meinetwegen, Granit. Eigentlich wollte ich sagen, sitzender Mann aus einem Kammergrab in Cerveteri, etruskisch. Siebentes Jahrhundert, Kalkstein.«

»Sie halten mich für sehr alt, Katharina?«

»Nein! Manchmal sind Sie jünger als ich, aber Sie möchten gern alt sein, weise und abgeklärt, nichts soll Ihnen mehr etwas anhaben können. Alles kennen Sie schon, über alles haben Sie ein Urteil, nichts erstaunt Sie mehr, aber im Grunde Ihres Herzens verwundern Sie sich über sich selbst, daß Sie das sind, der so klug daherredet. Sie lassen Ihren Kopf reden, und Ihr Herz hört ihm verwundert zu. Wenn Sie das meinten, vorhin – ja, ich lasse mein Herz reden, und wehe, wenn mein Kopf was anderes denken will, und wehe, wenn er es hindern will, zu reden und danach zu handeln.«

Sie klappte das Buch zu, das sie noch immer in der Hand hielt. »So, das war so etwas wie ein Bekenntnis, Doktor.«

Der Doktor liebte es nicht, ›grundsätzlich‹ zu werden, wie er es nannte. Wenn man die Vierzig erreicht hatte, wußte man, wie fragwürdig alle Erkenntnisse werden konnten. Dennoch antwortete er ihr: »Ich bin ganz froh, daß mein Kopf dem Herzen dann und wann in die Parade fährt. Es hat mir genug Ungelegenheiten gemacht, zuzeiten.«

Katharina wickelte die Gardinenschnur um die Finger und biß sich auf die Lippen, aber sie hielt seinen Augen stand. »Doktor, sehen Sie mich nicht so an, als wollten Sie hingehen und mir Ihr Herz wie – wie einen Teller Kompott vor die Füße stellen!« Sie ließ die Gardinenschnur los, rutschte von der Fensterbank und griff nach der Schulmappe. »Ich muß überhaupt gehen!«

Der Doktor stand gleichfalls auf. »Sie sind inkonsequent, Katharina! Eben noch haben Sie mir vorgeworfen, daß ich mein Herz nicht reden lasse, und wenn ich es tue, ersticken Sie schon den Versuch. Und merken Sie sich: Vergleichen Sie möglichst nie wieder das Herz eines Mannes mit einem ›Teller Kompott‹!«

Er schien zum ersten Mal wirklich gekränkt. Sie war bestürzt; das hatte sie nicht gewollt. Sie ging zu ihm. »Bitte, verzeihen Sie! Ich wollte nur nicht, daß Sie etwas sagen, was vielleicht Ihr Kopf, ich meine Ihr Herz . . .« Sie verwirrte sich vollends, errötete und hatte plötzlich Tränen in den Augen.

Als er sie in die Arme nahm, verhielt sie sich still. Er mußte sie behutsam von sich schieben und sagen: »Jetzt wollen wir etwas essen. Sie müssen mir in der Küche helfen, eine Haushälterin kann man sich als Privatmann nicht leisten, wenn man von Büchern und Steinen lebt.«

Nach dem Essen kauerte sich Katharina in ihren Sessel, den, der am weitesten von der Lampe entfernt stand. Sie war unruhiger als sonst, fing immer wieder an, etwas zu erzählen, brach aber bald darauf wieder ab. Der Doktor rauchte und ließ ihr Zeit.

»Kennen Sie das, Doktor? Man spürt, daß etwas anders wird. Ein Abschnitt ist zu Ende, eine neue Stufe. Wenn Sie es kennen, wissen Sie auch das richtige Wort dafür, ich kann's nicht ausdrücken, das klingt alles so pathetisch. Als ich heute aus der Schule wegging und die andern das Abitur feiern wollten, ging ich zu Ihnen, und hier an Ihrem Fenster ist es mir klargeworden. Heute beginnt mein Leben. Von heute an nehme ich es in die Hand. In eigene Regie. Da unten, in diesen Straßen ist von nun an meine Welt.«

Sie schwieg eine Weile, dann sah sie ihn voll an. »Es ist gut, daß ich weiß, daß Sie manchmal am Fenster stehen und in die Straßen blicken, ich weiß mich dann von Ihren Gedanken umgeben und beschützt.«

»Schön, daß Sie das sagen, Katharina!«

»Wissen Sie, ich wollte, Sie wären mein Vater. Ich brauche manchmal jemanden, der mir rät. Jemanden, der mich gern hat und mein Bestes will, aber nur das und nichts anderes.«

»Wenn ich Ihr Vater wäre, Katharina, ich glaube, ich ließe Sie nicht gehen. Ich wäre ein altmodischer Vater, der seine Tochter so lange wie möglich vor dem Leben bewahren möchte. Ich bin aber nicht Ihr Vater und habe kein Recht dazu, Sie zu halten, und will es auch nicht. Wahrscheinlich ist es der richtige Weg. Jeder Weg erweist sich am Ende als richtig, es gibt keine falschen. Kommen Sie zu mir, wenn Sie meinen, daß es Ihnen hilft. Auch wenn Sie nicht mehr brauchen als eine Stunde hier am Fenster und einen, der mit Ihnen schweigt.«

Ein Nachtfalter hatte sich im Netz der Gardine gefangen. Katharina stand auf, um ihn zu befreien, schloß das Fenster und blieb dort stehen, den Rücken an das Fensterkreuz gelehnt.

»Als meine Mutter starb – damals habe ich es auch gespürt, daß etwas zu Ende ging, dabei war ich doch noch nicht elf! Darf ich, ich meine, soll ich es Ihnen erzählen, Doktor, oder stört Sie das?«

Er nickte zustimmend, hob die Hand ein wenig und ließ sie zurück auf die Sessellehne fallen und sah das Mädchen nicht an, weil er wußte, daß sie das irritierte.

»Meine ersten Erinnerungen an sie – an Mutter – verbinden sich mit Tränen und Blumen. Ich glaube, sie war schön. Wenn ich weinte, weil ich mir weh getán hatte, dann schloß sie mich in die Arme und weinte mit mir. Ich hörte sofort auf. Ich glaube, ich habe nicht mehr geweint, wenn sie in der Nähe war, nachdem ich sechs Jahre alt war. Ich hockte mich auf die Treppe zum Speicher und kam erst wieder herunter, wenn es vorbei war. Ich bewunderte sie, so wie man ein Bild bewundert und schön findet, das man nicht versteht und nicht einmal deutlich sehen kann. Sie sah aus wie Genoveva. Erinnern Sie sich an die Legende vom Pfalzgrafen Siegfried, der seine Frau des Ehebruchs beschuldigte und sie und ihren kleinen Sohn in ein verlassenes Waldtal verbannte? Dort lebte sie in einer Felsenhöhle. Mutter hat mir diese Geschichte oft vorgelesen. Sie sah genauso aus wie Genoveva: zart und schmal, dunkelhaarig, große umschattete Augen, und sie wollte aus mir solch einen kleinen ›Schmerzenreich‹ machen, aber ich wehrte mich! Ich wollte nicht, daß sie ›mein Armes‹ sagte oder ›wir beiden Armen‹.

Damals, ich war etwa fünf Jahre alt, verließ uns mein Vater. Wenn ich in Mutters Armen ganz steif wurde und mich sträubte gegen ihre Tränen und ihr Parfüm, das ich nicht leiden konnte, dann ließ sie ihren Kopf, überwältigt von Schmerz, auf die Sofalehne sinken und flüsterte: ›Oh, du hast kein Herz, genau wie dein Vater.‹ Oder: ›Du bist nicht mein Kind, du kannst meine Tränen mit ansehen, kannst mich quälen, genau wie er.‹

Ein Jahr darauf tauchen in meiner Erinnerung diese Blumen auf. Vorher hatte ich noch nie Lilien gesehen. Dann standen sie wochenlang in Mutters Wintergarten, und sie beschäftigte sich damit; beschnitt ihre Stengel, gab ihnen frisches Wasser, und immer, wenn dieser Mann kam und neue brachte, lächelte sie unter Tränen und schickte mich aus dem Zimmer. Ich wußte nicht, was ich mehr haßte, diesen Mann oder die Lilien. Zweimal warf ich den Krug um; ich tat, als ob ich gestolpert wäre. Muttér schlug mich, weil ich so ungeschickt war. Sie kam gar nicht darauf, daß ich unglücklich sein könnte.

Alles, was sie erreichte, erreichte sie durch ihr Nichts-Tun, ich meine, durch ihr Nichts-dagegen-Tun, sie ließ alles an sich geschehen, lenkte es höchstens durch ihr Lächeln und durch Tränen. Kurz nachdem sie diesen Mann geheiratet hatte, habe ich sie gefragt: ›Warum weinst du denn jetzt schon wieder?‹ Da schlug sie die Augen groß auf und sagte zu ihm: ›O dieses Kind! Wie ich immer spüren muß, daß es seines ist.‹

Ich wurde wieder ohne Abendbrot ins Bett geschickt.

Damals fing das schon an, daß ich mich auflehnte. Wenn Mutter sagte, ich sei gar nicht ihr Kind, wollte ich es auch nicht sein. Ich wollte nicht jemand sein, der immer weint, immer Mitleid erwartet und umsorgt werden will. Ich fing an, ohne allen Grund zu lachen; ich lief, um dem neuen Vater, der sich gar nichts aus mir machte, gefällig zu sein. Ich half dem Mädchen in der Küche beim Abtrocknen, ich war fleißig in der Schule, ich wollte etwas lernen. Ich wollte später einmal nicht dasitzen wie meine Mutter, mit einem Buch in der Hand, oder Blumen gießen und handarbeiten. Ich wollte nicht sein wie sie. Ich verachtete sie, aber ich bewunderte sie auch. Wahrscheinlich weil ich wußte, daß ich gar nicht so werden konnte wie sie, so schön und anmutig und hilfsbedürftig. Ihre Schwäche war zugleich ihre Stärke. Ich wußte von klein auf, daß ich mir immer selbst helfen muß. Alle hatten für Mutter eine Schwäche! Ich will, daß man für mich eine Stärke hat!«

Sie ließ sich durch ein Lächeln des Doktors nicht irritieren, den die Vorstellung, er selbst könne eine Stärke für Katharina haben, erheiterte.

»Seit ich einmal gesehen hatte, daß sie diesen Mann küßte, entzog ich mich ihr, wenn sie mich in die Arme nehmen wollte. Ich war darum ein kaltes Kind, nüchtern, ohne Anmut, wie sie allen Leuten sagte. Ich war das genaue Gegenteil von dem kleinen Mädchen, das sie sich gewünscht hätte. Sie zog mich an wie eine von den Zelluloidpuppen in den Spielzeugläden. Ich verschmierte die Batistschürze und riß die Volants von den Kleidern, weil ich nicht aussehen wollte wie eine Puppe. Ich war unglücklich und allein. Trotzdem tat ich, als ob ich mich vor Übermut nicht zu lassen wüßte. Sobald man mich beobachtete, tobte ich durch die Wohnung oder den Garten.

Alle zwei Monate holte mich mein richtiger Vater für einen Nachmittag mit dem Auto ab, das war bei der Scheidung so ausgemacht. Ich war ein Gegenstand, den man sich ausleihen konnte. Er fuhr mit mir spazieren. Auch ihm gegenüber war ich dreist und trotzig. Ich glaubte, er hätte Mutter verlassen, weil er ihre Tränen leid war, darum mußte ich fröhlich sein, damit er mich nicht auch leid wurde. So ähnlich muß ich wohl gedacht haben. Ich fuhr gerne Auto. Der neue Vater hatte keines, und ich hatte von klein auf Sinn fürs Reale: Ich genoß den Ausflug. Wenn meine Fröhlichkeit zu Beginn der Fahrt erzwungen war, nachher war sie echt. Wir fuhren fast immer an den Fluß. Er warf Steinchen mit mir und schnitt Wasserspritzen aus Holunderzweigen; er hatte mir ein kleines Segelschiff gekauft, das er jedesmal hinten im Wagen mitbrachte. Er spielte bereitwillig mit mir, aber lieb hatte auch er mich nicht. Ich glaube, er suchte immer in mir die Mutter zu erkennen und war enttäuscht, daß ich ihr so wenig glich.

Ich war neun Jahre alt, als sie krank wurde. Der neue

Vater nahm es nicht ernst. Kranksein gehörte zu ihr. Sie lag auf der Chaiselongue im Wintergarten. Ihre alberne Sofapuppe saß im Sessel mit schwarzen Seidenhosen und der roten Mütze auf den blonden Locken; und wenn im Radio gespielt wurde – das war damals so ein Schlager – ›und im Herzen Sägespäne, genau wie du‹, dann lachte Mutter und warf dem neuen Vater die Sofapuppe zu.

Zu den Blumen kamen Kissen und Arzneiflaschen, Mutters Stimme wurde müder, die Ringe unter ihren Augen wurden immer dunkler, noch häufiger standen Tränen in ihren Augen. Manchmal zog sie mich an sich und sagte: ›Wenn ich dich nun bald allein lassen muß, Püppchen . . .‹ So nannte sie mich meist. Und ich stand da wie ein Klotz, unfähig, etwas zu sagen, und würgte an meinen Tränen. Aber ich weinte erst, wenn ich in meinem Bett lag. Sie war so schön, so wie die Frauen in den Romanen, Frauen, die sterben mußten, weil niemand sie verstand. Ich wollte, daß sie sich wehrte. Ich sagte: ›Schluck doch die Arznei! Du mußt viel essen!‹ Ich wollte ihr immer noch mehr Kissen unter den Kopf schieben, ihr Wein holen, Tropfen ins Glas zählen. Ich zitterte vor Eifer und vor Verzweiflung, daß sie nur litt und sich nicht wehrte. Der neue Vater saß selten bei ihr. Der Reiz, eine zarte, leidende Frau zu haben, war schon vorbei. Sie hätte vielleicht länger gelebt, vielleicht wäre sie sogar gesund geworden, wenn sie nicht Angst gehabt hätte, daß auch er sie verlassen könnte. Sie hatte ja keinen anderen Lebensinhalt als diesen Mann. Von mir glaubte sie, daß ich sie nicht brauchte.

Sie starb. Ich war noch nicht elf Jahre alt. Ich hatte zwei Väter und keine Mutter. Ich weiß nicht mehr, ob der richtige Vater zu der Beerdigung kam, aber ein paar Tage später holte er mich zu sich. Jetzt sollte ich plötzlich eine neue Mutter haben. Bis dahin hatte ich gar nicht gewußt, daß er wieder geheiratet hatte. Ich war wie benommen. Ich bin weggelaufen; die Polizei hat mich zurückgebracht. Ich aß nicht, ich redete kein Wort. Am Ende kam ich in eine Art Internat, ein besseres Waisenhaus.

Dort habe ich mich wohl gefühlt – wenn das schon Wohlfühlen ist, wenn man nicht mehr unglücklich ist. Ich kam gar nicht mehr dazu nachzudenken. Es geschah etwas Eigentümliches: Die Kinder in meiner Gruppe taten, was ich wollte. Ob wir nun Spielstunde hatten oder ob wir im Garten arbeiten mußten. Die Schwestern hatten mich gern. Sie schubsten mich nicht hierhin und dahin, sie lobten mich, wenn ich fleißig war, machten mit, wenn wir lachten und Unfug trieben. Auf einmal waren das, was bisher nichts als Fehler an mir gewesen waren, Vorzüge! Wir waren ein Frauenstaat. Auch die Gartenarbeit wurde von den Schwestern und den größeren Mädchen getan. Die Luft, in die ich geraten war, war männerfeindlich. Mir war das nur recht. Ich haßte Männer, weil sie die Frauen so schwach machen, so abhängig von sich und dem, was sie Liebe nennen. Niemals wollte ich so unterwürfig sein wie meine Mutter! Ich wollte auf eigenen Füßen stehen, ich wollte etwas leisten im Leben, mindestens soviel wie ein Mann!

Ich hatte Autorität bei meinen Kameradinnen, was aber mehr war, wahrscheinlich viel zuviel für mich: sie hatten Vertrauen zu mir. Sie kamen, auch die älteren, und schütteten mir ihr Herz aus, mir, einem Kind von dreizehn Jahren. Sie hatten viel mehr vom Leben gesehen als ich, denn ich war, trotz allem, behütet aufgewachsen. Sie rissen Abgründe, so nennt man das ja wohl, vor mir auf. Aber ich stürzte erst hinein, wenn Anne – die kam am häufigsten – weg war. Solange sie sprach, war ich still und hörte zu, und dann sagte ich ihr – irgend etwas, daß wir anders sein wollten als die Großen. Daß wir zusammenhalten müßten, um uns später behaupten zu können.

Kennen Sie das rote Backsteinhaus rechts vorm Nordfriedhof, Doktor? Nein? Das dachte ich mir. Ich war gestern da. Es ist die Leichenhalle. Man kann dort hineingehen und herausgehen, ohne daß sich einer darum kümmert. Wo der Wärter sich aufhält, weiß ich auch nicht. In jedem Milchladen wird man gefragt, was man will, dort nicht. Das wollte ich nur einmal ausprobieren. Das Mädchen, das im Bett neben mir schlief, das ist wochenlang, jeden Morgen vor der Schule, hingegangen und hat die weißen Leinentücher aufgeschlagen und sich die Toten angeguckt. Sie hat keine Mutter mehr, genau wie ich. Sie hat nicht zu ihr gedurft, als sie gestorben war, die Großmutter wollte das nicht, sie wollte das Kind schonen. Der Erfolg war, daß sie hinging und sich die anderen Toten im Leichenhaus ansah. Jeden Morgen! Begreifen Sie das? Sie war damals neun oder zehn Jahre alt. Als sie in eine andere Wohnung zogen, weit weg, konnte sie nicht mehr hin, aber noch jetzt sehe ich manchmal, wie sie die Leute anstarrt, die Schwestern, aber auch uns Mädchen. Dadurch wurde ich erst darauf aufmerksam. Ich habe sie gefragt, weil sie einen so lüsternen Ausdruck im Gesicht hat dabei. ›Was ist denn, Anne?‹ habe ich gefragt. Und da hat sie gesagt: ›Ich stell' mir nur vor, wie die mal aussieht, wenn sie tot ist. Tust du das nie?‹ – ›Nein‹, habe ich gesagt, ›ich würde mich schämen. Ich gucke ja nicht einmal jemanden an, der schläft. Meinst du, ich wüßte, wie du aussiehst, wenn du schläfst?‹ Da fuhr sie mich an: ›Das kannst du auch gar nicht, weil ich das nicht will! Ich werde immer vorher wach. Ich bin bestimmt wach, wenn du nur die Augen aufschlägst.‹ Am Abend hat sie mir dann von der Leichenhalle erzählt. Zuerst hat sie sich gefürchtet, aber später blieb sie ganz kalt dabei. Sie hat die Toten angefaßt, die Haare und das Kinn und die Hände, und dann hat sie sie wieder zugedeckt und ist in die Schule gegangen. Als sie zwölf war, hat ihr Vater sie zu uns in das Heim getan, weil sie schwer erziehbar ist. Keiner weiß, was mit ihr in Wahrheit los ist. Sehen Sie, Doktor, da müßte man helfen können! Und man muß den Vater sehen und die Großmutter, man muß die Ursachen erkennen!

So ist das Leben unten in den Straßen. Von hier sieht alles aus wie Kulissen für den Herrn Archäologen. Die Silhouette der Häuser überm Fluß und ein bißchen Musik dazu von Autos und Straßenbahnen und Radio; selbst die Fabrikschlote sehen aus wie Dekorationen, von hier aus. Hier oben sitzt man wie in einer Gondel überm Jahrmarkt und besieht sich das Treiben, ein bißchen hochmütig, ein bißchen mitleidig. Man fühlt sich zwar isoliert und manchmal allein, aber man gehört – Gott sei Dank! – nicht dazu.«

Sie machte eine Pause und fing von neuem an.

»Ich habe das nie gekonnt, zu jemandem hingehen und ihm aufladen, was mich bedrückt. Ich glaube, dies ist das erste Mal, daß ich jemandem von mir erzähle. Eine Zeitlang schrieb ich alles in ein Tagebuch, aber dann kam mir das albern vor, Backfische tun so etwas. Manchmal gehe ich jetzt morgens in die Kapelle, die zur Anstalt gehört, aber ich weiß nicht, wie man das macht, zu einem reden, den man nicht sieht. Mich wirft ja auch nichts um; ich habe genug Kraft, genug für mich und andere.

Mein Vater kümmert sich nicht mehr um mich. Man hat ihm wohl berichtet, daß ich mich gut eingefügt habe, fleißig und selbständig sei. Er hat inzwischen aus seiner zweiten Ehe zwei Jungen. Als es ihm wirtschaftlich schlecht ging und er kein Geld mehr für mich zahlen konnte, bekam ich eine Freistelle im Lyzeum. Morgens saß ich in der Schule, nachmittags half ich im Kinderhort, der zur Anstalt gehörte, abends machte ich Schulaufgaben, und nachts hielt ich Sprechstunde.

Bitte, verstehen Sie das richtig! Es war mir ganz ernst

und den Mädchen auch. Ich lernte, wie man die einen und wie man die anderen behandeln muß; solche, die nur reden wollen, und solche, die sich ausweinen wollen, und andere, die einen handfesten Rat brauchen.

Ich hörte durch sie von einer Welt, von der ich nur einen kleinen Ausschnitt kannte. Ich war neugierig, ob sie so war, wie die Mädchen sie kennengelernt hatten, bevor sie zu uns kamen, oder ob sie war wie in den Büchern, die ich las – oder ganz anders. Ich war neugierig, aber ich war auch bereit, den Kampf mit ihr aufzunehmen. Insgeheim suchte ich immer nach einem Menschen, der eine Welt verkörperte, wie sie auch sein kann: in Ordnung! Wissen Sie, wie ich das meine, Doktor? Ich hatte nie eine wirkliche Freundin. Als ich Sie damals sah, in der Ausstellung, dachte ich, das ist er, ein richtiger Mensch. Aber gleichzeitig war ich traurig, oder besser: Ich wunderte mich, daß dieser Mensch ausgerechnet ein Mann sein sollte.

Ich war vorher noch nie in einer Gemäldegalerie gewesen, ich hielt Bilder für etwas Totes. Gemaltes Leben, was war das im Vergleich zur Wirklichkeit! Dann sah ich dieses Bild und mußte an mich halten, daß ich nicht weinte, und es waren doch nur Farben auf einer Leinwand, fünfhundert Jahre alt. ›Verkündigung‹ und ›unbekannter Meister‹ stand auf dem Messingschild. Ich glaube, damals begriff ich zum ersten Mal, daß es Wunder gibt. Etwas, das nichts mit Erfahrungen und mit Wissen zu tun hat. Eine Welt voller Geheimnisse war hinter dem golddurchwirkten Vorhang; gleich würde er wieder fallen und mich aus dieser Welt ausschließen. Als ich mich umwandte, standen Sie neben mir. Ich wußte, auch Sie hatten einen Blick hinter den Vorhang getan, vielleicht nicht nur auf diesem Bild, vielleicht hatten Sie im Leben etwas gesehen, was gut war und in Ordnung.

Das ist es, Doktor. Ich bin am Ende. Begreifen Sie nun, warum ich das tun will? Öffentliche Fürsorge. Das klingt nicht romantisch. Ich weiß! Ich will aber auch gar keine Romantik. Ich will nicht wohltätig sein, wie es meine Mutter war, mit Kollekten und Missionsblättern; ich will helfen. Richtig helfen, dort, wo kein anderer hilft. Aber ich kann es nicht leiden, wenn man von ›dienen‹ spricht. Vielleicht habe ich kein Herz, wie Mutter immer gesagt hat, aber ich habe Verstand, und ich habe Hände, die zufassen können, und ich habe Mut. Das muß genügen.«

»Kein Herz, Katharina? Was treibt Sie denn dazu, wenn nicht das Herz?«

»Ach, Doktor – Herz! Wenn Sie wüßten, was ich davon halte! Nichts als Mißbrauch wird damit getrieben. Das ist wie Liebe. Liebe sagen sie und meinen immer nur sich selber. Die Mütter lieben sich in ihren Kindern, geben Liebe, um geliebt zu werden, um sich die Kinder zu verpflichten. Ach und Männer! Was erwarten sie denn von der Frau? Daß sie kocht für sie und die Hemden in Ordnung hält und daß ...« Sie stockte. »... nun ja, was noch so zur Liebe gehört, zu Ihnen kann man das nicht sagen, Sie sind so – nun, anders.«

Sie schwieg. Es blieb still zwischen ihnen. Der Doktor versuchte, seine Erschütterung zu verbergen. Dieses Mädchen! Was alles verbarg sich hinter ihrem klaren Gesicht. Durfte er ihr den Mut nehmen, die Sicherheit, die sie meinte gefunden zu haben? Hatte sie ihn nicht eben erst einen Skeptiker genannt? Wie vermischten sich in dem Kind, das sie ja noch war, Idealismus und Realismus! Wenn er sie doch einen Blick hätte tun lassen können in jenes Leben, das sie das Wunderland nannte. Aber er war ein alter Mann neben ihr, er fühlte sich müde. Er war niemand, der mittragen konnte. Er wollte nicht derjenige sein, der diesem Mädchen die erste Enttäuschung brachte. Und daß er sie enttäuschen würde, schien ihm unausbleiblich.

Er beugte sich vor. »Katharina, hören Sie. Sie verachten die Menschen, nicht wahr? Sie wollen ihnen helfen – ohne Liebe, ohne Erbarmen.«

Sie fiel ihm ins Wort: »Was brauchen sie denn? Arbeitsplätze, Essen, heile Schuhe, einen Platz, wo sie alt werden können, reden können, alles vom Herzen reden können, bei einem, der nichts damit zu tun hat. Liebe! Glauben Sie denn etwa, daß man damit jemandem helfen könnte, Doktor?«

»Ja! Ja, ich glaube sogar, daß man ihnen ohne Liebe gar nicht helfen kann.«

Einer weiteren Stellungnahme wich er aus, stand auf und holte die Flasche Wein und die Gläser, um mit ihr anzustoßen, auf das Erreichte und das, was nun kommen sollte. Katharina leerte ihr Glas. Ein Gespräch kam nicht mehr zustande. Sie war wieder das guterzogene Schulmädchen, das konventionelle Fragen stellte nach seiner Arbeit, die sie, wie er wußte, für völlig unnütz ansah. Eine unfrohe Stimmung breitete sich zwischen ihnen aus. Auch Katharina schien es zu spüren.

»Ich will das nicht, Doktor! Ich will nichts trinken, ich will einen klaren Kopf haben, ich spüre, wie mich jeder Schluck von dem Zeug ändert, und ich will Ich sein, verstehen Sie das denn nicht? Wein und all so was« – sie unterstrich ›so was‹ mit einer raschen Bewegung über den Tisch hin, mit der Flasche, den Gläsern, den Zigaretten –, »das gehört zu einem Leben, das ich verachte!«

Der Doktor trank einen Schluck und stellte das Glas auf den Tisch, ruhig wie alles, was er tat; auch seine Stimme klang nicht anders als sonst.

»Aber es gehört zum Leben, gut, daß Sie das wenigstens gelten lassen. Sie nehmen ihm seine Schönheiten, seine paar heiteren Seiten; nur mit Realität läßt es sich kaum ertragen. Sie sind ein richtiges Kind Ihrer Zeit, nichts als Härte gegen sich und gegen die anderen.«

Er verstummte. Warum sagte er das? Sie war ja nicht so, sie war anders, das fühlte er, anders als die Worte, mit denen sie redete, aber an sie mußte man sich schließlich halten.

Sie verteidigte sich sofort. »Jawohl, ich bin ein Kind dieser Zeit. Was sollte ich auch anderes sein? Ich verachte alles, was einen schwach macht, was reaktionär ist, was . . .«

Er hörte nicht mehr hin. Das war nicht das Mädchen, um das es ihm ging, das waren angelernte Phrasen. Schrecklich dumme Phrasen, die er nicht mehr ertragen konnte, am wenigsten von ihr.

Der Abend endete in diesem Mißklang.

Sie wollte nicht, daß er sie weiter als zu seiner Haustür begleitete.

Als er in sein Zimmer zurückkam, stellte er die Bronzeplastik, eine Tänzerin aus Tarquinia, vor sich hin und betrachtete sie lange und mußte feststellen, daß sie durch Katharinas Worte einen Teil ihrer strengen Schönheit eingebüßt hatte.

Er trank die Flasche leer, holte sich eine zweite und schrieb, bevor er schlafen ging, in sein Notizbuch unter dem 12. März 1938:

»Katharina kam – und ging. Vielleicht für immer. Ich . . .«

Nichts weiter.

Das Haus des Doktors steht noch immer. Das ist nicht selbstverständlich nach diesen zehn Jahren. Der Blick aus dem Eckfenster im zweiten Stock ist freier geworden, aber man fragt sich, wen das freut. Die Fenster sind wieder verglast. Das Dach ist dicht, auch wenn es nur mit Teerpappe geflickt ist. Der Putz ist durch Tieffliegerbeschuß gesiebt; aus einigen Fenstern krümmen sich kleine schwarze Rohre. Manchmal steigt Rauch heraus.

Wieder wird es Abend.

Der Doktor setzte sich zurecht, um auf Katharina zu warten. Er legte die Brille griffbereit, mit der sie ihn zu sehen gewohnt war. Seine Hände kontrollierten die Gegenstände auf seinem Schreibtisch.

Die erste Unruhe war vorbei; er versuchte sich Klarheit zu verschaffen, was dieser Brief zu bedeuten hatte und warum sie heute kommen wollte. Es war jetzt bald fünf Jahre her, daß sie zum letzten Mal an diesem Fenster gestanden hatte. Ohne ein Wort der Erklärung war sie fortgeblieben, wie er geglaubt hatte, für immer.

Demnach war sie wieder in der Stadt. Wo war sie vorher gewesen, warum hatte sie nicht geantwortet, warum ...

Er fragte: ›warum‹, und als ihm das auffiel, ging ein schwaches Lächeln über sein Gesicht. So hatte es angefangen, daß jeder den anderen fragte: ›Warum?‹ Er dachte an den Märzabend, als Katharina auszog, um ihren eigenen Weg zu gehen, der sie ihm wieder zugeführt hatte und ihm weggenommen, sie einander nähergebracht hatte, einmal sogar ganz nahe, um sie dann – Jahre später – für immer zu trennen. Er hatte sich daran gewöhnt, daß es für immer sein würde. Das hatte seinem Leben eine neue Stetigkeit gegeben. Er brauchte nicht mehr auf sie zu warten und konnte doch an sie denken, sooft er wollte. Er brauchte nicht mehr mit ihr zu streiten, konnte sie liebhaben, wie man eine Erinnerung liebt.

Ihm fiel die abgebrochene Notiz ein, die er in seinem Kalender gemacht hatte, nachdem sie fort war, und auch das fiel ihm ein, was er damals nicht geschrieben hatte:

»Ich – ich möchte niemals sehen, wie das Leben auch dieses Gesicht zerstören wird.«

Er würde es nicht zu sehen brauchen. Gut so! Manche Wünsche erfüllte das Leben auf grausame Weise. Aber er würde sie nicht hindern können zu reden. Er würde es spüren, alles. Alles, was anders war an ihr. Und sie würde in der kurzen Zeit, die sie für ihn übrig hatte, wieder alle Wunden aufreißen, die eben erst verheilten.

Einen Augenblick zog er in Erwägung, sich verleugnen zu lassen. Man konnte sie wegschicken. »Er ist ausgegangen.« Sie wußte nichts von ihm, auch nicht, daß er das Haus nur noch zu den Vorlesungen verließ. Warum sollte er schließlich nicht ausgehen? Selbst wenn sie es nicht glaubte, wie konnte sie noch damit rechnen, daß ihn danach verlangte, daß das Mädchen hier am Fenster stand.

Als sie zum letzten Mal dort gestanden hatte – es war der Morgen nach einem der ersten schweren Luftangriffe auf die Stadt –, lag schwarzer Rauch über den Häusern. Es roch nach Brand. Katharina war auf dem Weg vom Nachtdienst in der Bahnhofsbaracke bei ihm vorbeigekommen. Vielleicht hatte sie die Sorge um ihn hergetrieben, gesagt hatte sie es nicht. Sie standen nebeneinander, Katharina in dem graugestreiften Kleid, das sie damals trug, die Brosche mit dem Roten Kreuz am Kragen. Er war übernächtigt, er hatte seinen Kaffee noch nicht getrunken und hoffte, daß sie bei ihm bleiben würde. Er wollte ihr eine Freude machen mit einer Tasse gutem Kaffee, doch sie wehrte ab.

»Ach was! Ich brauche das nicht! Wenn ich das da unten sehe, daraus wächst mir Kraft genug!«

»Daraus, Katharina? Aus Zerstörung? Aus dem Chaos? Das wird weitergehen, immer weiter, bis alles kaputt ist, bis auch der letzte Stein . . .«

»Ach hören Sie doch auf, Doktor! Es wird nicht weitergehen! Wir müssen uns wehren. Wehren, hören Sie! Wenn man hier oben steht und nichts tut und nur zusieht, glauben Sie, davon wird es anders? Chaos! Ich hasse solche Worte!«

Das Mißverstehen zwischen ihnen ging tiefer als sonst. Katharina hatte gesagt: »Ich begreife, daß man dagegen ist. Aber das ist doch keine Lebenshaltung! Und wenn sie es ist, muß sie Folgen haben, dann muß man die Konsequenz ziehen. Will oder kann man das nicht, weil man seine Machtlosigkeit erkennt, weil man feige ist – mein Gott, ja, Doktor! Machen wir uns doch nichts vor. Feigheit ist doch auch dabei! Ich wenigstens, ich kann nicht in Untätigkeit leben, immer nur nein sagen. Gut, Sie sagen, ich mache das alles mit. Aber ich würde ja ersticken, lebte ich wie Sie! Ich muß mitmachen! Und wenn meine Kraft nicht ausreicht, etwas dagegen zu tun, dann tue ich da, wo ich hingestellt bin, meine Pflicht. So ordentlich, wie ich nur kann. Bei meiner Arbeit, ist es denn dabei nicht ganz gleich, unter welcher Fahne sie getan wird? Was kümmern mich denn Plakate und Sprüche. Nichts, gar nichts! Sie wissen, daß ich kein guter Christ bin, aber soviel habe ich mit fünf Jahren schon vom barmherzigen Samariter gelernt: Man sieht nicht nach der Weltanschauung, nach der Rasse, nach der Partei, man hilft zuerst. Ein anderes Gesetz habe ich nicht. Noch hat mich keiner deshalb angezeigt, und ich glaube nicht, daß man es tun wird. Daß ich den Mund halte – ach, Doktor! Was tun Sie denn anderes! Dann müßten Sie auf die Straßen gehen und laut herausschreien, was Sie denken!

Aber: Sie bleiben hier in Ihrer Stube. Ich versuche ja, Sie zu begreifen, aber ich kann es nicht! Wenn ich Ihrer Ansicht wäre – und ich bin froh, daß ich es nicht bin! –, ich könnte nicht hier sitzen und warten, daß es vorbeigeht wie eine – eine Seuche, die sich schließlich selbst auffrißt. Ich weiß, Sie halten mich für nüchtern. Ich habe auch nicht oft Gelegenheit gehabt, was anderes zu sein. Wahrscheinlich vergessen Sie hier oben, wie nüchtern es zugeht. Was hat sich denn geändert? Es gibt noch immer Gesunde und Kranke, Arme und Reiche, Junge und Alte, nur daß jetzt auch noch Krieg ist. Und wenn heute das Kranke und Schwache keinen Wert mehr hat, vernachlässigt wird und ausgemerzt werden soll, dann ist es doch erst recht ein Grund, daß einer da ist und hilft, soweit er kann.

Das ist doch der blanke Egoismus, sich hierher zu setzen und zu tun, als ob kein Krieg wäre! Für Sie hat er ja nur historischen Wert. Wegen der vernichteten Kunstschätze. Wenn ich das schon höre! Ihnen sind die punischen Kriege wichtiger als dieser hier. Wenn Sie dieses dumme Ding da nur haben!«

Einen Augenblick sah es aus, als ob sie die Bronzetänzerin aus dem Fenster schleudern wollte.

Er hätte sie nicht daran gehindert. Daß er es nicht tat, daß er ihr nicht in den Arm fiel, obwohl die kleine Figur ihm das wertvollste und liebste Stück seiner Sammlung war, ernüchterte sie. Sie stellte die Tänzerin zurück auf den Schreibtisch und sah ihn zum ersten Mal voll an.

»Warum lassen Sie sich alles von mir gefallen, Doktor? Warum wehren Sie sich nicht?«

»Wehren? Ich wehre mich ja, von früh bis in die Nacht, seit Jahren. Aber es hat keinen Zweck, Katharina, je schneller es jetzt geht, desto besser.«

»Es gibt nichts Zweckloses, alles hat irgendeinen Sinn.«

Sie sagte es ohne Überzeugung, wie etwas, das man aus Gewohnheit ausspricht. »Ich bin müde, Doktor. Ich kann arbeiten wie ein Pferd, aber ich kann mich nicht noch rechtfertigen, warum ich das tue. Ich kann es nicht, vielleicht weiß ich es auch nicht. Aber so ist es jedesmal, ich freue mich auf dieses Zimmer, weil man sich hier geborgen fühlt, ich weiß selbst nicht, woran das liegt. Ich freue mich auch auf Sie, ich bin voller Erwartung, wenn ich die Treppe hinauflaufe; und wenn ich weggehe, bin ich niedergeschlagen und verzweifelt. Sie saugen einem alle Kraft aus, Doktor.«

Er war erschrocken. »Ist das wahr, Katharina? Ich will es Ihnen doch leichter machen. Ich meine, man muß die Wahrheit sehen, man muß die Zukunft einkalkulieren und . . .«

Sie unterbrach ihn heftig: »Die Zukunft! Die überlasse ich Ihnen. Ich habe mit dem Heute genug zu tun. Die Vergangenheit und die Zukunft, die übernehmen Sie. Das ist ja alles dummes Zeug, Doktor! Wir reden und reden, unten brennt die Stadt, um zwei muß ich wieder am Bahnhof sein, dann geht der Dienst wieder los. Wenigstens brauche ich dann nicht zu denken.«

Er hätte sagen müssen, daß er das für das Schlimmste hielt, doch er schwieg. Er wollte, daß sie noch eine Weile blieb und diese Stunde nicht mit einem Streit endete.

Nach einer Weile hatte er gesagt: »Für jeden da unten haben Sie Zeit und Kraft und ein gutes Wort und vermutlich auch ein Lächeln, jeder bekommt von Ihnen, was er braucht. Was bleibt dabei eigentlich für mich übrig?«

Katharina sah ihn überrascht an. »Aber – Doktor, Sie liebe ich doch. Die anderen, die müssen alle ohne meine Liebe leben, ich kaufe mich los von ihnen, indem ich ihnen gebe, was sie haben wollen: meine Zeit, meine Kraft, mein Geld. Wissen Sie denn nicht, Doktor, daß ich alles, was ich tue, heimlich verteidige, Ihnen gegenüber?«

Es war das erste Mal seit damals, in Italien, daß sie zugab, ihn zu lieben. Er wußte, daß es eine widerwillige Liebe war, aber damals hatte er noch gehofft, daß sie zueinander finden würden und daß es nur darauf ankäme zu warten. Eines Tages würde sie ihn verstehen, das Ungebärdige würde sich verlieren. Solange sie zu ihm kam, wenn es sie dazu trieb, so lange war es gut.

Sie hatte sich schließlich auf sein Sofa gelegt, hatte es sich gefallen lassen, daß er sie mit einer Decke zudeckte, und hatte eine seiner Schlaftabletten genommen. »Sie betrügen das Leben auch noch im Schlaf«, hatte sie dazu gesagt, aber gelacht hatte sie auch und war bald eingeschlafen.

Als er mittags aus dem Staatsarchiv kam, in dem er seit ein paar Monaten täglich drei Stunden ehrenamtlich tätig war, weckte er sie. Sie hatten zusammen zu Mittag gegessen. Er hatte von seiner Arbeit gesprochen, und wie immer hatte sie ihn nach kurzer Zeit unterbrochen: »Warum sind Sie nicht draußen, Doktor? Es geht doch längst nicht mehr um Weltanschauungen, es geht doch ...«

Sie fing schon wieder an! Er wollte nicht alles zerreden, es gab Fragen, über die sie sich nicht einigen konnten, darum sagte er lediglich: »Ich bin nur bedingt tauglich. Meine Kurzsichtigkeit. Vorläufig haben sie noch keine Verwendung für mich.«

»Sie kurzsichtig, Doktor?« Katharina lachte belustigt auf. »Schwarzsehen tun Sie. Weitsichtig sind Sie außerdem.«

Ironie stand ihr nicht. Ihr Versuch, witzig zu sein, fand darum auch kein Echo bei ihm.

Aber es war der letzte Satz, an den er sich erinnern konnte: »Kurzsichtig? Weitsichtig sind Sie, schwarzsehen tun Sie, Doktor!«

Es ging auf neun Uhr, als es schellte. Einmal, rasch darauf ein zweites Mal.

Der Doktor blieb sitzen. Dann war die Pause lang. Unglaublich lang. Schon mußte er annehmen, sie sei wieder gegangen, als es zweimal ungeduldig hintereinander schellte. Er stand auf, ging in den Flur, öffnete die Korridortür und ließ Katharina im Halbdunkel an sich vorbei in das Zimmer gehen. Er hatte ihr nicht einmal die Hand hingestreckt. Er folgte ihr in das Eckzimmer, in dem sie bereits am Fenster stand, als er die Tür hinter sich zuzog.

Sie nahm keine Notiz von ihm, nur von dem Raum, dessen Luft sie gierig einzuatmen schien. Dann redete sie drauflos.

»Hier bleibt die Welt stehen. Darüber hätte ich früher verzweifeln können. Alles ging kaputt, nur Ihre kleine Welt blieb verschont. Warum eigentlich? Warum eigentlich dieses Haus?«

Von seinem Sessel her kam ein belustigtes: »Warum? Ich stelle gerade fest, daß die alte Katharina wieder einmal hier ist!«

»Die alte« – sie lachte verächtlich –, »der Rest von ihr, Doktor, und der Rest von ihr ist böse.«

Erwartete sie Widerspruch? Er blieb aus. Der Doktor spürte, daß sie ihn jetzt betrachtete, und bemühte sich, auszusehen wie immer. Er hielt den Kopf ein wenig geneigt, so daß sein Gesicht im Schatten lag. Er stellte die Fingerspitzen gegeneinander, schlug ein Bein über das andere und wartete das Ende der Inspektion in scheinbarer Gelassenheit ab. So hatte er immer dagesessen, bereit, ihre Ausbrüche anzuhören und sie schweigend zu billigen oder schweigend zu tadeln, herausgehört hatte sie es immer.

Sie haßte ihn! An ihm glitt alles ab. Was suchte sie eigentlich hier? Sie drehte sich brüsk um und starrte wieder aus dem Fenster. Die Stadt lag im Dämmerlicht. Der blühende Holunder setzte weiße Flecken ins staubige Grau, über dem Fluß war es bereits dunkel, nur die Straße zeigte noch wie ein heller Pfeil nach Westen. Vorn, in den Ruinen der gegenüberliegenden Straßenseite, blühten Weidenröschen auf einem zugeschütteten Balkon.

Er hatte das alles gehabt: dieses Zimmer, seine Bücher, seine Arbeit; sogar die kleine törichte Tänzerin stand da wie immer. Dieses Fenster hier! Er hatte immer gewußt, wohin er zurückkehren konnte. Und sie ging leer aus, ihr blieb nie etwas, und er nahm diese Bevorzugung hin wie etwas Selbstverständliches.

Der Zorn sammelte sich wieder in ihr an, der sie verlassen hatte, als auf ihr Läuten hin niemand gekommen war, obwohl sie sicher fühlte, daß er in seinem Zimmer saß. Sie hatte sich vorgenommen, ihm die Wahrheit zu sagen, und noch niemals hatte sie nicht ausgeführt, was sie sich vorgenommen hatte.

Wenn sie nur nicht so zerfahren gewesen wäre! Sie mußte etwas trinken. Es schien ihm ja gutzugehen, also würde er auch etwas Trinkbares im Hause haben.

»Doktor, haben Sie etwas zu trinken für mich?«

Ohne auf ihre frühere Ablehnung gegen Alkohol anzuspielen, sagte er: »Bitte, Katharina, versorgen Sie sich. Dort steht alles auf dem Tablett, Whisky und Soda, ich hoffe, es ist kalt genug. Zigaretten sind auch da.«

»Ganz wie früher, Doktor – alles ist da!«

»Sie haben recht, Katharina, ganz wie früher. Ich habe Freunde drüben.«

Er hatte das Gefühl, daß er diese Szene bereits früher einmal erlebt hatte, aber er beherrschte sie nicht besser dadurch.

»Sie trinken nichts, Doktor?«

»Nein, nicht mehr. Wenn Sie Licht wollen, schalten Sie es bitte an.«

»Nein, kein Licht, es redet sich besser so, Sie wissen ja, ich hab' es gern, wenn es dämmrig ist.«

Ihr Blick fiel auf einen grünen Gummifrosch, der unter dem Tisch lag.

Was hatte sie bloß hier gewollt? Sie fragte: »Sie haben – Kinder?«

»Ja, Katharina, einen Jungen. Er ist jetzt bald zwei Jahre alt.«

Sie trank. »Doktor! Ich will Sie nicht lange aufhalten. Übermorgen verlasse ich Deutschland. Ich bin hier, um Ihnen Lebewohl zu sagen, Ihnen und alledem« – sie blickte um sich, und einen Augenblick starrte sie auf die Bronzefigur –, »gewiß werden Sie jetzt denken, sie ist sentimental geworden. Nennen Sie es meinetwegen so, ich nenne es Ordnung machen. Hier hat dieser Abschnitt begonnen, hier soll er auch zu Ende gehen. Ob Ihnen das nun paßt oder nicht. Sie waren damals für mich so etwas wie die Richtschnur, obwohl ich mich immer gegen Sie gewehrt habe. Irgendwo, ganz innen, spürte ich, ich meine . . .« Sie stockte und sprach dann, wie es schien, gelassen weiter: »Immer, wenn es kritisch war, bin ich zu Ihnen gekommen, auch wenn wir uns dann nur gestritten haben. Das, was Sie das Unabänderliche nannten, hatte ich am Ende doch begriffen. Einmal glaubte ich sogar, ich sei Ihnen wieder nahegekommen, nicht räumlich, anders.

Es war in einem kleinen Nest, nahe bei der russisch-polnischen Grenze. Ich begleitete damals Lazarettzüge aus dem Osten in die rückwärtigen Gebiete. Der Ort war zerstört und geräumt. Wir warteten schon fünf Tage lang in einem Güterschuppen auf einen Zug. Es regnete. Es war Februar fünfundvierzig. Wir hatten nur noch getrocknete rote Rüben und Knäckebrot für die Verwundeten. Der einzige Arzt war knapp dreiundzwanzig, vielleicht hatte er mal drei Semester studiert, vielleicht auch nicht. Zwei Schwestern hatten sich davongemacht, waren über Nacht mit einem anderen Transport weg; nach menschlichem Ermessen mußten wir in die Hände der Russen fallen oder verhungern. Wir hatten keine Verbindung mehr mit unserer Dienststelle. Den Namen des Ortes kannte keiner von uns, ich habe ihn später auf keiner Landkarte gefunden, aber nachts sehe ich noch manchmal das Schild vor mir, das neben dem einzigen Gleis stand. Über die kyrillischen hatte einer die deutschen Buchstaben gemalt. Manchmal zogen Flieger unter den niedrigen Regenwolken her, manchmal hörten wir leichte Artillerie, meist aber waren der Regen auf dem Blechdach und das Stöhnen der Männer und das Aufklatschen der Spielkarten auf den Benzinkanistern das einzige Geräusch. Wir waren nicht mehr viele. Ich glaube, fünfzehn. Wären es mehr gewesen, hätten wir mehr Hoffnung gehabt, daß man uns noch holen würde. Das Verbandszeug war längst verbraucht, wir konnten nichts mehr tun als warten.

Sehen Sie, und da war einer, ein ganz junger Kerl, nicht älter als achtzehn oder neunzehn. Er war seit zwei Monaten auf dem Rücktransport. Sie hatten ihm das Bein überm Knie abgenommen, sehr sauber, sonst hätte er wohl nicht durchgehalten. Den fand ich eines Mittags, wie er in einer Ecke des Schuppens hockte und an einem Stück Holz herumschnitzte. Ich habe mich zu ihm gesetzt, die anderen schliefen oder dösten, zwei pokerten. Der Junge war einer von den Schweigsamen. Wie Sie. Er hatte ein paarmal aufgeguckt, aber nichts gesagt und ruhig weitergearbeitet. Nach etwa zwei Stunden zeigte er mir das Ergebnis. Ein Mädchen. Den Kopf in den Nacken gelegt, die Arme halb erhoben und die Hände wie Schalen geöffnet, als ob sie etwas Unsichtbares trügen oder erwarteten. Die ganze Figur war nicht viel größer als die Spanne meiner Hand. Ich weiß nicht, woher er das Holz hatte. Vielleicht sammelte er es unterwegs und trug immer ein Stück bei sich.

Wissen Sie, daß dieser Junge das konnte! In diesem Schuppen, nichts anderes vor sich als den Tod, oder – was noch schlimmer sein würde – wir fielen den Russen in die Hände.

Damals versank vor mir der Schuppen und die Männer, und ich sah Ihre Tänzerin. Sie stand auf Ihrer Hand, so wie ich dieses Mädchen in der Hand hielt. Ich habe ihm dann – Rainer hieß er, eben fällt es mir ein – von ihr erzählt. Ich weiß nicht, ob er begriffen hat, worum es mir ging, aber ich glaube doch, daß er es gespürt hat, so wie ich es spürte: daß am Ende so etwas übrigbleibt, eine Tänzerin aus Bronze, ein Mädchen mit sehnsüchtigen Händen, aus einer Welt, die ganz zerstört ist. Ich wußte nicht mehr viel von den Etruskern, aber was mir so einfiel, habe ich ihm erzählt, daß sie weiterleben in ihren Nekropolen, in den Gefäßen, mit denen die Frauen zum Brunnen gingen, aus denen sie Wein tranken, in den Statuen, die die Dächer ihrer Totenhäuser schmückten, in den goldenen, gehämmerten Armreifen ihrer Frauen. Ich war auf einmal ganz ruhig. Diese hölzerne Puppe, mehr war es ja nicht, es war ja keine Kunst, war wie ein Symbol. Ich dachte, daß ja dies alles nicht bleiben würde; der Wellblechschuppen würde zerrosten und auseinanderfallen, und auch von uns würde nichts übrigbleiben, nur dieses kleine unschuldige Mädchen aus Holz würde man einmal finden, und nach ihm würde man uns beurteilen, man würde ... Heute klingt das alles so dumm, aber in jener Stunde hat es mich wunderbar getröstet. Ich bin sogar eingeschlafen, das Stück Holz in der Hand.

Am Abend kam dann der LKW und hat uns abgeholt. Der Junge kriegte am nächsten Tag eine Sepsis, wir mußten ihn zurücklassen. Er hat mir das Mädchen geschenkt.

Ich nahm mir damals vor, ich wollte es Ihnen mitbringen. Ich klammerte mich in den letzten Wochen des Krieges an diesen Augenblick. Daß ich unter Ihrem Fenster stehen würde und etwas gerettet hätte für Sie. Ich besaß doch sonst nichts.

Keine Angst! Ich erzähle nicht weiter. Ihre Ohren würde es wohl verletzen. Nur soviel: Alle wußten, wo sie hinwollten, wenn der Krieg aus war. Bis dahin hatte ich es nicht empfunden, daß ich kein Zuhause hatte. Eltern oder Geschwister oder Kinder, einen Mann, eine Frau hatten doch alle, nur ich war völlig allein. Ich hatte gelebt wie eine Marketenderin, ich war mit dem Krieg gezogen, und als der vorbei war, war es mit mir auch vorbei. Ich war nutzlos, ich hatte meine besten Jahre vertan.

Als ich an der Reihe war im Lager – ich war ein paar Monate interniert – und mein Entlassungsschein ausgestellt werden sollte, gab ich Ihre Adresse an. Ich bin zu Fuß hierhergekommen. Einmal hat mich ein Jeep ein Stück mitgenommen, eine Weile habe ich im Lazarett gelegen. Es war Herbst, als ich hier ankam. Ich war heruntergekommen, zerlumpt, aber ich schämte mich nicht. Ich hatte mich damit abgefunden, daß es so gekommen war, wie Sie es vorausgesehen hatten. Ich fühlte mich mit schuld, ich war sogar bereit, dafür zu büßen, tatsächlich! Aber vorher wollte ich zu Ihnen. Ich habe, wenn es am schlimmsten war, gebetet, daß Sie noch am Leben sein sollten, daß dieses Haus noch stehen sollte, daß Licht sein sollte hinter diesem Fenster, wenn ich ankommen würde.

Und dann stand ich eines Tages wirklich da und setzte mich unten auf dem Schutthaufen auf eine Mauer und sah Ihr Licht und wußte, daß ich nur noch die Treppe hinaufzugehen brauchte und mein kleines hölzernes Mädchen neben das Ihre stellen, und Sie würden alles wissen. Alles, was gewesen war, was sich geändert hatte mit mir.

Ich heulte vor Glück und Dankbarkeit. Oder vor Müdigkeit und Hunger, das wird es wohl gewesen sein. Damit hätte ich es genug sein lassen sollen. Ich spürte das auch, etwas in mir sagte: Geh nicht. Das ist vorbei, das gehört zu dem früheren Leben.

Aber ich habe ja nie etwas sein lassen können, was ich mir einmal vorgenommen hatte. Ich ging zur Haustür. Ich las Ihren Namen auf demselben Messingschild, wie früher, ich rannte die Treppen ’rauf, ich war hungrig, ich war so müde, ich wollte doch zu Ihnen! Ich hatte es seit Monaten gewollt, nichts anderes.

Als ich auf den letzten Treppenabsatz kam, ging Ihre

Korridortür auf. Die Frau drehte sich noch mal um, sagte: ›Bis gleich, Lieber‹, und schlug die Tür zu, warf das Schlüsselbund in die Handtasche und ging die Treppe hinunter. Ich drückte mich in die Ecke, es war fast dunkel, das Treppenlicht brannte nicht. Sie hat mich gar nicht gesehen. Es war deine Frau, nicht wahr?«

»Ja, es wird Margot gewesen sein.«

»Ich bin dann hinter ihr die Treppe hinuntergegangen. Wie man so Treppen hinuntergeht, die man zwei Minuten vorher . . . Na, egal! Ich habe das Stück Holz unten zu dem anderen Schutt geworfen. Da wird es wohl noch liegen. Mein Gott, nein, es wird nicht! Es war ja nur aus Holz, das kleine Mädchen, es wird längst verfault sein. Nur ich, ich war damals so dumm, daß ich glaubte, es würde ewig sein, unzerstörbar! Bei mir hält sich nichts, verstehst du, mir zerbröselt alles zwischen den Händen; du, du hast das, was das Leben festhält, du . . .«

In ihrer Erregung sagte sie du, wie in den Wochen in Italien.

Sie schwieg, goß sich ihr Glas halb voll, trank in hastigen Zügen und zündete sich eine neue Zigarette an. Sie starrte vor sich hin.

»Du brauchst mir jetzt nichts zu erklären. Ich kannte ja die Welt und das Leben. Was man so kennen nennt, wenn man Mitte Zwanzig ist. Zum ersten Mal glaubte ich sie zu kennen, als ich aus der Schule kam, von den anderen Mädchen, aber was hatte ich noch zu lernen! In meinem Praktikum im zwölften Fürsorgebezirk, da dachte ich: So also ist sie, diese Welt! Und dann kam ich ins Lazarett. Aber ich guckte immer noch zu, ich mußte erst selbst hineingeraten. Inzwischen kenne ich sie nun wirklich. In- und auswendig. Zum Kotzen kenne ich sie. Nur damals . . .

Ich hatte einen Heiligen aus dir gemacht. Du warst anders als alle. Ich wußte, daß du mich liebtest, daß mich deine Gedanken überall beschützt hatten, doch, doch, das wußte ich! Ich dachte, bei dir gäbe es das noch, Treue und all so was. Und plötzlich begriff ich dann: Du warst wie die anderen, du warst – ein Mann, weiter nichts.

Es war nicht nur, daß ich dich verloren hatte. Das vor allem. Ich hatte am Ende ganz aus deiner Kraft gelebt, ich weiß nicht, ob du das überhaupt gespürt hast. Von da an hielt mich deine Liebe nicht mehr. Warum sollte ich noch aufpassen auf mich? Es lohnte nicht mehr.

Entschuldige! Ich wollte etwas ganz anderes sagen: Dir war alles geblieben, woran du hingst, deine Arbeit, diese Wohnung; außerdem hattest du deine Genugtuung gehabt, es war gekommen, wie du es damals prophezeit hattest. Und ich war töricht genug zu glauben, jetzt würdest du in die Arena gehen, wo die anderen tot oder unschädlich gemacht waren. Jetzt mußtest du dich doch zur Verfügung stellen, es war ja kaum noch einer da. Du hattest doch Weitsicht!«

Der Doktor zuckte zusammen, unterbrach sie aber nicht.

»Du warst aus einer Generation, die Überblick hatte, du hattest einen Namen, der zumindest in der europäischen Fachwelt etwas galt, aber du saßest hier, du lebtest dein privates Leben weiter, nur daß jetzt auch noch eine Frau da war. Du überließest es auch diesmal wieder den anderen. Ich wußte, du würdest wie beim vorigen Mal von deinem Schreibtisch aus zusehen und dagegen sein, und ich begriff endlich, daß du zu denen gehörst, die immer dagegen sind. Daß es nur diese beiden Kategorien von Menschen gibt; die einen, die nach bestem Wissen das Ihre tun, und die anderen, die dasitzen und kritisieren.«

Er mußte wohl eine heftige, ungeschickte Bewegung gemacht haben, denn plötzlich starrte sie ihn an, stockte, setzte das Glas hin, daß es gegen die Flasche stieß.

»Bastian – Bastian, du siehst mich ja gar nicht!«

Nach einer Weile fragte sie: »Warum hast du mir das nicht geschrieben, du weißt, ich wäre zu dir gekommen!«

Er lachte auf. »Ich weiß! Du wärst gekommen, ja. Eben deshalb habe ich nicht geschrieben. Weil du immer hilfst, um dann die zu verachten, die deine Hilfe brauchen und in Anspruch nehmen.«

Es entstand eine Pause. Schließlich fragte sie: »Warum bist du so hart gegen mich?«

»Hart nennst du das? Ich sage die Wahrheit, genau wie du sie mir gesagt hast. Warum sollte ich dich schonen?«

»Ja, du hast ganz recht. Warum sollte man mich schonen? Manchmal wünschte ich, eine Frau zu sein, die man schonen muß. Ach laß gut sein, Bastian. Jeder kriegt es am Ende, wie er es verdient. Und nun hindere mich, noch weitere Lebensweisheiten von mir zu geben. Ich halte nichts davon.«

Sie ging zu ihm, setzte sich neben seinen Sessel auf den Teppich und lehnte den Kopf an seine Knie, ganz so wie früher, als sie ein junges Ding gewesen war. Man mußte jetzt über etwas ganz anderes reden – später würde sie ihn fragen, wie das gekommen war mit seinen Augen und wer Margot war und warum sie nicht hier war heute abend. Jetzt mußte sie nur weiterreden, damit er nicht dachte, er sei ihr fremd und unheimlich.

»Neulich habe ich einen Vortrag gehört von einem Mann namens Gedat, kennst du ihn? Aber sicher, du kennst ja immer alle Leute. Er nahm als Motto, ich meine als Textwort, es war in einer evangelischen Kirche: Beten, als ob alles Arbeiten nicht nütze; arbeiten, als ob alles Beten nicht nütze – das ist nicht wörtlich, aber dem Sinn nach war es so. Siehst du, das hätte man beizeiten lernen müssen: die eigene Kraft einsetzen, wirklich einsetzen und trotzdem nicht an sie glauben. Ich kann das nicht. Ich spüre nur, daß es richtig ist. Sich nicht darauf verlassen und trotzdem daran glauben; beinahe ist das absurd, inkonsequent. Weißt du, und dann das mit dem Apfelbaum, oder war es gar kein Apfelbaum? Ich glaube, es heißt so: ›Und wenn ich wüßte, daß morgen die Welt unterginge, würde ich heute einen Apfelbaum pflanzen.‹ Das hat auch Luther gesagt. Wie soll man das denn verstehen? Es klingt großartig, nicht wahr, dieses Trotzdem; es ist so deutsch im guten, wenn es das überhaupt gibt, deutsch im guten Sinne! Immer wieder anfangen, nicht aufsehen und um sich blicken. Aber weißt du, ich kann nicht tun, als ob ich das nicht wüßte. Als ob ich um mich herum nichts sähe, ich kann nicht für mich einen Baum pflanzen. Ich weiß, daß das nur symbolisch gemeint ist, das mit dem Baum, aber ich kann nicht in einer Katastrophenstimmung leben und ins Kino gehen und mir jeden Morgen die Schuhe putzen und Kartoffeln für den Winter einkellern, ich kann das nicht! Ich habe das nicht gelernt, ein privates Leben zu führen, so eins mit Vorratswirtschaft. Ich glaube, das darf man gar nicht.«

Sie sprach hastig weiter, wie es schien, ohne nachzudenken. Früher einmal hatte sie gesagt: ›Das bin gar nicht ich. Es redet aus mir.‹

»Muß man nicht in jeder Minute Stellung beziehen? Wird man nicht immer nach seinem Standpunkt gefragt? Muß man sich nicht dauernd mit Fragen auseinandersetzen, die unsere Existenz bedrohen, im wahrsten Sinne unsere Existenz, und hat doch nie Zeit gehabt, darüber nachzudenken? Da sagt der eine etwas über Schwarzweiß-Probleme, wie stehe ich denn dazu? Ich weiß es nicht; ich habe gar keine eigene Meinung. Der andere redet über Atome, man lernt das in der Schule wie eine Vokabel – eine Vokabel, die die Erde in die Luft sprengen kann und womöglich tut, und man hat damals versäumt, die Vokabel zu lernen. Muß ich denn nicht Tag und Nacht nachdenken? Und dennoch soll ich einen Baum pflanzen!

Einen Baum, der in fünf Jahren die ersten Blüten hat, in zehn Jahren vielleicht ein paar Früchte und einen kleinen Schatten! Wohin soll ich ihn eigentlich pflanzen? Vielleicht gegenüber, auf den Trümmerplatz? Und wenn ich wiederkomme, in zehn Jahren –«

Er legte ihr die Hand auf den Kopf. »Kommst du denn wieder, Katharina, in zehn Jahren?«

Sie lachte. »Ja, dann komme ich wieder, ich verspreche es! Und gucke nach dem Apfelbaum, den du nicht pflanzt und den ich nicht pflanze.«

Sie faßte nach seiner Hand. »Bastian, wäre es nicht schön? Wir beide hier oben am Fenster und unten so ein winziger Baum, mit sechs oder sieben rosa Blüten, und er gehörte uns beiden, und jedes Jahr erzähle ich dir, wie groß er nun ist.«

Sie rekelte sich und schob ihren Kopf dichter an ihn. »Ich bin so gerne bei dir, Bastian, ich kann mich gar nicht trennen. Du mußt mir sagen, wann ich gehen muß, wirf mich einfach hinaus, es ist schon spät.«

Ein solcher Satz von ihr war wie ein warmer Wind, der alle Fremdheit und Kälte, die sich in Jahren zwischen sie geschoben hatte, fortblies. Sie schien nun wieder, daran mochte zu einem Teil der Alkohol schuld sein, zutraulich und fing bereitwillig an zu erzählen, als er sie fragte, wo sie denn hingegangen sei, damals im Herbst 45. Diese Stimmung hielt jedoch nicht länger als zwei, drei Sätze an, dann kam ihre Heftigkeit wieder zum Vorschein.

»Man ließ mich damals, gleich nach dem Krieg, nicht weiterarbeiten. Ich hatte nicht einmal eine abgeschlossene Ausbildung, nur daß im Krieg keiner nach einem Examen gefragt hatte; ich stand vor dem vielzitierten Nichts. Keine Arbeit, kein Wohnsitz, kein Mensch, der nach mir gefragt hätte.«

»Warum bist du nicht gekommen, Katharina! Ich hätte

dir helfen können, ich hätte dir ein paar Worte geschrieben ...«

Sie ließ ihn wieder nicht ausreden. »Ja? Hättest du? Wahrhaftig! Das hättest du getan! Wie viele sind denn gekommen? Wem hast du es alles bestätigt, daß sie immer dagegen waren? Daß sie völlig unschuldig waren von allem Anfang an und an dem Ende erst recht. Bei wie vielen hat es denn gestimmt? Dafür hast du dich hergegeben! Und die haben sich nicht einmal geschämt! Nein, mein Lieber, so nicht! Sollte ich etwa betteln gehn für so einen Schein von der Spruchkammer bei denen, die als Verfolgte galten? Du brauchtest dich ja nur umzusehen, ein ganzes Volk von Verfolgten, von Dummköpfen! Hatten wir denn noch immer nicht genügend Beispiele für unsere Armseligkeit gegeben?«

Seine Stimme war ruhig wie immer, und das war es, was sie von jeher aufgebracht hatte.

»Du meinst Stolz? Ach, Katharina! Armut und Hunger, die ein Volk stolz machen, das ist etwas für Wochensprüche und für Leute wie dich. Davon kann man nicht leben. Und darauf kommt es jetzt an, daß wir weiterleben. Nichts sonst! Und bitte: keine pathetischen Worte, daß ein solches Weiterleben einem Vegetieren gleichkäme, und nichts von innerer Umkehr; das gibt es nämlich nicht. Daran habe auch ich geglaubt, früher einmal, daß der Mensch aus seinen Erkenntnissen lernt. Er lernt gar nichts. Er lebt. Er versucht aus seinem Elend herauszukommen, und« – einen Augenblick suchte er nach dem rechten Wort – »das ist schon sehr viel.«

Sie sagte, und er hörte, wie befriedigt sie war: »Du resignierst also wieder. Hast du eigentlich schon angefangen, deine ›Zwölf Jahre‹ zu schreiben? Das ist doch jetzt an der Zeit, sonst kommst du zu spät. ›Zwölf Jahre gegen Hitler. Die innere Emigration‹ – wenn du ein Beispiel brauchst, eine Frau, die mitgemacht hat, du kannst gerne mich nehmen. Ich gehe weg, ich sehe es ja nicht mehr! Ich will das alles auch nicht mehr sehen, ich habe es satt.«

Sie beherrschte sich wieder und fuhr mit erzwungener Sachlichkeit fort zu berichten: »Ich habe zwei Semester Psychologie gehört und auch Seminare mitgemacht. Ein bißchen Geld hatte ich gespart, und einen Gasthörerschein bekam ich auch. Du hättest uns sehen sollen: Männer und Frauen, die der Krieg übriggelassen hatte, und dazwischen ein paar Kinder, frisch von der Schule, mit alten Gesichtern. Wir taten, als nähmen wir's ernst, und dabei wußte jeder von uns mehr vom Leben als der Mann, der uns da in die Abgründe oder Hintergründe der Seelen einführen wollte. Im Krieg hatte er an einer Offiziersanwärterschule die jungen Leute auf ihre Tauglichkeit getestet. Handschriftendeutung, Stildeutung, Zeichentests – und nun machten wir das so weiter. Wie im Krieg, nur daß uns keiner sagte, wofür wir, die aus dem Krieg kamen, denn nun noch taugten. Es war ein groteskes Spiel. Ich hatte für Spiele weniger Sinn denn je. Das war eine Psychologie für reiche Leute, solche, die sich einen Knacks leisten konnten. Mit denen hatte ich nie zu tun gehabt und würde es auch in Zukunft nicht haben. Ich wollte zurück zu meiner Arbeit.

Ich gab es auf mit der Psychologie und hörte Soziologie, Volkswirtschaft und saß zwischen denen, die aus der ›freien Marktwirtschaft‹ das theoretische Rüstzeug für den schwarzen und den grauen Markt holten und deren Väter derweil die zerbombten Fabriken wieder in Schwung brachten. Der Herr Sohn sollte ein paar gute Jahre haben – nach all dem; vielleicht fühlten sich die Väter sogar ein bißchen schuld am Schicksal ihrer Söhne, doch, doch, so etwas gibt es!

Ich hielt es ohne richtige Arbeit nicht lange aus. Ich bin nicht fürs Theoretische, ich frage bei allem: ›Wozu kann man es verwenden?‹ Das ist keine Einstellung, wenn man wissenschaftlich arbeiten will. Ich kam mir nach vier Kollegstunden am Morgen und einer Arbeitsgemeinschaft am Nachmittag wie ein Nichtstuer vor. Im zweiten Herbst war ich dann soweit, daß ich eines Morgens nicht mehr aufstand – wozu auch? – und daß ich mir nichts kochte und daß ich nicht einkaufen ging und mich nicht wusch. Wer fragte schon danach! Meine Wirtin etwa? Wen kümmerte es überhaupt noch, ob ich lebte oder nicht? Es waren gerade Semesterferien. Der, den es vielleicht gekümmert hätte, war zu seiner Frau gefahren, die sein Studium durch Nähen für andere Leute finanzierte.

Ich bin wieder aufgestanden, sonst säße ich heute nicht hier. Ich habe mich gewaschen und bin gegangen und habe mir was zu essen gekauft; die Lebensmittelmarken wären sonst verfallen. Kein großartiges Argument. Es war nirgends großartig! Es ging wieder. Ich muß nur jedesmal ganz 'runter. Mein Versuch, ein privates Leben zu führen, war gescheitert.«

Wieder schien es eine Klippe zu geben, die sie nicht umschiffen konnte. Sie fragte nach einer Pause: »Wo ist deine Frau jetzt?«

»In einem Konzert. Sie ist sehr musikalisch.«

»Weiß sie, daß ich hier bin?«

»Ja. Sie hat mir deinen Brief vorgelesen. Sie kennt dich schon lange. Sie weiß, was du für mich bedeutet hast.«

Er hätte das ›bedeutet hast‹ gern zurückgenommen, aber es war zu spät, sie reagierte mit Zusammenzucken, sagte jedoch nichts. Bis dieser Brief gekommen war, hatte es gestimmt; alles, was mit Katharina zusammenhing, war Vergangenheit. Hatte sich daran etwas geändert? Verletzte ihn ihre Heftigkeit und Ungerechtigkeit wie früher? Etwas war anders an ihr. Etwas war zerstört. Darüber würde er nachdenken müssen, wenn sie gegangen war.

»Woher kommst du jetzt, Katharina?«

»Was fragst du! Irgendwoher. Willst du den Namen der Stadt hören? Oder den, in der ich vorher war und davor, und immer andere Namen? Ach, Bastian! Ich muß fort von hier, wenn ich noch ein bißchen was retten will. Weißt du, noch habe ich eine Vorstellung davon, wie Gott – entschuldige! – mich gemeint hat. Wenn ich noch eine Weile so weitermache, weiß ich auch das nicht mehr. Dann verliere ich auch noch das Bild vor Augen. Zeig mir deinen Jungen, Bastian!«

Sie angelte mit dem Fuß nach dem grünen Laubfrosch und ließ ihn von einer Hand auf die andere springen.

»Mach dir doch Licht, Kat!«

Er stand auf und ging zur Tür, wie sie ihn unzählige Male hatte zur Tür gehen sehen, die linke Schulter ein wenig hochgezogen; ein paar Haarsträhnen, die über den Bügel der Brille fielen. Sie folgte ihm und dachte, daß er eben zum ersten Mal wieder Kat zu ihr gesagt und es nicht einmal gemerkt hatte.

»Wird er auch nicht wach?«

»Ich glaube nicht, er schläft tief.«

»Wie heißt er?«

»Simon.«

»Simon! Er hat ja dunkles Haar?«

»Ja, Margot –«

»Ach so!«

Er zeigte ihr seinen Sohn. Das war eine ganz alltägliche Szene. Sie mußte jetzt nur die üblichen Worte dafür finden.

»Kann er schon sprechen, richtige Sätze . . .«

Statt den Satz zu Ende zu bringen, legte sie ihm die Arme um den Hals und weinte, wie sie seit Jahren nicht geweint hatte. In diesem Augenblick begriff sie, was hätte sein können. Seine Welt, deren Wohlgeordnetheit sie früher verachtet hatte, die ihr karg erschienen war, schien ihr heute voller Reichtümer.

Sie setzte den grünen Frosch auf die Bettdecke, wandte sich ab, schaltete das Licht aus und ging mit ihm zurück in sein Zimmer. Sie war wieder ruhig genug, um mit ihm auch über dieses Kind sprechen zu können.

»Bedeutet er dir viel, dein Junge? Ich meine, ist er ein richtiger Lebensinhalt, bindet er dich, gibt er dir Halt, Zuversicht? Ich weiß doch nicht, wie das ist, so ein Kind! Hast du nun mehr Zutrauen zum Leben?«

»Ja und nein. Er ist lebendig. Im Grunde das einzig wirklich Lebendige in meiner Umgebung. Margot bemüht sich, mir alles fernzuhalten, was mich beunruhigen könnte. Ich spüre, wie er sich entwickelt, er ist sehr zärtlich. Er weiß es nicht anders, als daß ich blind bin. Er findet das ganz natürlich. Und diese Selbstverständlichkeit, so ohne alle Rücksicht, das ist sehr viel für mich. Aber ein Lebensinhalt? Nein. Ich vermute, den gibt es nicht. Er setzt sich aus zu vielen einzelnen Werten zusammen. Ich hüte mich auch, daß der Junge einen zu großen Raum einnimmt. Die Zeit ist so kurz, dann müßte ich ihn wieder hergeben.«

»Daß du das kannst, so vorsichtig leben, Bastian. Das war mir immer unbegreiflich an dir. Du duckst dich, du fängst die Schläge ab, die das Schicksal dir zuteilt. Du erwartest immer etwas Schlimmes, du lebst noch immer zwischen Vergangenheit und Zukunft. Hast du nie gespürt, was Gegenwart ist? Wenn man gar nicht mehr weiß, wann das war: gestern? Wenn man vergessen hat, daß morgen ein neuer Tag beginnt!«

»Doch, Kat, einmal hat es das gegeben. Du weißt es.«

»Ja, ja, ich weiß! Aber ich konnte nicht Schritt halten mit dir, du hattest eine andere Gangart, du störtest meinen Rhythmus, wahrscheinlich tat ich's bei dir noch mehr. Du wolltest das Leben beobachten und registrieren. Ich wollte mitmachen. Ja, so war es. Ich mußte mitmachen, ich mußte zuerst einmal alles falsch gemacht haben. Hätte ich es denn nicht lernen können, das mit der anderen Gangart, deinen Rhythmus? Hätten wir nicht einen gemeinsamen finden müssen, Bastian?«

»Nein, nein, Kat, das gibt es nicht. Wir können uns nicht ändern. Wir können versuchen, uns zu verstehen und gelten zu lassen, das ist schon viel, aber es ist auch das Äußerste.«

»Wahrscheinlich hast du recht. Aber ich wollte, ich könnte dir beweisen, daß du unrecht hast!«

»Das hättest du vor zehn Jahren gesagt haben können.«

»Ja – merkwürdig!«

»Was ist merkwürdig, Kat?«

»Das mit den zehn Jahren. Ich weiß nicht, aber von hier aus sieht sich alles so anders an. Von hier aus hat man auf einmal Abstand, man ist nicht mehr so mitten drin. Bei dir verteidige ich immer das Leben, weißt du, das ganze Leben. An dem Abend nach meinem Abitur, da hast du zu mir gesagt, ich sollte froh sein, wenn ich einmal die Hälfte bekäme. Bisher habe ich es nicht zu fassen gekriegt, das ganze Leben, oder, wenn einmal, dann habe ich es nicht halten können. Bei dir wachsen meine Kräfte, ich spüre, daß es noch einen anderen Weg geben muß. Ich kenne ihn noch nicht, aber einmal, einmal werde ich es wissen; schlimm ist ja nur, daß man nie erfährt, ob man den richtigen Weg eingeschlagen hat. Ich bin so allein, verstehst du? Manchmal müßte mir einer helfen.«

Sie verfiel wieder in Schweigen.

Er stellte sich vor, wie sie in ihrem Sessel saß: die Beine hochgezogen, die Arme um die Knie gelegt und das Kinn daraufgestützt, dieses kräftige Kinn, das das Gesicht herbe machte und im Widerspruch stand zu ihren hellen braunen Augen. Ihr Gesicht sah er noch immer so vor sich, wie es war, als Katharina achtzehn war.

»Wann kommt deine – Frau zurück? Es wird spät.«

»Sie wird zu ihrer Freundin gegangen sein und dort übernachten.«

»Wie sieht sie aus?«

»Wer?«

»Deine Frau!«

»Ich weiß es nicht.«

»Verzeih!«

»Aber ich bitte dich! Du brauchst dich nicht jedesmal zu entschuldigen, ich bin doch daran gewöhnt.« Er schwieg betroffen. Seine Hände kannten Margots Gesicht besser, als es Augen jemals können würden, und er wußte, daß er sie verraten hatte. An diesen einen Augenblick, den Katharina hier war, verriet er Jahre, in denen er glücklich oder doch beinahe glücklich gewesen war. Er hatte sich wohl befunden. Es war ein Zustand gewesen, in dem man nicht fragt, weil er selbstverständlich ist; das nannte man noch nicht Glück, obwohl es wahrscheinlich mehr war. Er wußte das. Dennoch erschien ihm diese Stunde mit Katharina wichtiger und wertvoller.

Sie unterbrach seine Gedanken. »Wie ist sie, deine Frau, ich meine, lebhaft oder still?«

»Ich habe immer versucht, dir alles zu erklären, damit du mich verstehen kannst. Aber Margots Vorzüge kannst du nicht erkennen, für dich würden es keine Vorzüge sein. Ich müßte sie vor dir in Schutz nehmen und verteidigen.«

»Vor dir auch?«

Sie sah, wie sich sein Gesicht verzog, schämte sich, ihn zu beobachten, und sah beiseite. Er gab es zu: »Ja, auch vor mir. Du wirst diesen Zustand kennen, wenn man weiß, daß man allen Grund hat, zufrieden zu sein, so wie es ist. Aber man muß es sich aufzählen, aus diesem und diesem Grunde geht es mir gut. Das gibt es auch in den Beziehungen zwischen Menschen. Es ist doch so: Ein Mensch überzeugt einen an jedem Tag aufs neue durch das, was er tut. Er tut nie etwas Verletzendes, er tut niemals etwas, das man verachten müßte. Schließlich empfindet man eine solche Hochachtung für ihn, die ...«

Katharina fiel ihm wieder ins Wort: »... der Liebe gleichkommt, ja, ich weiß, was du meinst. Ich glaube, so etwas warst du im Anfang für mich. Ich war mir nur nicht klar darüber. Ich habe dich immer verletzt. Ich habe dich sogar verletzen wollen, absichtlich. Ich wollte immer wissen, wie weit ich es treiben könnte. Im Grunde bin ich böse.«

»Böse? Nein, Kat! Nur – es gibt keine Vokabel für das, was du bist. Du bist noch gar nicht, alles ist noch im Werden, auch wenn du gar nicht mehr so jung bist. Die Jahre bedeuten da nichts. Auf das, was einmal aus dir wird, darauf ist es mir immer angekommen.«

»Das hat schon einmal einer gesagt. Auf gewisse Weise war Friedrich dir sogar ähnlich. Ich wollte ihn heiraten, vielleicht aus diesem Grunde. Aber wenn du wissen willst, was ich inzwischen geworden bin ...« Sie sagte es verächtlich, wie alles, was sie über sich selbst sagte.

»Nein, Kat, nein, sei still! Das will ich von dir nicht wissen.«

»Aber ich bin hergekommen, um es dir zu sagen. Und ich werde nicht gehen, bevor ich es nicht gesagt habe.«

Diesmal war er es, der sie nicht ausreden ließ. Er nahm das Gespräch dort auf, wo ihre Heftigkeit es unterbrochen hatte. »Du wolltest wissen, wie Margot ist. Als dein Brief kam und sie mir wie gewöhnlich den Absender vorlas, stockte sie bei deinem Namen. Aber ich wußte, sie sah mich nicht an. Sie beobachtet mich niemals. Ich bin den Blicken der Menschen preisgegeben. Sie starren mich an, als ob ich es nicht merkte. Das tut sie nie. Als ich sie, ein paar Stunden später, bat, mir den Brief vorzulesen, wußte ich, daß es ihr schwerfiel. Doch das erste, was sie sagte, als sie ihn gelesen hatte, war: Sie ist ganz am Ende, deine Katharina.«

Von Katharina kam ein verächtliches: »Ach was!«

Der Doktor fuhr fort: »Sie sagte: ›Sei gut zu ihr, Sebastian, wenn sie kommt.‹ Und vorhin sagte sie, bevor sie ins Konzert ging: ›Erzähl ihr nichts von Simon. Ich habe alles Spielzeug weggeräumt.‹ Siehst du, so ist Margot. Wir beide, du wie ich, wir denken alles zuerst einmal für uns, was es für uns bedeutet. Das tut sie nicht. Sie hat eine ganz starke Witterung für Menschen, sie ist behutsam, man spürt sie nicht. Sie ist erst wieder anwesend, wenn man sie braucht. Sie ist ein künstlerischer Mensch, ohne davon Gebrauch zu machen. Sie spielt kein Instrument, obwohl sie ein erstaunliches Gehör hat. Sie malt nicht, obwohl sie ein Bild besser erfaßt als irgendein anderer. Sie liest mir vor, sie hat eine sehr angenehme Stimme.«

Katharina faßte ihr Urteil zusammen: »Dann ist sie gar kein eigener Mensch.«

»So siehst du es, ich sehe es anders. Sie ist ein Instrument, das man zum Klingen bringen muß. Sie hat wirklichen Reichtum. Sie bewahrt ihn, sie gibt ihn nicht an jeden preis.«

»So wie ich, meinst du, sag es ruhig.«

»Bezieh nicht jedes Wort auf dich, Kat. Solange du alles in Beziehung setzt zu dir, findest du nicht, was du suchst. Wenn man Spuren hinterlassen will, darf man nicht auf seine eigenen Füße sehen.«

»Das sind Worte, Worte! Erzähl weiter von dieser Margot.«

»Nicht, wenn es dir weh tut.«

»Weh tun? Ich bin noch nie aus dem Weg gegangen, wenn es weh tat. Gut, soll es ruhig weh tun. Es kommt auf einmal mehr oder weniger nicht an. Ich höre gerne zu, wenn jemand von Glück spricht. Aber, das kannst du mir nicht verwehren, ich glaube, daß die, die davon reden, gar nicht wissen, was das ist.«

Er spürte, daß sie auf eine Reaktion von ihm wartete, und zwang sich zum Sprechen: »Einmal hast du hier am Fenster gestanden, und ich habe dich gefragt, ob du glücklich seiest.«

»Ich weiß, und ich habe dir geantwortet, daß es darauf nicht ankomme. Das glaube ich auch jetzt noch. Ich kann es nicht ertragen, wenn man davon redet wie von ...«

»Einem Teller Kompott?«

»Das weißt du noch, Bastian? Ich habe mich geschämt, nachher. An dem Abend war ich wohl tatsächlich glücklich. Man merkt es oft erst viel später. Ganz selten kriegt man es zu fassen. Alles war noch ungesagt zwischen uns, alles lag noch vor mir, das ganze Leben! Und ich glaubte dir kein Wort – daß ich nur die Hälfte bekommen sollte. Ich hörte dir gar nicht richtig zu, weil du mich so ansahst, und einmal hast du den Arm um mich gelegt ...

Ich unterbreche dich dauernd, verzeih. Ich konnte nie ordentlich zuhören. Ich meine, dort, wo es mich selbst anging; bei Fremden, da kann ich es. Weißt du, ich bin kein Zuschauer und schon gar kein Zuhörer. Ich muß immer mitmachen. Einmal waren wir beide auf einer Kirmes, weißt du das noch? Und ich wollte Karussell fahren und auf Tontauben schießen und in das Tanzzelt gehen, aber du wolltest überall nur zusehen. Ich zerrte an dir: Komm doch mit, laß uns doch tanzen, laß uns wenigstens einmal mit dem Riesenrad fahren! Ich war wütend auf dich! Ich sagte, du wärest ein richtiger Zaungast, nicht einmal bezahlen wolltest du für das Vergnügen, das die anderen dir machten. Ich fand das gemein, zuzusehen, den anderen die Freude und den Kummer vom Gesicht abzulesen und selbst ganz unbeteiligt zu sein.«

»Ich war beinah zwanzig Jahre älter, Kat!«

»Ach, das ist es doch nicht! Du wirst als Junge nicht anders gewesen sein. Die einen gehen immer in die Arena und holen sich ihre blauen Flecke, und die anderen sehen ihnen dabei zu.«

»Vielleicht beneiden sie sie auch.«

»Möglich. Daran habe ich nie gedacht.«

»Wie könntest du auch, Katharina, wie könntest du auch daran denken, wie es in den anderen aussieht!«

Sie lachte auf. »Du sagst mir das, ausgerechnet du? Du sitzt hier ein Leben lang am Schreibtisch und tust nichts für die anderen. Ich sage ja nichts gegen deine Arbeit! Ich habe inzwischen begriffen, daß sie ihren Wert hat, nur: Du tust doch wirklich nichts, was deinen Mitmenschen nützlich ist. Und ich, ich quäl' mich Jahr für Jahr, bis ich wirklich ziemlich am Ende bin, ich renne herum für andere, ich tue alles, was die einen christliche Nächstenliebe und die anderen öffentliche Fürsorge nennen und was keins von beiden ist, sondern einfach ein Beruf, für den man sein Geld kriegt und den man so recht und so schlecht, wie es eben geht, ausübt. Nur daß man keinen Augenblick vergessen hat, daß es Menschen sind, um die es geht, richtige, lebendige Menschen und keine Steine, die leben wollen und denen man helfen muß, weil sie allein nicht mehr mit dem Leben fertig werden, und dann kommt einer – so ein Zaungast – und sagt einem, man hätte niemals daran gedacht, wie es in anderen Menschen aussieht. Hätte ich vielleicht mit ihnen beten sollen, hätte ich ihnen fromme Geschichten erzählen sollen, was erwartest du denn? Ich habe dafür gesorgt ...

Was kümmert dich das! Du hast das niemals zu sehen gekriegt, einen Bunker mit Flüchtlingen, lauter heruntergekommene Frauen, eine zerbombte Schule, voll Verwundeter, und dazwischen Kinder. Auffanglager für die DPs, Lazarettzüge, das sind für dich ja nichts als Worte! Ja, vielleicht hätte ich mich zu ihnen setzen, ihre Hand halten und ihnen helfen sollen beim Sterben. Einmal habe ich sogar das getan, aber da wollte ich selber sterben und beneidete den, der es durfte. Weißt du, wie das ist, wenn in einer Nacht sieben Menschen sterben, für die du verantwortlich bist? – Friedrich hat am Morgen gefragt: ›Was tun Sie denn dabei, Schwester Katharina?‹, und da habe ich ihm geantwortet: Ich sterbe mit ihnen. Aber man kann nicht in jeder Nacht siebenmal sterben; statt dessen habe ich ein paar anderen geholfen zu leben. Verstehst du? Vielleicht habe ich ihnen nur meine physischen Kräfte gegeben, andere habe ich gar nicht, aber die, die habe ich doch gegeben, und gerne hab' ich's getan. So dumm war ich! Nur daß jetzt einer herkommt und mir auch das noch wegnimmt, daß ich wenigstens dabei nicht versagt habe . . .«

Er benutzte ihr Atemholen, um sie zu beruhigen. »Katharina! Komm, sei ruhig!« Er drückte ihren Kopf an seine Knie, aber er sagte kein Wort, das sie verteidigt hätte.

»Entschuldige! Ich habe zuviel getrunken. Ich trinke jetzt immer zuviel. Ich bin so verdammt nüchtern sonst, weißt du. Aber wohl immer noch nicht nüchtern genug.«

Sie stand auf, setzte sich wieder in ihren Sessel und sah ihn an. »Du bist müde, Bastian, ich muß gehen.«

»Ich brauche wenig Schlaf. Margot hat für dich Bettwäsche zurechtgelegt, du kannst hier auf dem Sofa schlafen, ein Gastzimmer haben wir nicht, nur dieses und das Schlafzimmer, wo Simons Bett steht. Oder hast du ein Zimmer in der Stadt?«

»Nein – oder doch, ja, ich habe mein Gepäck im Bunker bei der christlichen Nothilfe, dort bringt man mich schon unter für eine Nacht. Ich brauchte alles Geld für die Fahrkarte. Aber das ist doch auch ganz gleichgültig, wo ich schlafe! Laß mich noch eine Weile hierbleiben. Ich hatte nicht gedacht, daß es so schwer sein würde: weggehen. Erzähl mir von dir, ich unterbreche dich nicht wieder. Von dir und deiner Frau und seit wann das ist, das mit deinen Augen.«

Er war müde. Er wäre gerne nach nebenan gegangen und hätte sich den Jungen geholt und den kleinen, schlafwarmen Körper an sich gedrückt und sich vergewissert, daß alles richtig so war. Er hatte Sehnsucht nach Margot und auch nach seiner Arbeit. Er tastete nach den Zeigern der Uhr und spürte dabei Katharinas Blicke auf seinen Händen. Es ging auf Mitternacht, also würde Margot nicht mehr kommen. Es war besser, wenn sich die beiden Frauen nicht begegneten. Er würde nun von sich und seinen Dingen sprechen müssen. Er mußte dem Mädchen über die Stunden des Abschieds hinweghelfen, das zumindest war er ihr schuldig.

»Im Juni zweiundvierzig warst du zum letzten Mal hier. Bald darauf wurde ich eingezogen, ich schrieb dir das noch, ich glaube, du warst damals in Norwegen? Habe ich dir einmal erzählt, daß ich 1918 noch Leutnant geworden war? Ich fing also gleich mit einem Rang an, machte einen sechswöchigen Ausbildungslehrgang mit und kam dann nach Frankreich zum Kunstschutz. Du weißt, was das hieß? Wir zeichneten in Meßtischblätter die Kunstdenkmäler ein, sorgten für Registrierung und Sicherstellung. Eine rein archivarische, oft sogar bürokratische Arbeit, die Präzision verlangte, die mich sogar zeitweise befriedigte, weil ich bis zum Krieg wenig französische Kunstdenkmäler kennengelernt hatte und auf mancherlei Spuren der Antike stieß, wo ich sie nicht vermutete. Wir hatten übrigens nichts mit der Aktion Rosenberg zu tun, die vornehmlich jüdischen Privatbesitz plünderte. Wir versuchten im Gegenteil zu retten, was zu retten war, arbeiteten, wo es sich machen ließ, eng mit den französischen Dienststellen zusammen.

Es hatte mit Krieg nicht viel zu tun. Ich wurde in jenem Herbst häufig in das Haus eines französischen Kollegen eingeladen. Wir waren uns vor dem Krieg einmal auf einem Kongreß begegnet. Er entsann sich einer kleinen Schrift von mir über frühchristliche Totenbestattung. Nach den ersten vorsichtig tastenden Gesprächen machten wir kein Hehl aus unserer politischen Einstellung. Wir sondierten das Gelände; als das geschehen war, führten wir jedoch keineswegs politische Gespräche, wir wußten, wo wir standen, das war genug. Es handelte sich um eine dieser spontanen Verbindungen, die nur aus gemeinsamen geistigen Voraussetzungen erwachsen können. Man sagte: Pascal, Dufy, Bartók, Machiavelli – Namen, auf denen man aufbaute wie auf einem gemeinschaftlichen Grundstück, es war ohne Bedeutung, ob es an der Schelde oder an der Seine oder am Tiber lag. Man trug es in sich.

Von ihm hörte ich zum ersten Mal von Margot. Sie war seine Schwiegertochter, lebte in einem kleinen Ort in der Normandie; ihr Mann war vierzig gefallen, die kleine Tochter wenig später an Typhus gestorben. Vielleicht hat Monsieur Gabriel an eine Verbindung zwischen uns gedacht, gesprochen wurde niemals darüber. Ich wußte lediglich, wer diese Frau war, als sie später zu mir ins Lazarett kam.

Es gab noch einen zweiten Sohn im Haus, der damals fünfzehn war. Er haßte mich. Weil ich die deutsche Uniform trug, aber mehr noch, weil sein Vater und ich diesen Krieg nicht mitmachten, in dem sein vergötterter Bruder gefallen war. Darin war er dir sehr ähnlich. Er schlief den Sommer über im Freien. Er hatte sich ein Zelt aufgeschlagen, und darin hauste er. Das Grundstück stieß an die Seine. Meist kochte er auf einer Feuerstelle am Ufer ab; an den Abendmahlzeiten nahm er nicht teil, zumindest nicht, wenn er wußte, daß ich im Haus war. Sein Vater ließ ihn gewähren. Wenn Marcel leben wollte wie die Soldaten, nun gut, dann sollte er es so haben. Er versuchte nicht, ihm klarzumachen, daß er damit niemandem nutze. Manche Menschen müssen es sich schwermachen und fühlen sich wohl dabei. Es ist ihre besondere Art von Ehrgeiz. Ich lernte in diesem Haus ein hohes Maß von Duldsamkeit kennen.

Wir verbrachten manchen Abend zusammen. Ich denke gern an diese Monate zurück. Ich führte in gewisser Hinsicht ein freieres Leben als in Deutschland. Ich trug Zivil, nur im Dienst die Uniform eines Kriegsverwaltungsrates; ich hatte einen Dienstwagen zur Verfügung, von dem ich allerdings ungern Gebrauch machte. Es war mir nicht angenehm, in einem dieser feldgrauen Wagen durch Paris zu fahren. Monsieur Gabriel stellte mir seine Bibliothek zur Verfügung, zumeist aber saßen wir zusammen und unterhielten uns. Seine Frau stammte von einem Weingut nicht weit von Angoulême, eine sehr gütige, immer noch schöne Frau. Wir tranken ziemlich viel, gelegentlich spielten wir auch eine Partie Schach; am liebsten aber saßen wir an warmen Abenden auf der Terrasse und sahen über den Fluß und die niedrigen, buschigen Hügel, wenn der Mond aufstieg. Manche Bilder bewahrt man in sich auf. Dies ist eines der letzten: Madame Gabriel saß abseits und schälte Bergamotten, deren Duft sich mit dem der Veilchen mischte, die zum zweiten Mal an den Ufern blühten; zwischen den Weiden verglomm das Feuer, auf dem Marcel sich sein Abendbrot bereitet hatte. Kein Lichtschein über der nahen Stadt, dann und wann ein Scheinwerfer, der über den Himmel strich.

Im November wurde ich in den Norden versetzt, in das alte Kampfgebiet des Ersten Weltkriegs. Unsere Gruppe bestand aus fünf Leuten, es handelte sich um eine Fotokampagne zu den großen Kathedralen, die ich damals zum ersten Mal zu sehen bekam. Die Portale waren eingerüstet und mit Sandsäcken vor Bomben und Artilleriebeschuß geschützt; die Plastiken im Inneren, soweit sie wertvoll waren und zu groß, um in Bunkern untergebracht zu werden, ebenfalls; die Glasfenster waren sichergestellt.

Rundherum Trümmer. Kein erhebender Anblick. Die Bevölkerung im Vergleich zu Paris feindseliger, auch die Pfarrer und Mesner und Bibliothekare, mit denen wir zu tun hatten, und dann Winter und all die kleinen Beschwernisse, die die Tage so endlos werden lassen.

Im Frühjahr verschlimmerte sich mein Nierenleiden, eine Folge der stundenlangen Aufenthalte in den zugigen Kirchen. Ich wurde in ein Lazarett eingeliefert. Im Mai kam ich in ein Offizierserholungsheim an der Küste, in einem der schönen alten Schlösser, nicht weit von Saint-Malo. Mit der Aussicht auf baldige Entlassung. Und am sechsten Juni kam die Invasion. Wer nur irgend einsatzfähig war, wurde eingesetzt, und dazu gehörte auch ich. Ein Kunstschutzoffizier, seit Jahren schwer nierenleidend, sehbehindert und ohne die Überzeugung, daß man mit Geschützen etwas erreichen kann. Ich leistete meinen Beitrag zum Krieg, was das Schießen anbelangt, in etwa sieben Stunden. Unsere Befestigungsgräben lagen unter schwerem Beschuß, nicht sehr lange, soviel ich weiß, dann mußten sie aufgegeben werden. Als ich wieder zu mir kam, war ich, von einigen Schürfwunden abgesehen, heil. Es dauerte eine gewisse Zeit, bis ich begriffen hatte, daß die Dunkelheit nicht Nacht war. Allerdings hinderten mich die heftigen Kopfschmerzen am Nachdenken. Man transportierte mich später in ein französisches Lazarett, das den Amerikanern unterstand. Dort war ein Arzt, den ich als medizinisch nicht eben alltäglicher Fall interessierte. Meine Kurzsichtigkeit ist angeboren. Ich nehme an, daß dir in deiner Lazarettzeit kein ähnlicher Fall begegnet ist: Die Linse ist normal, lediglich die Augachse ist zu lang. In einem gewissen Alter, man setzt als Grenze wohl zumeist die Vierzig, kann es bei Unfällen passieren, daß ein Riß in der Netzhaut entsteht, die sich dann löst. Daß es beide Augen zugleich traf, war mein ganz persönliches Mißgeschick. Soviel darüber. Es war also mehr ein Unfall als eine Verwundung, ich war lediglich ein paar Stunden verschüttet. Betrachtet man es nüchtern, war diese Erblindung meiner Rolle im Krieg durchaus angemessen.

Ich trug einen Brief von Monsieur Gabriel bei mir mit der Anschrift von Margot. Nachdem ich erfahren hatte, daß ihr Wohnort ganz in der Nähe des Lazarettes lag, ließ ich ihr durch eine Schwester eine Nachricht zukommen und bat sie, ihrem Schwiegervater Grüße zu bestellen und ihm mitzuteilen, daß ich noch am Leben sei. Eine solche Nachricht mußte damals mit Vorsicht weitergeleitet werden, um den Empfänger nicht der Kollaboration zu verdächtigen, wie es damals bei weit nichtigeren Anlässen geschah.

Wie ich gehofft hatte, besuchte sie mich ein paar Tage später. Du siehst, ich war so wenig ein Heiliger wie ein Held. Ich habe mich nie zuvor und später nie wieder so elend gefühlt wie in den ersten Wochen in diesem Lazarett. Ich brauchte einen Menschen, mit dem ich reden konnte. Einen, der mich bedauerte. Ich wollte bedauert werden. Auch jetzt ging mich der Krieg, der immer näher auf Deutschland zukam, nicht so viel an wie der Krieg, in dem ich mit meinem eigenen Schicksal lag. Margot ist jeden Tag gekommen. Wie sie sich die Erlaubnis verschafft hat, einen verwundeten deutschen Offizier zu besuchen, weiß ich nicht, ich vermute, daß ich sie auch damals nicht danach gefragt habe.

Ihre ruhige Art zu sprechen, ihre leisen Bewegungen, der kaum wahrnehmbare Hauch von Parfüm – das verkörperte für mich eine Welt, die man in jenen Monaten im Begriff war, völlig zu zerstören. Ich war, vermutlich eine Folge der jähen Erblindung, sehr empfindlich geworden gegen Geräusche und Gerüche. Übrigens empfand ich damals eine gewisse Genugtuung; ich steigerte mich sogar so weit, es als eine Bevorzugung zu betrachten, daß ich die Zerstörungen nie zu sehen bekäme, daß für mich die Welt so bleiben würde, wie ich sie verlassen hatte, also unzerstörbar. Aber es blieben natürlich Zerstörungen, ob ich sie nun sah oder nicht. Zumeist war ich mir darüber im klaren. Daß ich ein Gefangener war, habe ich nicht empfunden, man machte keine mir bemerkbaren Unterschiede zwischen den eigenen und den feindlichen Verwundeten. Durch die Vergünstigungen, die mir Margot verschaffte, besserte sich meine Nierensache, ich bekam Diät, trotz der sehr schlechten Versorgungslage damals in Frankreich. Ich erholte mich und litt darum um so mehr unter der Untätigkeit. Ich war nicht eigentlich krank, die Kopfschmerzen hatten sich durch die erzwungene Ruhe gebessert. Margot hat mir noch in jenem Lazarett die Anfangsgründe der Brailleschrift beigebracht. Wir haben zusammen als erstes einen Roman gelesen. Ich ahne nicht, wer ihn in Blindenschrift übertragen hat. ›Ships that pass in the night‹ von einer Engländerin. Ich habe nie vorher einen Roman so intensiv gelesen. Er hat uns sehr miteinander verbunden.

Ich habe sie einmal gefragt: ›Warum tun Sie das alles?‹ Zuerst hat sie geschwiegen, dann hat sie es freimütig eingestanden: ›Hergekommen bin ich, weil ich Sie haßte. Jeden einzelnen von Ihnen. Sie sahen meinen Haß nicht. Sie streckten die Hände nach mir aus, Sie hatten ja auch keine Uniform an, alles war anders, als ich es mir ausgedacht hatte. Sie waren ein kranker Mensch, der Hilfe brauchte, die einzige, die ich geben konnte. Bald darauf dachte ich, ich müßte ein Ende machen mit diesem Krieg, zuerst einmal ich. Alles kommt doch immer auf das Anfangen an, und Ihnen gegenüber war es nicht schwer. Und dann‹, sagte sie leise, und ich hörte sie zum erstenmal lachen, ›et maintenant, Monsieur, je vous aime.‹

Sie hat wohl gewußt, daß ich sie nie fragen würde, es war einfach nicht möglich aus meiner Situation heraus. Daß sie es sagte, obwohl sie scheu war und im Grunde ein verschlossener Mensch, dadurch überwand sie den ganzen Schutzwall aus Verzweiflung und Erbitterung, den ich um mich aufgerichtet hatte.

Ich wurde entlassen. Margots Schwiegervater erreichte, daß ich nicht zu einem der Heimkehrertransporte kam, sondern die Erlaubnis erhielt, für ein paar Monate in sein Haus zu kommen. Margot begleitete mich. Dort habe ich gelernt, mich im Leben zurechtzufinden. Einen gewissen Mißklang in diese Wochen brachte nur Marcel, für den ich der einzige seinem Haß erreichbare Deutsche blieb. Sein Haß wurde lediglich durch seine Begeisterung für General de Gaulle, den Befreier von Paris, abgelenkt, dessen Bild er sich verschafft hatte und über dem Kamin aufhängte und bekränzte. Niemand nahm davon Notiz.

Ich habe dort alles neu gelernt wie ein Kind. Gehen, ohne daß ich geführt zu werden brauchte, den Schrankecken auszuweichen, weil man sich daran stößt; ich habe gelernt, mich anzukleiden, ohne daß ich kontrolliert zu werden brauchte, ob mein Anzug in Ordnung war; ich habe gelernt, mit Messer und Gabel zu essen, ohne daß es ein unappetitlicher Anblick ist. Ich konnte mir eine Zigarette anzünden und im Gedächtnis behalten, wohin ich die Streichhölzer gelegt hatte, und konnte den Aschenbecher finden, ohne danach zu tasten. Ich lernte Stimmen zu unterscheiden und wann Abend war und wann Morgen.

Dort erst habe ich erfahren, daß Margot Deutsche war. Sie sprach ein, zumindest für meine Ohren, einwandfreies Französisch. Auf welcher Seite sie stand, hätte man nicht sagen können. Sie hatte bei ihrer Heirat nicht nur auf dem Papier ihre Staatsangehörigkeit gewechselt. Mochte sie blutsmäßig auch eine Deutsche sein, ihre Liebe gehörte

Frankreich. Es war damals nicht leicht, sich zu Deutschland zu bekennen. Aus Trotz, wie es manche taten, tat sie es nicht. Das liegt ihr nicht. Auch Genugtuung über das besiegte Nazi-Deutschland war ihrem Wesen fremd. Sie hatte zehn Jahre in der Normandie gelebt, niemand behandelte sie als Deutsche, ich glaube nicht, daß es überhaupt viele wußten. Nach dem Tode ihres Mannes und ihres Kindes war sie sehr einsam.

Sie tut und denkt immer das Nächstliegende. Niemals hätte ich ihr vorgeschlagen, mit mir zu kommen. Wie hätte ich ihr das zumuten können? Ich wußte nicht, was mich hier erwartete. Nicht, ob dieses Haus noch stand, ob ich über meine Konten noch verfügen konnte, ob ich eine Kriegsrente erhalten würde. Die Nachrichten, die in den ersten Monaten aus dem besetzten Deutschland kamen, waren spärlich und unzuverlässig. In vieler Hinsicht unterschied ich mich nicht von anderen Heimkehrern. Alle äußeren Sicherheiten waren vermutlich verloren, sehr viele hatte ich sowieso nicht, und innere? Innerlich war Margot die Stärkere. Ich hatte einen Zustand äußerster Labilität erreicht.

Nun, eines Tages erklärte sie, daß sie mich begleiten werde, als meine Pflegerin, zunächst auf begrenzte Zeit. Sie sagte es und begann mit den Vorbereitungen. Sie hat den praktischen Verstand einer Französin. Sie gibt sich nicht mit dem Grundsätzlichen ab, sondern tut den ersten Schritt vor dem zweiten und tut ihn anmutig. Sie muß wie ein Wunder gewirkt haben auf den deutschen Behörden, die noch intakt waren, als ob es keinen Zusammenbruch gegeben hätte.«

Katharina warf ein: »Tatsächlich, man kann leichter Menschen vernichten, als eine Institution zum Stillstand zu bringen!«

Der Doktor fuhr fort: »Margot erreichte, daß zwei Zimmer dieser Wohnung für uns geräumt wurden von den

Flüchtlingen, die hier eingewiesen waren; sie erkämpfte sich, wenn man ihre sanfte Art überhaupt so bezeichnen kann, eine Aufenthaltsbescheinigung und Lebensmittelkarten, sie ging für mich zum Sekretariat der Universität, besorgte mir Bücher in Blindenschrift – während ich hier am Schreibtisch saß und nichts tat. Sie muß oft beobachtet haben, wie ich an den Regalen entlangging und mit den Händen über die Bücherrücken strich, gesagt hat sie nichts dazu. Eines Tages hatte sie eine Unterredung mit dem Universitätsoffizier der Besatzungsarmee verabredet. Dieses Gespräch fand statt und hatte zur Folge, daß ich einen Lehrauftrag bekam, als im November die ersten Vorlesungen gehalten werden konnten. Meine politische Vergangenheit lag soweit klar auf der Hand, das Ausfüllen der Fragebogen genügte und das Beibringen von Gutachten einiger ausländischer Kollegen. Archäologie war zudem ein ungefährliches Gebiet, und so wurde aus dem Privatgelehrten endlich ein Dozent, inzwischen einer mit Diäten. Das Buch, dessen Anfänge du noch mitverfolgt hast, wird im Herbst erscheinen, allerdings mit wesentlich knapperer Bebilderung, als ich erhofft hatte. Ich habe also Karriere gemacht, wenn du den natürlichen Ablauf eines Wissenschaftlerlebens so nennen willst. Unnatürlich ist er nur in dieser unnatürlichen Zeit.

Margot hat sich rasch in meine Gebiete eingearbeitet, sie hatte vor ihrer Ehe eine Ausbildung als Bibliothekarin begonnen, war also an wissenschaftliche Arbeit gewöhnt, an Präzision vor allem. Sie schreibt meine Kollegs in Blindenschrift mit, besorgt die Diapositivauswahl für meine Vorlesungen. Im Seminar habe ich jetzt einen Assistenten. Seit Simon laufen kann, hat sie mit ihren beiden hilfsbedürftigen Männern viel Last. Jetzt kommt in der Regel mein Assistent und begleitet mich zum Seminar und zurück. Auf der Straße bin ich unsicher. An einen Blindenhund würde ich mich nicht gewöhnen können. Ich habe kein Verhältnis zu Tieren. Später einmal wird mich Simon begleiten.

Margot und ich sind übrigens im juristischen Sinne nicht verheiratet. Die Ehe zwischen einem Deutschen und einer Ausländerin, als die sie nach dem Gesetz noch gilt, war damals nicht möglich. Ich weiß nicht, ob sie die Angelegenheit weiter verfolgt hat. Niemand weiß es anders, als daß sie meine Frau ist.

Ein Leben ohne alle Bravourstücke, in deinen Augen gewiß recht kläglich. Wie hast du vorhin gesagt: kein Heiliger und kein Held!«

Er schwieg. Von Katharina kam kein Wort, darum fragte er: »Du sagst nichts, Katharina, hast du überhaupt zugehört?«

»Doch, doch, jedes Wort, glaub mir! Aber alles kommt wie von einem anderen Stern. Bei dir ist alles so folgerichtig. Und am Ende hast du dann auch noch etwas erreicht. Du hast eine richtige Familie, einen Jungen, eine angesehene Stellung und schreibst vielleicht sogar einmal etwas, das bleibt, über deinen Tod hinaus. Ist das nicht ungerecht? Die einen spielen mit vollem Einsatz und stehen am Ende da mit leeren Händen.«

»Ach, Kat! Jeder tut, was er meint, tun zu müssen. Bisher hast du es doch immer gewußt. Mit dem Sinn des Lebens ist es wie mit dem Glück, manchmal kommt man ihm nahe, aber meist verliert man ihn aus den Augen, und Leute wie du verlieren sogar den Glauben daran, um ihn dann eines Tages wiederzufinden. Das ist doch alles nicht endgültig, du bist noch nicht einmal dreißig, wie viele Chancen, wie viele Möglichkeiten bieten sich dir!«

Sie fuhr dazwischen: »Chancen nennst du das? Dieses Auf und Ab, dieses Wiederholen von Gefühlen und Erlebnissen? Ich weiß, wie das ist, wenn man liebt und nicht wiedergeliebt wird; ich weiß, wie es ist, wenn einem Liebe lästig wird, weil man selbst nicht liebt; ich weiß, wie man weiterlebt, obwohl man meint, nun sterben zu müssen; ich weiß, wie das ist, wenn alles vorbei ist und wieder von vorn beginnt, und jedesmal bleibt man leerer zurück, müder und hungriger. Hungrig, ach was! Gierig, nach einem bißchen Liebe, nach Vergessen, Nichtmehralleinsein. Nach irgendeinem Sinn, und man weiß nur zu gut, daß es den nicht gibt, und probiert es trotzdem, wieder und wieder. Da capo – da capo al fine!«

»Darum willst du fort, Katharina?«

»Ja, darum, ich sage es doch gerade! Ich will nicht mit ansehen, wie es mit mir weiter bergab geht. Ich habe die Zügel aus der Hand verloren. Entschuldige das alberne Bild, aber genauso ist es. Ich gehe mit mir selber durch. Es gibt keinen mehr, für den es sich lohnt. Früher warst du es, doch, doch – auch wenn dir das unangenehm sein sollte. Auf gewisse Weise warst du verantwortlich für mich. Dann habe ich gemeint, es wäre dieses Bild von mir, das ich noch immer zu sehen glaubte. Bis ich dann eines Tages das alles für sentimental hielt, verstiegen – und leben wollte. Ich hatte einfach keine Kraft mehr zum Widerstand. Bis vor ein paar Wochen.

Ich arbeite seit beinahe einem Jahr wieder in der Gesundheitsfürsorge. Schicksale. Von acht bis siebzehn Uhr, und keines so außergewöhnlich, daß es nicht in unsere Karteien gepaßt hätte. Es roch nach Fürsorge. Man wurde den Geruch gar nicht mehr los, dabei mühten wir uns um Helligkeit, um Sauberkeit. Wir machten Reihenuntersuchungen. Montags und freitags waren die Mädchen und Frauen aus dem Gaststättengewerbe dran. Da war ein junges Ding, Anni hieß sie, ich hatte sie gern, sie hatte eine so frische, zupackende Art, mit dem Leben fertig zu werden, ohne dabei oberflächlich zu sein. Sie hatte zuerst in der Kantine beim Amerikaner gearbeitet und war jetzt Aushilfe in einem Lokal in der Altstadt. Sie hatte sich angesteckt. Wir mußten sie mit einem der nächsten Transporte wegschicken. Ich hatte vermeiden können, daß sie auf die Liste kam und von der M. P. aus dem Lokal geholt wurde. Das Mädchen benahm sich ganz vernünftig, nur nach Hause wollte sie nicht. Ich bin am Abend, nach dem Dienst, zu der Mutter gegangen, um mit ihr zu reden. Ein Schicksal. Tausende gibt es davon. Sie selbst hatte das Mädchen, es war die Älteste, geschickt, damit die anderen etwas zu essen hätten, und jetzt: die Schande. Eine angesehene Familie. Ich habe mir das angehört. Ich konnte sogar dafür sorgen, daß die beiden Jüngsten Milch- und Nährmittelzulage bekamen.

In der folgenden Woche, Anni war schon weg, bin ich der Mutter begegnet, in demselben Lokal. Sie vertrat dort die Tochter; nicht nur hinter der Theke. Und sie hat mich gesehen und den Mann, mit dem ich dort war. Ich hatte getrunken. Siehst du, das geht nicht. Man kann nicht acht Stunden lang über Sittlichkeit und Sauberkeit und was weiß ich noch reden und selbst keinen Gebrauch davon machen. Ich wurde mir der Doppelbödigkeit meines Lebens bewußt. Es gab eine unerfreuliche Szene. Die Frau war hochgradig hysterisch. Sie beschimpfte mich, daß ich ihre Tochter verpetzt hätte und selbst nicht besser sei. Mein Begleiter mischte sich ein, er wollte sie zurückstoßen, als sie auf mich losging. Ich fiel ihm in den Arm, dabei stieß ich die Flasche um, und der Wein floß mir über den Schoß; es war grauenhaft!

Ich bin allein nach Hause gegangen. Es wurde schon Morgen. Diese schlimme Stunde, wenn die Sonne noch nicht da ist und die Nacht herumkriecht in den Torwegen. Am Fluß entlang. Die Vögel sangen schon. Ich wußte auf einmal, daß es so nicht weitergehen konnte. Wie kann man auch nur einem einzigen Menschen raten, wenn man selbst nicht mehr Bescheid weiß! Es ging doch immer noch um anderes als Wohnraum und Kleider und Lebensmittel aus der Care-Spende. Was sollte ich denn sagen? Die Kinder stahlen; die Mütter schickten sie weg in die Gärten, in die Markthalle, auf den Güterbahnhof. Sollte ich denn sagen: Laßt sie lieber verhungern? Laßt sie in Gottes Namen erfrieren, aber sie dürfen kein Holz stehlen, keine Grabplatten vom Friedhof. Mir schienen die Zehn Gebote nicht mehr für unser Leben zu passen.

Ich ertrug die Abende nicht mehr in meinem Zimmer, die Wände wurden mir zu eng; ich hatte Angst. Aus mir war ein Polizist geworden, einer, der Macht hat über die Ärmeren, den man fürchtet, zu dem man gar kein Vertrauen hat. Sie haßten mich, die Leute in meinem Bezirk, weil ich in ihre Wohnungen kam und dahintersah, hinter diesen letzten Schein von Anständigkeit; sie haßten mich, weil ich soviel von ihnen wußte, weil sie einmal so sehr am Rande gewesen waren, daß sie alles gesagt hatten. Manchmal hatte ich das Gefühl, sie warteten abends in den Torbögen auf mich, wenn ich im Winter vom Dienst nach Hause ging, weil ich noch immer einen anständigen Mantel trug, weil ich nicht von meinem Hunger redete und weil ich ihre Namen in der Kartei hatte. Ich mußte dann einfach fort, unter Menschen. Es fand sich immer einer, der mitging. Man redete ein paar Stunden von etwas anderem, man tanzte, rauchte, trank. Es war Tünche, aber man sah, wenigstens ein paar Stunden lang, diese Gesichter nicht mehr, und schließlich war wieder ein Tag herum, und die paar Stunden bis zum Morgen schlief man. Wenn man gibt, was man selbst nicht hat, nutzt man niemandem, dann ist alles Lüge, dann muß man gehen. So schlecht wie man selber kann es jeder andere auch machen.

Diese Begegnung mit der Mutter von Anni, die gab den

Anstoß. Am nächsten Morgen habe ich beim Magistrat gekündigt, und anschließend bin ich zu dem Engländer gegangen. Er mochte mich, ich hatte beruflich mit ihm zu tun gehabt, aber sonst war nichts zwischen uns gewesen. Ich wußte, daß er mir helfen würde, wenn es not tat. Er hat sofort begriffen, daß es not tat.

Übermorgen fahre ich. Zu seiner Schwester, die hat ein kleines Gut im Westen von Irland, nichts Großartiges. Ich kriege ein Taschengeld. Die Überfahrt muß ich selbst zahlen. Haushalt, ein bißchen Landwirtschaft, Kinder sind auch da. Ich mache mir keine Illusionen! Ich werde im Stall arbeiten müssen und habe noch nie eine Kuh angefaßt, geschweige denn eine Mistgabel; ich kann notfalls eine Stube wischen, aber kochen kann ich nicht, ich kann überhaupt nicht in einer Familie leben; seit ich zehn Jahre alt war, habe ich das nicht getan. Mit Kindern umgehen, das kann ich, darauf freue ich mich auch, aber vielleicht kann ich überhaupt kein normales Leben mehr führen. Ich glaube, ich kann mit allen anderen besser umgehen als mit normalen Menschen. Ich habe einen Englischkurs mitgemacht und meine paar Kleider in Ordnung gebracht und bin weiter zum Dienst gegangen, habe mir die Papiere zur Ausreise beschafft, und dann bin ich hierher gefahren, um dir zu zeigen, was aus deiner Katharina geworden ist. Das lächerliche ist, ich finde selber, daß es schade ist um mich. Hast du das mal gehört von einem, der sein Leben vertan hat?«

Er mußte jetzt geradewegs auf das Ziel lossteuern, sonst würde sie immer weiter um die Sache herumreden; die Nacht verging, und das, was sie bei ihm hatte loswerden wollen, nahm sie wieder mit.

»Was ist denn nun wirklich geschehen, Kat? Du redest und klagst dich an, aber das sind alles nur Folgen. Das hat doch nichts damit zu tun, daß du damals nicht zu mir konntest, da ist noch etwas anderes geschehen, vorher.«

So einfach, wie er sich das dachte, war es nicht; sie begehrte gleich wieder auf: »Denkst du denn, ich wollte mich entschuldigen mit meinem Schicksal? Genügt dir denn immer noch nicht, was ich erzählt habe? Was willst du noch hören?«

»Ich weiß es nicht. Aber ich spüre, daß es etwas gibt, das dich so sehr verändert hat – nein, das stimmt nicht, es hat dich nicht verändert, es hat dich verstört für eine Weile. Für mich bleibst du das Mädchen, das sich eine Welt erobern wollte.«

»Eine Welt, ach was!«

Er achtete nicht darauf, sondern fuhr fort: »Ja, die Welt! Ich bitte dich jetzt, Kat, vergiß nicht, niemals, daß ich an dich glaube! Was du auch tust und was du auch getan hast, ich glaube nicht, daß du jemals einem anderen Menschen schadest, nur immer dir selbst.«

»Wirklich, Doktor, du hättest das Zeug zu einem Priester.«

»Laß das!« Zum ersten Mal wurde er heftig. »Wenn dir etwas nicht steht, dann ist es Zynismus. Wenn du willst, erzähl mir das andere. Aber ehrlich. Du bist ganz verbogen aus Angst, du könntest etwas sagen, was dich loben könnte.«

»Ich kann nicht, Doktor, glaub mir, ich kann's nicht. Ich wollte es dir sagen, ja. Vielleicht schreibe ich es dir, von drüben.« Sie besann sich. »Siehst du, das müßte ich erst lernen, daß ich nur noch über deine Frau mit dir reden kann.«

»Vertrau ein wenig den Gedanken, Kat, die diesen Umweg nicht zu gehen brauchen! Meine Gedanken begleiten dich, das ist mehr als eine Phrase; ob du mir schreiben willst, das liegt bei dir. Margot teilt mein Leben, daran allerdings mußt du dich gewöhnen. Ich habe keine Geheimnisse vor ihr, weil das nicht nötig ist. Sie läßt mir mein eigenes Leben, wie ich ihr das ihre lasse. Unsere Schiffe liegen dicht beieinander. Aber es sind zwei Schiffe, und keines bringt das andere zum Kentern; aber du kennst das Buch nicht von den Schiffen, die sich nachts begegnen. So haben Margot und ich es immer gehalten.«

Katharina hatte das Fenster geöffnet.

»Die Linden blühen, riechst du es? Als ich zuletzt bei dir war, war die Stadt noch verdunkelt. Wir redeten davon, wie es sein würde, wenn wieder Lichter brennen. Jetzt brennen sie, und es freut mich nicht. Auf vieles freut man sich zu lange. Wenn es dann da ist, ist es abgenutzt. Ach, ich rede lauter dummes Zeug heute nacht. Jetzt gehe ich wirklich.«

Er war neben sie getreten und hatte den Arm um ihre Schulter gelegt. Sie sahen beide hinunter auf die Stadt, denn dies war eines der Bilder, die er in sich trug, und sie gehörte dazu, für immer.

»Deine Straße, Kat! Diesmal gehst du noch weiter weg. Aber die Straße führt auch zurück, denk daran. Sie mündet hier oben, und hier an diesem Fenster ist dein Platz.«

Sie schwiegen nun wieder in dem guten Einvernehmen, zu dem sie sich immer wieder zusammengefunden hatten.

Bald darauf fing sie von sich aus an zu erzählen: »Im Juni zweiundvierzig, sagst du, war ich zuletzt hier. Anfang August kam ich nach Norwegen und ein Jahr später wieder zurück, weil ich das Klima nicht vertrug. Ich wurde einem rückwärtigen Lazarett für Kopfverletzte zugeteilt. Das Lazarett lag nicht weit von der pommerschen Küste.

Als ich mich bei dem Stabsarzt meldete, sagte er: ›Sie sind viel zu jung. Seit wann schickt man uns junge Mädchen hierher?‹ Er sagte es nicht ärgerlich, eher besorgt. Ich bat ihn, es mit mir zu versuchen, und sagte, daß ich mich stark genug fühle und keine Angst hätte. Er sah mich prüfend an und meinte: ›Was für eine merkwürdige Generation wächst da heran.‹ Er nahm mich beim Ellenbogen, das war so seine Art, mit mir umzugehen. ›Gut, ich zeige Ihnen Ihre Station. Es kommt nicht darauf an, daß Sie hier die Fußböden sauberhalten, es kommt darauf an ... Aber das werden Sie gleich selber sehen.‹

Ich habe es gesehen. Tag für Tag und Nacht für Nacht. Ich habe an ihren Betten gesessen und ihre Hände gehalten und habe gelächelt. Einige haben es gesehen, die meisten konnten es nicht mehr sehen. Sie haben nach mir gefaßt, und ich habe ihnen zugeredet und sie gehalten, wenn sie verbunden wurden, und keiner hat ein Grauen in meinen Augen gesehen.

Ich hatte neben dem O. P. ein kleines Zimmer für mich. Dorthin kam der Stabsarzt manchmal, und dann saßen wir zusammen, tranken eine Tasse Kaffee, rauchten und redeten kein Wort. Ich wußte, daß er ordentlicher Professor der Medizin war, Spezialist für Hals, Nase, Ohren. Er hatte zwei kleine Töchter, irgendwo in einem Internat; sein Haus war vor Jahresfrist durch Bomben zerstört. Seine Frau lebte nicht mehr. Ich weiß nicht, ob ich ihm damals schon etwas von mir erzählt habe.

Einmal habe ich ein paar Stunden bei einem Mann gesessen, dem sie das halbe Gesicht weggeschossen hatten. Er war bei Bewußtsein. Als ich den Verband gelöst hatte und wir auf den Chef warteten, verlangte er einen Spiegel. Er war Schauspieler.

Nachher setzte sich der Chef zu mir und sagte: ›Ich habe noch nie eine Frau gesehen, die trösten kann wie Sie. Jetzt müßte man Sie trösten, Schwester, und es ist keiner da, der es könnte. Was wird, wenn Ihre Kraft erschöpft ist?‹

Als ich wieder reden konnte, sagte ich ihm, daß ich aus Haß und Verzweiflung geweint hätte. Es waren nicht meine Nerven, und es war auch nicht mein Herz, es war Zorn, nichts anderes. Ich haßte den Krieg. Nie zuvor hatte ich das getan. Ich haßte den, der so etwas zuließ. Warum half er denn nicht?

›Wem?‹ fragte der Chef. ›Uns? Warum sollte er ausgerechnet uns helfen? Es gibt keinen Gott der Deutschen, Schwester, das müssen wir endlich begreifen.‹

Drei, vier Sätze, dann schwiegen wir wieder, und jeder ging an seine Arbeit. Aber diese Stunde, in der wir zusammensaßen, gab mir unglaublich viel Kraft. Vermutlich auch ihm. In der Dämmerung gingen wir manchmal eine halbe Stunde durch den Park.

Einmal habe ich gefragt, warum er hier sei und nicht an seiner Universität. Er hätte doch nicht Frontarzt werden müssen.

›Aus demselben Grund wie Sie, Schwester. Kennen Sie das Wort: Wer bist du, daß du dich versagst? Ich stieß darauf, ziemlich bald nach Ausbruch des Krieges. Sie können das als den Anstoß nehmen, obwohl es mir zu großartig klingt.‹ Wer bist du, daß du dich versagst? Damit ließ er mich allein.

Fast war noch Sommer. Der Ahorn im Park fing an sich zu färben, das Gras wurde zum zweiten Mal geschnitten, und wenn ich wach wurde, duftete es durch mein Fenster nach Heu. Die Vögel riefen im Traum, und vom Gutshof her sang die Dreschmaschine. Bis sich dann Lysol und Äther in den Duft von Levkojen, Tau und Gras mischten und in das Lied der Vögel die Schritte der Nachtschwester, die über den Flur ging und die Thermometer verteilte.

Ende September schickte er mich für zwei Tage fort. Er bestellte für mich die Fahrkarte und ließ mich mit dem Sanitätswagen an die Bahnstation bringen. Er meinte, ich müsse einmal unter gesunde und normale Menschen. Ich sollte mich in die Dünen legen und aufs Meer blicken und mit Kindern im Sand spielen und wie ein junges Mädchen am Abend zum Tanzen gehen. Er fragte sogar, ob ich ein hübsches Kleid hätte, und wenn nicht, dann sollte ich mir eines kaufen. Ob ich noch Punkte hätte auf meiner Kleiderkarte, daran dachte er! Ich war noch nie verwöhnt worden, niemals hatte einer danach gefragt, was ich anziehen würde. Er guckte mich an, von oben bis unten, als er mich an den Sanitätswagen brachte, legte mir den Zeigefinger ans Kinn und sagte: ›Ein bißchen blaß, aber ganz hübsch. Wenn Sie lachen würden, sogar sehr hübsch.‹ Und dann lachte ich und winkte und war glücklich. So glücklich wie schon lange nicht mehr. Ich lachte und schwatzte auf dem ganzen Weg mit dem Fahrer. Die Holztauben brummelten im Wald, wir hatten beide Fenster heruntergedreht; die Sonne schien durch die Ahornbäume und schüttete goldene Taler auf den Asphalt, und man schmeckte schon Salz in der Luft. Ich freute mich auf meine beiden Ferientage und auch darauf, daß ich wieder zurückkehren würde, auf meine Station.

Am Bahnhof mußte ich eine Viertelstunde warten. Ich ging an den Gartenzaun und sah einer alten Frau zu, die Stangenbohnen pflückte. Sie fragte, ob ich von ›da drüben‹ käme, sie meinte unser Lazarett, und ich sagte, ja. Und dann redeten wir vom Krieg. Es war da schon gar nicht mehr mein Krieg. Ich sah dem Tau zu, der in kleinen Bächen über die dicken Backen des Kürbisses rann, und wartete darauf, daß der Mistkäfer in einen solchen Tränenstrom geraten und das Gleichgewicht verlieren würde.

Ich hatte schon alles weit hinter mir gelassen. Ein Bahnwärterhaus und Sonnenblumen und Stockrosen im Garten und Kürbis und Feuerbohnen. Ich wünschte mir plötzlich, wenn ich einmal alt wäre, einen solchen Garten. Und daß manchmal einer am Zaun stehenbliebe und mir zusähe und dann weiterginge.

Aber ich würde bleiben! Ich würde nicht der sein, der vorüberging. – Zum ersten Mal fällt mir diese alte Frau wieder ein. Was ist aus ihr geworden? Tot? Vertrieben? Da taucht ein Mensch auf und verschwindet wieder und lebt in unserer Erinnerung weiter, als ob der eine Augenblick Ewigkeit hätte. Sie pflückt noch immer grüne Bohnen in ihre Schürze. In dem kleinen Garten am Bahndamm in Pommern.

Dann pfiff der Zug. Eine Kreisbahn, fast leer um diese Stunde, die Leute aus der Stadt waren noch unterwegs bei ihren Tauschgeschäften, sie kamen erst abends zurück, um mit der Kleinbahn die D-Zug-Strecke zu erreichen.

Kurz nach elf Uhr lag ich am Strand und sah auf die See. Mittags baute ich mit zwei kleinen Mädchen eine Sandburg, bis ihre Mutter sie mir wegholte. Das Meer war kalt, trotzdem schwamm ich weit hinaus. Als die Sonne unterging, wurde es rasch kühl, ich packte mein Badezeug ein und machte mich auf die Suche nach einem Restaurant, wo ich zu Abend essen könnte.

Als ich noch unschlüssig auf dem Strandweg stand, nicht wußte, ob ich besser nach rechts oder besser nach links ginge, kam mir aus dem Wasser ein Mann entgegen. Er blieb vor mir stehen und sah mich an. Ganz lange, aber nicht so, daß ich mich geärgert hätte. Es machte mir Spaß, daß ich ihm gefiel, und dann sprach er mich an und sagte genau das, was ich keinem Mann der Welt raten würde, zu mir zu sagen. Ob ich ›so alleine‹ sei und ob ich ›fremd hier sei‹, und er lachte dazu, und ich? Ich lachte auch, und dann zeigte er mir ein Haus, keine zweihundert Meter entfernt, dort wollten wir zusammen essen. Er würde sich nur eben anziehen, und dann würde er nachkommen.

Ich bin hingegangen. Ich setzte mich ans Fenster, so daß ich sehen mußte, wenn er den Strandweg entlangkam. Und er kam, klopfte an die Scheibe und lachte mir zu, und nachher setzte er sich mir gegenüber. Er sah mich wieder an und sagte, ich sähe süß aus, und obwohl ich bestimmt niemals hatte süß aussehen wollen, machte es mich froh. Mein Gesicht war heiß vom Wind und von der Sonne, und meine Haare waren zerzaust. Ich schüttelte sie, weil es so guttat, einmal nicht die Schwesternhaube zu tragen.

Er hieß Jochen. Und er sah genauso aus. Ich meine, er war braun gebrannt und blond und gesund. Sehr groß, und er hatte dieses Rasche, das ich so gerne habe. Das hatte er in den Augen und in den Händen, und er ging rasch, alles tat er rasch. Das ganze Leben nahm er, als ob es ihm weglaufen könnte – aber ohne Hast. Er wirkte unbekümmert, besonders an diesem ersten Abend. Er behauptete, daß ich Bernsteinaugen hätte und daß ich eigens für ihn dem Meer entstiegen sei, und einmal sah er unter den Tisch, und von da unten her rief er: ›Sie haben ja gar keinen Fischschwanz!‹ Er legte seine Hand auf meinen Arm und sagte: ›Kühl wie das Meer!‹ Ich wurde rot, er machte mich verlegen mit seinen leichtfertigen Reden.

Er war in Zivil. Als wir nachher hinausgingen, zog er einen Pullover über. Er sah nach Ferien aus, ach, mehr noch: nach Frieden. Ich fragte ihn, so im Übermut, wenn er nicht Parsifal wäre und das Fragen verboten, dann sollte er mir sagen, woher er käme. Er antwortete: ›So etwas Ähnliches wie Parsifal, Sonderkommission! Ich sammle Strandgut, Undinen und was so anfällt.‹

Ich gab mich mit der Auskunft zufrieden.

Später gingen wir tanzen. Außer uns waren nur drei Paare da, es war wieder einmal Tanzverbot. Zerbeulte Lampions schaukelten über trüben elektrischen Birnen, ein ältlicher Mann bediente das Grammophon, auf den Tischen standen verwelkte Astern. Eine schäbige Kriegsromantik. Wir blieben nicht lange. Es war Neumond, aber die Nacht war voller Sterne und hell. Wir setzten uns auf einen Grashügel und hörten dem Meer zu, und ich hörte immer nur das Klopfen meines Herzens. Er hängte mir seinen Pullover um und ließ die Hand auf meiner Schulter liegen, und ich legte mein Gesicht auf seinen nackten Arm. Seine Haut roch nach Sonne und Meer, er war gesund, und er war stark und sagte, daß er mich gern hätte.

Wir haben gebadet; jetzt, wo die Luft kalt war, tat es gut, in die Wärme des Wassers zu tauchen. Er schwamm rascher als ich, neben ihm kam ich mir oft schwerfällig vor. Er tauchte und faßte nach mir, und ich strampelte mich los. Wir lachten und alberten wie Kinder. Nachher holte er mich unter seinen Bademantel. Wir waren keine Kinder mehr.

Wir blieben noch den ganzen nächsten Tag zusammen. Es schien das Wunder zu sein, an das ich nie geglaubt hatte. Genausowenig hatte ich gewußt, wie Liebe sein kann, wie sie das Leben zusammenrafft in ein paar Stunden. Wenn er mein Haar zerwühlte, wenn er Sand auf mich rieseln ließ und ihn dann wegblies und sein Atem über mich strich, wenn er die Fingerspitzen anfeuchtete und die letzten Sandkörnchen von meinen Schultern abhob und wenn er dann sein ›Geschenk des Meeres‹ küßte ...

Er hat mich erst am Montagmorgen zurückgebracht. Er trug die Uniform eines Oberleutnants, und wie er sagte, hatte er einen Sonderauftrag, der ein paar Wochen dauern würde. Er war nicht weit von unserem Lazarett einquartiert, nicht mehr als zwanzig oder dreißig Kilometer. Die Grenze nach Polen war nahe bei unserem Lazarett. Er würde mich abholen; der Herbst war noch lang, wir würden wieder an die See fahren.

Ich war pünktlich zur Visite zurück. Der Stabsarzt sah mich an, hob die linke Augenbraue, das tat er manchmal, aber es war kein gutes Zeichen. Er sagte: ›Nanu‹, und ich lachte, und am liebsten hätte ich ihm einen Kuß gegeben und ihn einbezogen in mein Glück. Aber er sah weg. Später hat er mir gesagt, warum.

Wir machten Visite, wie immer. Aber ich war nur körperlich anwesend; ich glaube, nicht einmal mein Körper war wieder zurückgekehrt. Ich redete und ging und schrieb ganz mechanisch. Ich tat Handgriffe, die ich gewohnt war zu tun, nur nachher, beim Verbinden, da ekelte ich mich zum ersten Mal. Es mochten die Nächte sein, in denen ich nicht geschlafen hatte, aber es war noch etwas anderes. Mir wurde übel, ich konnte nur mit äußerster Anstrengung weiterverbinden. Ich weiß nicht mehr, was ich empfand, aber von dem Tag an war es eine Qual. Von da an habe ich Fußböden gescheuert, wie Friedrich es am ersten Tag genannt hat, statt die Männer zu pflegen. Ich habe gearbeitet, ich habe mich bestimmt nicht geschont, aber ich war taub für die Kranken. Mein Herz war taub. Ich wurde ungeduldig, ich wollte nichts hören, ich wollte nicht, daß sie mich anfaßten mit ihren kranken warmen Händen. Ich haßte den Geruch von Verbandstoff und Eiter und Schweiß.

Manchmal spürte ich, wie mich mein Chef beobachtete. Ich machte mich hart gegen ihn, ich erwiderte seinen Blick und tat meine Arbeit so, daß man mir nichts vorwerfen konnte. Aber ich spürte selbst, daß alles anders wurde auf meiner Station. Meine Unruhe teilte sich den Männern mit. Nachts hörte ich, wie sie sich herumwarfen und stöhnten. Aber ich ging nicht zu ihnen, wie früher, nur dann, wenn das Licht im Gang aufleuchtete. Oft lief ich noch um Mitternacht davon, unter die Bäume im Park, um den Nachtkauz zu hören, der durch die Zweige strich und schrie. Seine Flügel klatschten an die Blätter. Nie vergesse ich diesen Ton!

Der Chefarzt kam nicht mehr in mein Zimmer. Wir besprachen das Dienstliche auf dem Gang. Ich war voller Trotz, auch gegen ihn, der mich gewähren ließ und keine Notiz mehr von mir zu nehmen schien. Er gönnte mir nicht, daß ich glücklich war. Er war auch einer von denen, die es für ein Verbrechen hielten, wenn man mitten im Krieg zusah, daß man ein Stück Liebe abbekam. Auf einmal brachte mich seine langsame Art zu gehen und die sorgfältige Wahl der Worte auf; wie er seine Instrumente handhabte und sogar, wenn ich ihn im Lesezimmer über einem Buch sah: wie er die Seiten umblätterte! Er machte mich ungeduldig! Was für ein Lebenstempo! Mit solchen Leuten konnte man den Krieg nicht gewinnen!

Ich verglich ihn und alle, die da lagen, mit Jochen, wenn ich nicht bei ihm war, und war ich bei ihm, dann vergaß ich alle anderen. Oft rief er mich an. Wenn die Ordonnanz mich zum Telefon holte, während der Visite, zitterten meine Hände, aber ich sagte gelassen: ›Danke, ich rufe später selbst an.‹ Ich ließ mir nichts zuschulden kommen. Ich machte es den anderen sehr schwer.

Als wir uns zum ersten Mal wiedersahen, roch Jochen an meinem Haar und sagte: ›Wie ein ganzes Spital! Nach lauter Tod, pfui Teufel!‹ Ich merkte das längst nicht mehr. Später habe ich dann jedesmal geduscht, bevor ich mit dem Rad zu ihm fuhr, und wenn ich ankam, tropfte ich mir vor der letzten Wegbiegung Parfüm auf Hals und Arme; so viel, daß es am anderen Tag die Männer im Lazarett noch rochen und erst recht in mir die Frau sahen und nicht die Krankenschwester.

Ich fuhr fünf Kilometer mit dem Fahrrad, das ich mir von der Frau des Gutsinspektors auslieh. Einmal in der Woche hatte ich einen Nachmittag frei und einmal den Abend und die ganze Nacht. Jochen hatte keinen festen Dienstplan, wenigstens konnte ich keinen wahrnehmen; er wußte es einzurichten, daß er Zeit hatte, wenn ich dienstfrei war. Manchmal holte er mich auch ab. Dann saß er auf einem Holzstoß am Ende des Akazienhaines. Saß da und sah mir entgegen und pfiff durch die Zähne. Und ich guckte mich nach ihm um und ging vorbei. Wir nannten das ›der Soldat und das Mädchen‹.

Er versteckte mein Rad im Farnkraut; wir gingen querfeldein. Noch gab es gelbe Stoppelfelder, aber die meisten waren schon umgepflügt und lagen braun und trocken unter der Herbstsonne. Manchmal noch Klee und manchmal noch ein paar Lerchen, die in niedrigen Schwüngen über den Weg flatterten. Irgendwo am Horizont, die Köpfe in weißen Wolken, zogen ein paar Gäule den Pflug, und mitten in dieser zeitlosen Unendlichkeit wir beide. Zuerst lachend und jeder für sich und dann stiller, näher beieinander. Nun, heute weiß ich, daß uns dieses Schweigen nicht näherbrachte. Mit dir, Bastian, und auch mit Friedrich, mit euch schwieg ich doch auch, und wir sagten uns soviel dabei. Nie zuvor und niemals wieder habe ich das empfunden: aus Fleisch und Blut zu sein. Ich war aus nichts anderem mehr. Unsere Schritte schreckten die Feldkaninchen auf, unser Lachen ein ganzes Volk Rebhühner, der Wind fing sich in den gekrümmten Birken am Weg, unsere Schuhe waren weiß von Staub.

Der Mann neben mir, der Jochen hieß und zu mir Kätchen sagte, trug eine Uniform. Sicher ahnst du es schon, welche. Irgendwo war Krieg. Wir kehrten in ihn zurück. Jeder in das Stück, mit dem er zu tun hatte. Jochen würde immer eine Uniform tragen. Er wollte dabeibleiben, weil er das gelernt hatte. Von der Pike auf, wie er es nannte, und weil es zu ihm paßte. Er sprach von sich als von einem Landsknecht; und einmal sagte er: ›Irgendwo ist doch immer Krieg, wenn nicht hier bei uns, dann anderswo.‹ Und ich nahm das hin und sagte nichts dazu, und so wie er es sagte, war es damals auch richtig. Er tat das Richtige, wenn das richtig ist, was einem Menschen gemäß ist. Er lebte nicht im Widerspruch, nicht zu sich selbst und nicht zu der Zeit, in der wir nun mal lebten. Das hatte etwas so

Überzeugendes! Nirgends spürte man Nahtstellen an ihm, ich hielt ihn für offen, und – ich liebte ihn. Ich liebte ihn. Vielleicht zum ersten Mal, ja, Bastian, entschuldige, zum ersten Mal.

Am schönsten war es an unserm See, der sich nur im Osten zu einer schmalen Bucht öffnete. Das Schilf raschelte, die Rohrdommel sang, und manchmal stelzte ein Fischreiher über die Wiese. Der Wind zerkräuselte das Wasser und ließ die goldenen Blätter der Birke, unter der wir saßen, auf und nieder tanzen. An diesem Platz war ich oft so glücklich, daß ich die Ursache meines Glücks, die doch in der Reichweite meiner Hand lag, ganz vergessen konnte.

Einmal versuchten wir noch, mittags im See zu schwimmen. Er war versumpft und voller Schlingpflanzen. Als ich auftauchte, sah ich dem Meerfräulein wohl wirklich ähnlich. Jochen bewarf mich mit Schlamm und hängte mir Algen um den Hals, und ich lief ihm fort, versteckte mich im Schilf. Er brach ein Rohr, schnitt es zurecht und blies darauf und war wie ein Faun, der die Flöte bläst und die Nymphen herbeilockt, und er war schön und stark und jung. Was er auch tat, im Streit und im Übermut, es trieb mich in seine Arme.

Nach ein paar Stunden verbarg ich seine ›Undine‹ unter dem grau-weiß gestreiften Kleid, steckte die Brosche an das Halsbündchen und zog die Haube über das Haar. Und dann küßte er mich noch einmal zwischen die Augen, und ich stieg auf mein Fahrrad und fuhr zurück, durch die Sandrillen, die mein Rad auf dem Weg hinterlassen hatte, als ich zu ihm fuhr. Mein Landsknecht saß auf dem Holzstoß und pfiff. Nach geraumer Zeit hörte ich, wie er den Motor anließ und wegfuhr.

Wenn ich ans Parktor kam, stieg ich ab, schob das Rad und ging ganz langsam und nahm mich zusammen. Ich entsinne mich, daß ich hundert Meter vor dem Lazarett stehenblieb und mein Gesicht mit den Händen bedeckte und drüberwischte und versuchte, das Gesicht der Schwester Katharina hervorzuholen. Wie schlecht mir das gelungen ist, habe ich erst später von Friedrich erfahren.

Ich wußte, daß die anderen Schwestern über mich redeten, und ich spürte ihren Neid. Aber ich überhörte alle Anzüglichkeiten bei den Mahlzeiten und bei der Arbeit auf der Station. Jede Frau haßt die andere, die mehr geliebt wird. Man muß das hinnehmen, es gehört dazu und bestätigt diesen wunderbaren Ausnahmezustand.

An einem Mittag rief Jochen wieder an. Es war nun schon Ende Oktober. Er sagte, daß er noch zu tun habe und mich erst gegen Abend abholen würde. Es war mein freier Nachmittag. Ich war beunruhigt, ohne zu wissen, warum. Ich schrieb ein paar Briefe, aber da es nie viele Menschen gab, denen ich etwas zu schreiben hatte, war ich bald fertig damit. Ich ging im Park spazieren. Das Laub war naß vom Tau oder vom Nebel, der sich seit Mittag unter den Bäumen breitmachte und sich an die Büsche hängte und die späten Dahlien auf den Rabatten in Watte packte. Ich wußte nicht, wohin mit mir, ich wollte zu Jochen. Ich wollte keine Stunde länger in dem Haus zwischen den Halbtoten sein. Gerade damals war ein Mann eingeliefert worden, der eine Verletzung der Halswirbel hatte und so jammervoll und so verzweifelt in seinem Gestell hing; er starrte geradeaus, weil er den Kopf nicht bewegen konnte und durfte. Ich mußte an diesem Blick vorbei, und wenn er mir nachsah, konnte es sein Tod sein.

Schließlich holte ich mir aus der Küche eine Tasse Kaffee und ein Marmeladenbrötchen und saß eine Weile bei den Frauen, die Weißkohl hobelten und Kartoffeln schälten für den Abend; ich hörte ihrem breiten Dialekt zu, den ich nie recht verstehen lernte, und – störte sie. Ich suchte den

Chef im Lesezimmer auf, und er sah hoch und über mich weg, und ich redete ihn an und ärgerte mich, daß ich es tat, und dann rannte ich auf mein Zimmer und kämmte mich und wusch mich und rieb mir Parfüm ins Haar, und gleich darauf stand ich schon wieder am Parktor und wartete.

Es war dunkel, und man sah nichts mehr von der Straße und nichts mehr vom Lazarett und vom Gutshaus. Ich war allein auf der Welt. Ich glaubte, Jochen käme nie mehr wieder. Nie mehr. Der Krieg hatte ihn mir weggenommen, wie er allen anderen wegnahm, was sie liebhatten.

Am Ende kam er dann doch. Erst sah ich den schmalen Lichtstreifen der abgedunkelten Scheinwerfer, dann hörte ich das Brummen des Motors, und dann ging die Wagentür. Ich stand regungslos. Sehen konnte er mich noch nicht, mein Herz klopfte wie rasend und tat weh, ich hielt mich an den Latten des Zauns. Am liebsten wäre ich zurückgelaufen auf mein Zimmer und hätte mich verkrochen. Ich wußte, daß er noch lebte, mehr konnte ich nicht ertragen in dem Augenblick.

Jochen war verstimmt. Die Fahrt war unbequem gewesen. Er war im Nebel vom Weg abgekommen. Ich fror, und das Haar klebte mir naß im Gesicht. Mein Lodenmantel roch nach Desinfektionsmitteln und nach Nässe; ich glaubte, Jochen würde das stören. Ich hockte neben ihm und hätte gern ein bißchen an seiner Schulter geweint. Man konnte mit ihm lachen, aber gewiß nicht bei ihm weinen. Ich versuchte es gar nicht erst. Er pfiff vor sich hin, irgendwas, wohl nur, um sich abzureagieren. Der Wind trieb den Nebel in schmalen weißen Schwaden über den Weg, bis wir aus den Wiesen heraus waren und die breite Straße erreichten. Dort hielt Jochen und steckte sich eine Zigarette an und reichte auch mir eine. Ich sah für einen Augenblick sein Gesicht, das abgespannt und merkwürdig ausgeleert war. Er legte die Arme aufs Steuerrad und sagte:

›Es ist gleich vorbei, Augenblick noch, Kätchen. Wir wollen uns doch nicht den Abend verderben. Keiner weiß, wann es der letzte ist.‹

Der letzte! Ich weinte nicht auf. Ich legte mein Gesicht auf seinen Arm. Ich wollte lustig sein, ich wollte, daß er wieder lachte, seine harten weißen Zähne, ich wollte seinen Kopf in meinen Händen halten und dieses lachende Gesicht ganz nahe bei mir haben.

Wir fuhren zu dem Krug, in dem wir schon zweimal gewesen waren, in dem man uns kannte und tat, als ob ich Jochens Frau und alles in Ordnung sei. Außer uns waren keine Gäste da. Wir tranken zum Warmwerden einen Kartoffelschnaps mit Zwetschgenwasser verbessert, den man im Krieg dort in jedem Haus heimlich selbst brannte, und aßen – irgend etwas. Im Radio spielten sie Schlager, und allmählich wurde ich ruhiger. Die Wirtsfrau hatte den Kachelofen angeheizt, es duftete nach warmen Buchenscheiten, es war ganz behaglich. Jochen lehnte mit dem Rücken am Ofen und rauchte und summte das Lied mit.

Ich kann's heute noch nicht hören. ›Bei der Liebe, die uns beide vereint, komm doch fort mit mir, denn sonst sterb' ich hier . . .‹

Es roch nach Pflaumenmus aus der Küche. Die Scheiben waren beschlagen, eine Wespe schleppte sich über die Fensterbank, halb tot schon. Es wurde Winter. Morgen früh, wenn wir zurückfuhren, würde Reif auf den grünen Spitzen des Winterroggens liegen.

Ich blätterte in der Zeitung. Irgendein Kreisblatt, das Jochen mir aus der Hand nahm und an den Haken an der Wand hängte. Er blieb vor mir stehen und zog etwas aus der Tasche. Eine Kette mit einem Amulett. ›Zum Andenken‹, sagte er. Aber er sagte es nicht wie ›zum Abschied‹, sondern nur zum Andenken, an alles, was jetzt ist und gestern war und auch morgen noch dauern konnte. Ich griff danach und wollte es öffnen. Es ging nicht, meine Nägel waren zu kurz geschnitten. Er half mir, nahm das Taschenmesser. Es lag eine Locke darin. Braunes Kinderhaar. Ich sah hoch und glaubte, es sei von ihm, von Jochen! Ich lachte auf vor Glück; daß er daran gedacht hatte, daß er so etwas nicht für sentimental hielt. In der anderen Hälfte befand sich das Bild einer Frau. Sie trug ein blaues Kleid und lächelte, wie es die byzantinischen Heiligen tun.

Ich sah ihn an. War das ein Talisman, vielleicht von seiner Mutter? Ich wußte so wenig von ihm. Ich fragte: ›Von dir, Jochen?‹

›Nein! Nein! Mir würde das kein Glück bringen, aber vielleicht bringt so etwas dir Glück.‹

Und dann hat er es mir gesagt, und ich habe es nicht begriffen. Er sagte, daß es ›einer von denen‹ um den Hals getragen hätte, und man nähme ihnen die Wertsachen ab, bevor man zuschaufelte.

Ich fragte: ›Wem hat es denn gehört, das Amulett?‹

›Irgend so einem galizischen Jüngling mit schwarzen Locken‹; er brach unvermittelt ab.

Ich schob die Kette mit dem Anhänger in die Tasche meines Kleides. Sie freute mich nicht mehr. Aber – du mußt mir das glauben! – ich war noch immer ahnungslos. Nur – es war etwas Unheimliches da, zwischen uns, in diesem Zimmer. Noch konnte man es weglachen, noch war Jochen da, die Wärme des Ofens und der Schnaps; ich gab vor, müde zu sein.

Wir gingen nach oben. Wir durften kein Licht machen, das Zimmer hatte keine Verdunklungsrollos. Aber wir wollten ja auch kein Licht.

Es roch muffig nach gescheuerten Holzdielen und gedörrtem Obst, das in Horden auf dem Schrank trocknete. Jochen zog die Gardinen zurück und öffnete die Fenster. Erlöschende Feuer glommen auf den Feldern, man roch nasses Rübenkraut; der Mond hatte den Nebel vertrieben, die Linden warfen groteske Schatten auf die Dielen. Es war ein unheimliches, kaltes Licht.

Ich kann es nicht sagen, Bastian, es war so grauenhaft!

In Jochens Armen ...

Auf einmal wußte ich es. Alles. Ich habe geschrien: ›Mörder, du Mörder!‹ Und später –«

Katharina schwieg und fuhr dann in sachlichem Ton fort: »Während ich mich kämmte, stand er schon wartend an der Tür. Ich konnte die Brosche nicht finden. Er sah mir zu, wie ich im Dunkeln, auf den Knien liegend, den Fußboden abtastete. Es wurde kein Wort mehr gesprochen. Wir wußten vom vorigen Mal, daß der Schlüssel auf dem Balken über der Tür lag, und verließen leise das Haus. Wir stiegen in das Auto und fuhren den Weg zurück. Einmal sagte er und fuhr langsam, und ich dachte schon, er würde anhalten und mich aussteigen und zu Fuß gehen lassen, er sagte: ›Damit willst du nichts zu tun haben! Aber das bin ich auch. Der Landsknecht bin ich, der Faun mit der Flöte und der Offizier, der die Kommandos gibt, das ist immer der gleiche, immer der, der dich geküßt hat.‹

Er hielt am hinteren Parkeingang. Der Himmel färbte sich schon. Reif lag auf den Dächern und hing an den Ästen der Ahornbäume und bog die grünen Spitzen des Winterroggens zur Erde.

Er blieb am Steuer sitzen. Ich stieg allein aus, die Wagentür ließ ich offen. Vielleicht habe ich gehofft, daß er mir nachkommen und sagen würde, daß alles nicht wahr sei. Ich ging weiter zum Tor, den Weg entlang. Und dann pfiff er noch einmal dieses dumme Lied: ›Wer die Heimat liebt, so wie du und ich, braucht die Heimat, um glücklich zu sein – komm doch fort von hier ...‹

Und ich ging weiter, zum hinteren Eingang und die Treppe hinauf und den Gang und dann noch die Glastür und wieder ein Gang und die Tür zu meinem Zimmer, und da stand mein Bett. Ich streifte die Schuhe ab und warf mich hin. Es mochte eine Stunde vergangen sein, da meinte ich, ein Auto wegfahren zu hören.

Es wurde heller. Auf dem Flur wurde es laut. Ich hörte, daß jemand ›Schwester Katharina‹ sagte und einer fragte, ob ich noch nicht zurück sei, und wie jemand antwortete und lachte und etwas Gemeines sagte.

Ich sprang auf, wusch mich, kämmte mich, aber ich tat keinen Blick in den Spiegel. Ich wollte mich nicht sehen. Als ich über den Flur ging, schlug etwas beim Gehen an mein Knie. Ich griff mechanisch in die Tasche und hatte das silberne Amulett in der Hand. Ich lief zurück und warf es in meinen Koffer und ging zum Frühstück.

Der Nebel wich, ein letztes Mal kehrte der Sommer zurück. In den Mittagsstunden schoben wir die Betten auf die Terrasse. Die Sonne wärmte noch immer. Auf dem Rasen standen blaß und zitternd Herbstzeitlosen, und hätten nicht Ahorn und Eschen ihre bunten Blätter darübergestreut, man hätte denken können, es würde Frühling.

Der Verwalter ließ die Schafe in den Park, weil sie nun keinen Schaden mehr anrichten konnten. Diese Wiesen mit den leuchtenden Bäumen, den Rudeln hellgrauer Schafe, die Herbstzeitlosen, der tiefblaue Himmel mit den weißen Wolkenbergen – es war ein Bild des Friedens, das alle beglückte und beruhigte. Nur ich ging darin herum in meinem Panzer aus Scham und Furcht und Trotz. Ich fürchtete mich, wenn ich an dem Jungen mit dem erstarrten Blick vorbeimußte. Ich ging hinter seinem Bett her, weil er die Augen des Mannes hatte, dem das Amulett gehörte. Nachts holte ich es aus meinem Koffer und nahm mir vor, es ihm am nächsten Morgen zu geben, damit ich es loswürde, aber wenn der Morgen kam, war ich wieder Schwester Katharina, die Bettücher glattzog, Flaschen leerte, Zimmer lüftete, Fieber maß, Puls zählte und Spritzen gab.

Der Schauspieler! Man sah schon, daß er sterben würde. Er wußte es auch, trotzdem fragte er mich. Ich holte das mühsame Lächeln hervor, mit dem man solche Fragen abwehrt. Er lächelte zurück, mit dem, was einmal sein Mund gewesen war. ›Nein, Schwester, nein, ich bin einer, der den Tod kennt. Ich habe ihn zu oft gespielt. Wir reden schon seit ein paar Tagen miteinander. Ich habe ihn jedesmal falsch gespielt. Wenn man so oft gestorben ist – und das Sterben war immer meine beste Szene –, dann ist man neugierig, ob man es richtig gemacht hat, als es noch nicht Ernst war.‹

Er schien das Bewußtsein zu verlieren. Ich stand vorsichtig auf, um zu gehen. Er rief mich zurück. Er sprach jetzt nicht mehr zu sich selbst, sondern zu mir.

Das vergißt man nie wieder. Das hat sich eingegraben, Wort für Wort. Das ist Sterben! Er sagte: ›Das Sterben ist nicht schwer, das Leben ist schwerer. Geben Sie mir keine Spritze mehr, ich will dabeisein. Die wichtigen, die einzig wirklich wichtigen Augenblicke unseres Lebens, die Geburt und den Tod, Beginn und Ende, versäumen wir. Ich glaube, dies ist erst der Anfang. Das Leben ist die Probe, die wir bestehen müssen, und jetzt erst beginnt das, was nicht mehr Leben heißt und doch viel mehr ist. Warum weinen Sie nicht über diesen alten Mimen? Rührt er Sie nicht mehr? Früher habe ich mit dieser Rolle die Frauen weinen gemacht. Wenn er so schlecht ist, warum lachen Sie dann nicht? Rührt Sie denn nichts mehr? Sie können nicht weinen, und Sie können nicht lachen, aber es ist etwas an Ihnen, das die anderen weinen läßt und froh macht, Sie haben Macht über die Menschen, Sie haben Kraft, aber Sie nutzen sie nicht. Sie haben keinen Mut. Sie spüren die Größe des Lebens und des Todes! Doch Sie fürchten sich. Sie weichen aus, Sie haben Angst. Ach, alle habt ihr Angst! Alle macht ihr das Leben klein, klein und arm, geht geduckt einher, und später, da werdet ihr ganz verkümmert sein, die Hände nur noch heben, um den Löffel an den Mund zu bringen, die Füße nur noch voreinandersetzen, um euch fortzubewegen, den Kopf nur noch niederlegen, um zu schlafen. Aber keiner, ich sage Ihnen, keiner wird mehr die Arme zum Himmel ausstrecken und den Kopf in den Nacken werfen vor Freude oder im Aufbegehren, und keiner wird sich mehr zu Boden werfen und die Hände in die Erde krallen und schreien. Ihr werdet nur noch Zuschauer sein und auf eine Bühne starren, auf der ein paar letzte verzweifelte Mimen euch – für Geld! – vorspielen, was das Leben sein kann. Und ihr werdet lachen in euren Sesseln, was ihr so Lachen nennt, aus Spott und dummer Überheblichkeit, ein Lachen, für das man bezahlt hat. Nicht mit dem Leben! Nein, mit Geld, ihr werdet alles, was Gefühl heißt, was Leben heißt, vernichten. Große Gefühle machen uns groß, und kleine machen uns klein.‹

Er atmete jetzt mühsam, das Sprechen wurde ihm schwer, ich versuchte ihn daran zu hindern, doch er wehrte mich ab.

›Man soll mich nicht überführen. Hier will ich bleiben, am Rande der Welt. Ohne Stein und ohne Hecke; ein wenig Klee, Löwenzahn und ein paar Vögel und Wolken darüber. Das genügt. Der alternde Held stirbt den Heldentod. Es fehlen Trommeln, es fehlt Musik, Katharina! Weinen Sie, lachen Sie – aber leben Sie! Schieben Sie mich auf die Terrasse und sagen Sie Ihrem Doktor, daß man mich gefälligst in Ruhe läßt, meinen Frieden werde ich schon finden.‹

Es dämmerte schon, als ich sein Bett auf die Terrasse schob. Sie war jetzt leer. Er atmete gierig, seine Stimme veränderte sich. Er deklamierte:

›Ach! Wie die Nachtviole lieblich duftet!
– Spürst du es nicht?‹

Ich erkannte die Stelle aus dem ›Prinzen von Homburg‹ und antwortete:

›Es sind Levkojen und Nelken.‹

Und tatsächlich! Jetzt spürte auch ich den Duft der Levkojen. Er trieb mir die Tränen in die Augen.

Ich habe das Bett erst, als es Nacht war, hereingeschoben und in die Totenkammer gebracht. – Siehst du, Bastian, das ist der Unterschied. Ich sage Totenkammer, ich rede von dem Toten, heute. Aber es waren Leichen, Leichenkammern, das ist es! Aus den Leichen mußten erst wieder Tote werden.

In der Nacht lag ich wach und sah wieder die Reihe Männer vor mir und die graue Mauer dahinter und hörte das Kommando, und es war Jochens Stimme, die es gab. Die Männer brachen zusammen, einer nach dem anderen.

Ich hatte gewußt, daß es das gab. So wie man etwas weiß, womit man nichts zu tun hat. Es griff nicht in mein Leben, und bis heute weiß ich nicht – oder doch! Ich weiß es: Uns trifft immer nur, was uns selbst, uns ganz persönlich angeht. Und jedesmal sah ich den, dem das Amulett gehört hat, und er sah aus wie der Junge, den wir lebend aufgehängt hatten; er konnte doch nicht zur Erde, er war angebunden an dieses Gestell. Wir ließen ihn nicht sterben.

Ich kannte Uniformen. Ich wußte ungefähr, was ›Sonderkommando‹ bedeutete, aber der Strang, der den Verstand mit dem Herzen verbindet, muß durchgeschnitten gewesen sein. Ich hatte niemals Jochen mit all dem in Verbindung gebracht. Zuerst habe ich ihn gehaßt. Aber ich habe ihn auch entschuldigt. Daß er eine schlimme Aufgabe hatte und daß diese ›Elemente‹, so nannte man das ja damals: Juden, Partisanen, Fahnenflüchtige, beseitigt werden mußten, weil sie eine unübersehbare Gefahr für unser Volk bedeuteten. Ich habe es gedacht mit den gleichen Worten, die man im Radio hörte und in den Zeitungen las. Und auf einmal lösten sich diese ›Elemente‹ in meinen Träumen in Menschen auf. Menschen, die Jochen erschießen ließ. Ein rechtloser Tod, eine Grube und kein Grab. Und vorher ließ er ihnen abnehmen, was sie noch besaßen.

Wenn ich einschlief, hörte ich sein Lachen, und wenn ich wach wurde, wurde ich wach vom Stöhnen derer, die er getötet hatte. Ich glaubte in jenen Nächten alles durchlitten zu haben, was ein Mensch nur ertragen kann, und doch habe ich damals nicht einmal begriffen, daß ich gemeint war. Damals hat das Schicksal nach mir gefaßt, und ich habe versagt. Heute weiß ich, wie armselig ich war. Ich dachte an mich.

Ich hätte an ihn denken müssen. Hatte er denn nicht gesagt, der andere, der die Kommandos gibt, der bin ich auch! War ich nicht wie der Pharisäer, der vorübergeht und sagt: ›Damit will ich nichts zu tun haben‹? Als ob dadurch etwas geändert war, daß ich wegging! Ich hätte ihn hindern müssen. Ich hätte an dieser Stelle, wo ich wirklich sah, was geschah, da hätte ich etwas tun müssen. Aber ich lief weg, verstehen Sie, Doktor? Ich rettete mich, und ich hätte vielleicht Menschen das Leben retten können, vielen Menschen, ich hätte vielleicht ihn retten können. Und ich ließ ihn allein. Ich sagte: ›Du Mörder‹ und ging weg. Und das letzte war: ›Bei der Liebe, die uns beide vereint‹. Ein Schlager! Ja, ich weiß. Meine Schuld ist nicht geringer als seine. Vielleicht ist sie sogar größer, weil sie nie gesühnt wurde. Ich glaube nicht, daß die schlechter sind, die etwas tun, als die, die zusehen und es nicht verhindern. ›Fluch dir, der du geschwiegen hast!‹ Das steht im Alten Testament, ja? Diese Schuld läuft noch immer hinter mir her.

Und dann! Es war genauso banal, wie es heute klingt! Man kann es in fünf Sätzen sagen. Ich merkte, daß ich ein Kind bekommen würde. Ich benahm mich wie jedes Mädchen: Ich war verzweifelt. Alle meine Kenntnisse erwiesen sich als Theorie. Als ob ich nie mit ledigen Müttern zu tun gehabt hätte, hier unten in diesen Straßen, im Zwölften Fürsorgebezirk, als ob ich nicht Mittel gekannt hätte, aber sie stimmten alle nicht für mich. Es war der Tag, an dem der Schauspieler begraben wurde. Auf dem Friedhof des Dorfes, zu dem unser Lazarett gehörte. Es lagen schon zwei Reihen von unseren Verwundeten dort. Warum hat er mir das gesagt, daß sterben leichter sei?

Ich ging am Abend in meiner Freistunde auf den Friedhof. Wenn ich geglaubt hatte, dort eine Antwort oder irgend etwas, was mir Ruhe gegeben hätte, zu finden: Ich fand nichts. Ich beneidete ihn, das war alles. Der Gedanke an Selbstmord ist mir damals und auch später nie gekommen. Ich glaube nicht, daß man sein Schicksal selbst bestimmt.

Als ich vom Friedhof kam, begegnete ich dem Chefarzt, der seinen gewohnten Gang durch den Park machte, bei dem ich ihn früher so oft begleitet hatte. Wir hatten seit Tagen nicht miteinander gesprochen und auch vorher nur das Unerläßliche. Wir gingen, als ob das selbstverständlich sei, zusammen weiter. Er nahm mich beim Arm. Ich habe es ihm gesagt. Alles.

Von den Zweigen tropfte der Nebel auf uns, wir gingen, und manchmal redeten wir, und meist schwiegen wir. Auf einmal sagte er, daß es eine Lösung gäbe. Er wollte mich heiraten.

In jener Stunde hielt ich das für möglich. Ich wurde, wann auch immer ich mit Friedrich zusammen war, ganz ruhig. Solange er bei mir war, brauchte ich nicht auf der Hut zu sein, dann war ich in seiner. Er glaubte mich zu lieben. Vielleicht tat er es sogar. Es ist das ewige Mißtrauen, das mir jedes Gefühl so unglaubwürdig erscheinen läßt, seit der Sache mit Jochen. Aber an jenem Tag war es ehrlich, ebenso wie mein Gefühl für ihn. Wir machten sogar Pläne. Pläne, die alle mit ›Nach dem Krieg‹ anfingen und mit diesem schlimmen ›Wenn es dazu kommt‹ endeten, das niemals ausgesprochen wurde.

Kennst du Hofmannsthals ›Frau am Fenster‹? Irgendwann hat sich bei mir dieser Satz ›Wenn uns der liebe Gott das Leben läßt‹ festgehakt. Die Frau stirbt noch in derselben Nacht. Ich weiß, daß ich es damals zu ihm sagte: ›Wenn uns der liebe Gott das Leben läßt‹ und versuchte dabei zu lachen.

Als wir in meinem Zimmer waren, lief der Regen aus meinem Haar über mein Gesicht. Er tupfte jeden Tropfen mit den Fingerspitzen weg wie Tränen. Vielleicht waren es Tränen. Mit keinem Wort erwähnte er, was gewesen war. Nur, daß er sagte: ›Es war nicht leicht, dein Gesicht zu sehen. Dir steht die Sünde nicht, sie saß in deinen Augen; aber mir war immer, als könne sie nicht tiefer eindringen, als sei die Netzhaut zu dick.‹

Ich sagte: ›Es ist das Kind eines Mörders, Friedrich!‹ Und er sagte und legte dabei die Hände um mein Gesicht: ›Nein, Katharina, es ist dein Kind, und als deines werde ich es lieben können.‹

Er war aufrichtig und ehrlich. Ich wagte ihm nicht zu sagen, daß ich dieses Kind nicht wollte, daß ich mich fürchtete davor, daß ich es in meinem Herzen verleugnete. Ich wollte nichts, was mich bei jedem Atemzug an Jochen erinnern würde; ich wollte nicht, daß all das niemals vorbei sein sollte.

Ich wollte neu anfangen. Jedesmal will ich neu anfangen und nicht alles, was einmal war, mit mir herumschleppen müssen! Vielleicht hat er etwas davon geahnt. Er hielt es jedoch für richtiger, darüber zu schweigen. Bei einer anderen Gelegenheit hat er gesagt: ›Ich könnte es dir erzählen, aber es ist besser bei mir aufgehoben, sonst müßtest du es auf dich nehmen, und ich würde es vergessen können.‹ Manche Menschen werfen sich ihre Sorgen zu, als seien es Bälle, die der andere nur aufzufangen brauchte. Er war ein Feind aller Bekenntnisse, sowohl der leichten, geschwätzigen als auch der ernsthaften, später bereuten.

Es folgten drei Wochen, in denen wir so zusammen arbeiteten, wie es später einmal werden würde. In diesen Wochen habe ich zum ersten Mal empfunden, was das bedeutet: sich geborgen wissen. Es sind übrigens die einzigen geblieben. Wenn der Krieg vorbei sein würde, sollte ich seine Mitarbeiterin werden, wir würden die Kinder aus dem Internat holen und eine richtige Familie sein. Er zeigte mir Bilder von den beiden Mädchen und von seinem Haus, das wir wieder aufbauen wollten. Ich begann mich in dieser neuen Heimat, die er mir bot und die ich nie gesehen hatte, einzurichten.

Ich glaube, daß zur Liebe auch gehört, daß man bewundert. Etwas muß an einem Menschen bewundernswert bleiben, auch bei der Gewöhnung einer Ehe. Verachten müssen, wo man einmal geliebt hat, ist so grausam, weil man sich selbst verachten muß. Ich verachtete mich damals. Da kam Friedrich und fand irgend etwas an mir, das er achtete. Ich weiß heute, daß ich in ihm den Vater suchte, den ich ein Leben lang gebraucht hätte und vermißt habe. Auch in Ihnen, Doktor, habe ich ihn gesucht. In allen Männern, sobald es mir Ernst war.

Im Lazarett blieb die Veränderung zwischen uns unbemerkt. Er hatte mich schon früher den anderen Schwestern vorgezogen und in besonders schwierigen Fällen immer mir die Pflege übertragen. Man wußte auch von meinem Verhältnis zu Jochen, nur wußte man nicht, daß das vorbei war. Niemand ahnte etwas, niemand glaubte mich an jenem Tag schonen zu müssen.

Friedrich war morgens nach Berlin gefahren. Das kam alle paar Wochen einmal vor und war darum nichts Ungewöhnliches. Er hatte mir am Abend schon Lebewohl gesagt, weil er mit dem Frühzug fuhr und mein Nachtdienst dann bereits zu Ende war. Nachmittags gegen drei Uhr kam der Anruf. Ich stand in der Nähe des Telefons. Die Nachricht lief durchs Haus. Keiner konnte verhindern, daß sie auch zu den Kranken drang. Ich ging noch zu dem Jungen, der in seinem Gestell hing, und brachte ihm den Kaffee und wollte ihn ihm einflößen, dann bin ich zwischen den Betten hingeschlagen, vielleicht war ich ausgerutscht oder hängengeblieben mit den Schürzenbändern. Ich war sofort ohne Bewußtsein.

Ich habe drei Wochen in unserm Lazarett gelegen, anschließend hat man mich in ein Schwestern-Erholungsheim gebracht. Ich hatte eine ziemlich schwere Gehirnerschütterung mit anschließender Gehörstörung. Die Narbe im Nacken habe ich seit dem Unfall.

So war es immer: den ersten Schlag fing ich auf, aber wenn es mich wieder traf, in dem Augenblick, in dem ich eben den Kopf ein wenig hob, schaffte ich es nicht. Das mit Jochen und auch das Kind, dafür hätte meine Kraft ausgereicht, aber für Friedrichs Tod reichte sie nicht mehr. Ich verlor alles. Nicht nur ihn und das, was meine Heimat, meine Zukunft werden sollte, ich verlor das Zutrauen zum Leben. Von da an hatte ich Furcht. Sein Zug war kurz vor Berlin von Tieffliegern angegriffen worden. Friedrich war gleich tot. Einfach fort aus meinem Leben, wie niemals gewesen. Ich weiß nicht, wo sein Grab ist. Ich besaß keine Zeile von ihm, kein Bild. Nichts.

Ich lag und wurde, anstatt gesund zu werden, kränker. Ich flüchtete mich in diese Krankheit, nur um nicht aus dem Bett aufstehen zu müssen. Solange ich dort lag, konnte mir nicht allzuviel passieren. Ich nahm nichts von meiner Umgebung wahr, ich verkapselte mich in meinen Schmerz.

Vielleicht hatte ich mich damals getäuscht, vielleicht war der Unfall schuld. Niemand hat etwas von dem Kind gewußt. Nur Friedrich, und der war tot. Alles war vorbei: Jochen, das Kind, Friedrich, das Lazarett in Pommern. Was geblieben war, war das Bett, in dem ich lag und aus dem ich nur herauskam, wenn es Fliegeralarm gab und wir mit dem Aufzug in den Keller gebracht wurden.

Eines Morgens war es überstanden. Ich spürte nichts mehr. Ich hatte mich gesund geschlafen; nicht nur körperlich. Ich horchte verwundert in mich hinein. Ich nannte Namen, ich beschwor Bilder herauf, nichts. Meine Möglichkeiten, verzweifelt zu sein und unglücklich, sind wohl begrenzt. Mein nüchterner Sinn hatte wieder einmal gesiegt. Vielleicht war es aber auch die alte Angst, die ich als Kind schon hatte: meiner Mutter ähnlich zu werden und auf einer Chaiselongue zwischen Blumen dahinzutrauern. Dieses Krankenhaus hatte nicht allzuviel Ähnlichkeit mit Mutters Wintergarten. Ich lag mit zwei anderen Schwestern zusammen in einem weiß getünchten Raum. Blumen gab es in jenem Winter nicht; auf einem kleinen Tisch standen ein paar staubige Kiefernzweige, noch von Weihnachten her.

Zuunterst in meinem Koffer lag noch immer das Amulett.

Ich erholte mich dann rasch. Anfang März wurde ich gesund geschrieben und zu einem Lazarettzug kommandiert. Von da an fuhr ich zwischen der Ostfront und Mitteldeutschland hin und her; immer neue Verwundete, immer neue Krankenhäuser, zerstörte Bahnhöfe. Der Krieg ging weiter, alles ging weiter. Die Zeit, in der ich glaubte, mein

Leben in eigener Regie zu führen, war vorbei. Und am Ende bin ich davongekommen, wie man das heute nennt.

Das ist alles. Ich sagte es dir ja vorher, eine ganz banale Geschichte. Nicht einmal zum Dransterben hat es gereicht. Das einzig Besondere daran ist, daß es meine ist.«

Katharina trat vom Fenster zurück und setzte sich auf die Lehne ihres Sessels, nahm sich eine neue Zigarette und sagte abschließend: »Weißt du, das Schlimme ist nur, daß man dahintersieht. Man durchschaut das Spiel. Das der anderen und das eigene. Man weiß, was man von sich selbst zu halten hat, und das ist erbärmlich wenig. Man macht sich keine Illusionen mehr. Obschon – Illusionen? Es muß noch ein anderes Wort dafür geben. Wenn man mich heute fragt: Warum haben Sie eigentlich nicht geheiratet, und man fragt es oft, dann sage ich das gleiche, was meine Lehrerin in Französisch vor zwanzig Jahren sagte: daß mein Verlobter gefallen sei. Das Komische daran ist, daß es stimmt. Nur daß ich keine Tränen dabei in den Augen habe wie sie. Ich weiß noch, daß wir sie immer auf dieses Thema brachten und daß wir dann kicherten und es komisch fanden, wenn sie sich ihre Brille putzen mußte. Vielleicht hatte sie sich an diese traurige Geschichte gewöhnt und liebte sie. Ich habe mich nie daran gewöhnt. Aber ich spüre auch nichts mehr. Es ist so unglaublich lange her. Ich kann mich an diese Katharina kaum noch erinnern. Was geblieben ist, ist das Gefühl, auf der ganzen Linie versagt zu haben, ist die Schuld, die sich nicht in Worte fassen läßt, über die man gar nicht reden kann. Siehst du, ich habe Jochen einen Mörder genannt, und ich selbst, ich habe sein Kind nicht gewollt, ich habe es in meinen Gedanken und in meinem Herzen am Leben gehindert. Wer weiß denn, was ich getan hätte! Natürlich, das ist medizinisch nicht stichhaltig. Aber es nimmt nicht die Schuld von mir, verstehst du? Man darf nicht einfach weggehen, wie ich es getan habe.

Jochen ist fünfundvierzig von den Amerikanern den Polen ausgeliefert und vor ein Kriegsgericht gestellt worden. Ich fand seinen Namen in einer Kartei des Roten Kreuzes; ich arbeitete eine Zeitlang beim Suchdienst. Nach menschlichem Ermessen ist er tot. Irgendwie bin ich auch daran schuld. Ich habe viel an ihn gedacht. Nicht, daß ich es gewollt hätte. An die Frauen denkt ja keiner, von denen diese Männer geliebt wurden. Man kann sich damit abfinden, wenn aus dem Mann ein Held wird, dessen Bild man zu Hause auf der Kommode stehen hat, mit Blumen davor an den Gedenktagen, und man kann den Kindern von dem Mann auf dem Bild Geschichten erzählen, wie tapfer er war und wie gut; von einem Verbrecher stellt man kein Bild auf, man hat es zuunterst in der Schublade und holt es nur hervor, wenn man allein ist. Man kann mit niemandem über ihn reden, man schämt sich. In den Nächten versucht man, sein Gesicht heraufzubeschwören, und dieses Gesicht lacht. Lacht! Zuerst, aber dann verändert es sich. Man hat so lange gesucht, ein böses falsches Wort, ein zu harter, unbedachter Griff, man wußte gar nicht, daß man ihn im Gedächtnis hatte, bis man das Böse in ihm entdeckt hat. Und dann kommt er von ganz allein in den Nächten, so, wie die anderen und du ihn gemacht haben: böse. Und böse war alles, was ihr getan habt. Jeder Kuß, jede Umarmung. Und auf diesen Menschen mußt du warten. Vielleicht nur auf seinen Tod. Vielleicht aber auch auf seine Rückkehr, und er wird dich wieder in die Arme nehmen, und du fürchtest dich vor ihm. Er ist nämlich ein Verbrecher. Man hat es dir so lange gesagt, bis du es geglaubt hast und nicht mehr vergessen kannst.

Ich habe oft gedacht: Wenn Jochens Weg an einer solchen Mauer zu Ende war, war es richtig so. Es wäre besser, als wenn er wiederkäme und brächte den Beweis, daß er keine Verantwortung trug für das, was durch ihn geschehen ist, daß er nur auf Befehl gehandelt habe, die Tragweite nicht übersehen konnte. Manchmal meine ich, er sollte lieber ein Verbrecher sein; doch, doch! Nur nicht so klein, so erbärmlich sollte er nicht sein. Man kann doch nicht wiederkommen und hingehen und weiterleben, als ob nichts war! Aber vielleicht kann man das. Andere tun es ja auch.

Das sind Spekulationen. Oft war ich soweit, daß ich mich nach dem Kind gesehnt habe. Es wäre vielleicht eine Bestätigung gewesen, daß nicht alles falsch war und böse. Ich habe Jochen nicht vergessen können. Wenn ich von weitem einen Mann sehe, der den Kopf trägt wie er, oder manchmal genügt nur der Nacken, der Ansatz des Haares, dann bekomme ich Herzklopfen und erschrecke: Er könnte es sein. Und wenn er es eines Tages ist? Wenn er kommt und mich sucht, was dann? Was dann?«

Sie brach plötzlich ab, drückte die Zigarette aus und sagte: »So ist das, Doktor, so sieht es aus in einer Frau, deren schönste Jahre die verlorenen gewesen sind. So nennt man das doch: die verlorenen Jahre.«

Sie ging und öffnete das Fenster.

Mit einem Aufatmen sagte der Doktor: »Die Nacht ist vorbei, Katharina.«

»Woher weißt du es? Es wird noch nicht hell.«

»Die Vögel, horch, sie schreien auf im Traum, bevor sie wach werden, du hast es vorhin selbst gesagt.«

»Einmal, Bastian, sang am Morgen ein Pirol nur für dich und mich. Dies ist die wahre Abschiedsstunde, wenn die Nacht vorüber ist. Der Tag geht allmählich in die Nacht über, aber in dieser Stunde gibt es keinen Übergang. Jetzt ist etwas endgültig zu Ende, spürst du es? Ein neuer Tag, noch bin ich hier und denke, wie es sein würde, wenn ich jetzt bei dir bleiben könnte. Aber wenn ich unten auf der Straße bin, habe ich wieder Mut. Leb wohl, Doktor!«

Der Doktor nahm ihren Kopf in die Hände, sein Mund berührte flüchtig ihre Augen. Dann schob er sie von sich. »Gott beschütze dich, Katharina.«

»Gott? Der kümmert sich nicht mehr um mich.«

»Und du?«

»Ich auch nicht, Bastian, du hast ganz recht.«

»Ich kann dich doch nicht allein durch die Stadt gehen lassen, Katharina, um diese Stunde.«

»Warum nicht? Wer jetzt draußen ist, ist so verloren wie ich. Mit solchen Leuten kann ich umgehen, besser als mit den anderen, den ordentlichen. Vielleicht beschützt er mich auch, dein Gott, wenn ich mich nicht dagegen wehre.«

Bevor sie ging, gab ihr der Doktor die Tänzerin aus Tarquinia. »Als Ersatz«, sagte er, »für die kleine Holzfigur, die unten im Schutt liegt. Nimm sie mit, man kann viel von ihr lernen.«

Als sie auf der Treppe war, hörte sie das Aufweinen des Kindes, und kurz darauf klappte eine Tür. Sie blieb stehen und horchte. Als es wieder still war, ging sie die Treppe hinunter.

Es war inzwischen so hell geworden, daß sich die Häuser dunkel vor dem Himmel abhoben. Katharina ging auf die gegenüberliegende Straßenseite und sah zum Fenster hinauf. Die Gestalt des Doktors zeichnete sich deutlich vor dem erleuchteten Fenster ab. Sie hatte vergessen, das Licht zu löschen, als sie ging. Sie winkte ihm zu; dann erst fiel ihr sein Blindsein ein. Sie drehte sich um und ging fort und sah nicht mehr, daß er den Arm hob und winkte.

Es ist der 30. Juni 1954.

Das Haus am Kaiserdamm, Ecke Schillerplatz, steht auf den ersten Blick unverändert. Allmählich schließen sich die klaffenden Lücken. Das Haus des Doktors hat ein neues Dach, die Fensterrahmen sind gestrichen, der Putz ist erneuert. Das Haus ist restauriert und hat jenes Aussehen von solider Wohlhabenheit, das den Neubauten rechts und links abgeht.

Aus dem Fenster fällt bis tief in die Nacht wie früher ein Lichtschein. Der Doktor hat die Angewohnheit beibehalten, die Schreibtischlampe gegen 21 Uhr einzuschalten.

Der Doktor blies die dünne Staubschicht von den Briefen, die seine in den letzten Jahren überempfindlich gewordenen Finger wahrgenommen hatten, und legte das Bündel auf die Platte seines Schreibtischs. Er hatte die Briefe seit mehr als zwei Jahren nicht in der Hand gehabt, ebenso nicht den sauber gebundenen Band mit etwa 50 Bogen in Brailleschrift, den Margot ihm zum letzten Weihnachtsfest, das sie miteinander verlebten, geschenkt hatte. Sie hatte diese Briefe für ihn übertragen, damit er sie jederzeit lesen konnte, da sie vermutete, es würde ihm Freude machen, er könnte dann seiner Anhänglichkeit an diese ihr unbekannte Katharina nachgeben, ohne Hilfe eines Dritten. Solche Anzeichen ihrer Demut mehrten sich zu jener Zeit und erschwerten sein Leben, ebenso wie die Behutsamkeit, mit der Margot ihn behandelte, mit der sie alles von ihm fernhielt, was sein Leben, also seine Arbeit, hätte stören können. Sie hatte sich zwischen ihn und die Welt gestellt, und Simon hatte, kaum daß er reden und laufen gelernt hatte, das gleiche getan.

Es führte zu nichts, jetzt darüber nachzudenken, was die Veränderung, wenn es überhaupt eine war, in seinem Zusammenleben mit Margot ausgemacht hatte. Alles war ohne Überstürzung geschehen. Sie hatten sich getrennt, in vollem Einverständnis, und die zwei Jahre, die seitdem vergangen waren, hatten vollauf genügt, die Lücke, die Margot und ihr Sohn hinterlassen hatten, zu schließen. Ihre Spuren waren längst verwischt, und er erschrak, als ihm bewußt wurde, wie sehr er die beiden vergessen hatte.

Als sie ging, war alles gesagt. Er hatte niemals den Wunsch verspürt zu wissen, wohin sie sich gewandt hatte. Er hatte nicht das Gefühl, daß die Jahre mit ihr ein Irrtum gewesen sein könnten oder daß er eine Schuld auf sich genommen hätte oder auch nur eine Verantwortung, die er nicht zu Ende getragen hatte. Die Rechnung war glatt, oder besser noch: Eine Aufgabe war gelöst, so vollkommen gelöst, daß man keine Gedanken mehr daran zu verschwenden brauchte. So leicht war die Lösung, daß er nicht einmal Befriedigung empfunden hatte.

Er war sich nicht darüber im klaren, welche Rolle er in Margots Leben gespielt hatte, er hatte nie darüber nachgedacht, und jetzt schien es ihm, als ob es kein herkömmliches Wort dafür gäbe. Vermutlich war er nur eine Randfigur gewesen.

Bei dem Gedanken, daß er auch für Margot nicht mehr als eine Randfigur gewesen sein könnte, wenn auch in einem anderen Sinne, fingen seine Hände an, in der Mappe zu blättern und das Wort zu suchen. ›Randfigur‹, so hatte Katharina in einem ihrer ersten Briefe geschrieben.

Er hatte die Stelle bald gefunden:

»Du hast immer am Rand meines Lebens gestanden und auf mich aufgepaßt. Ich weiß, jetzt denkst Du, eine Randfigur also, mehr nicht. Ja! Wenn Gott auch eine Randfigur ist, dann stimmt es. Manchmal wart Ihr ein und derselbe, und ich fühlte mich beobachtet; das war mir lästig, ich wollte Eure Blicke abschütteln, ich wollte mich verstecken. Aber insgeheim wußte ich immer, daß ich Dir eines Tages alles bekennen mußte. Jetzt bin ich so weit weg. Du stehst am Rande, Bastian, ich muß das sagen dürfen: Der einzige, der auf mich aufgepaßt hat, ist blind. Das ist so unbegreiflich, wie wenn Gott blind sein könnte.«

Er las nicht weiter.

Ja, das war Katharina. So etwas teilte sie mit.

Es war lange her, daß er mit Bitterkeit an sie gedacht hatte. Sie mußte ihren Weg gehen, fern von ihm, und er hatte sich damit abgefunden. Sie hatte ihn eine Randfigur genannt und gelegentlich ihren Wegweiser, und wenn er daran dachte, welche Rolle er in den Jahren des Zusammenlebens mit Margot übernommen hatte, dann war das wohl mehr als miteinander essen und schlafen. Die Bedeutung, die man für das Leben eines anderen Menschen hat, läßt sich nicht aus der Anzahl der gemeinsam verbrachten Stunden errechnen.

Man konnte sich allerdings auch nicht auf Katharinas Briefe verlassen, die spärlich kamen und oft nicht mehr waren als ein Bericht, in dem man suchen mußte, ob sich die Schreiberin nicht verbarg, wie sie es selbst genannt hatte.

Immerhin konnte er noch einmal die Briefe in ihrer Reihenfolge lesen und den Weg verfolgen, der ihm Katharina, wie es schien, für immer entführt hatte.

Darüber würden Stunden vergehen, und dann würde es Zeit sein, sich umzukleiden und auf das Anschlagen der Türglocke zu warten. Er faßte nach der breitgeränderten Brille, deren Gläser seinen Augen zwar nicht die Möglichkeit zu sehen gaben, wohl aber ihn vor den Blicken fremder Augen schützen konnten und die er trug, sobald er nicht allein war, einer alten Gewohnheit nach jedoch auch zum Lesen aufsetzte.

Er schloß das Fenster, da ihn der in der Mittagsstunde zunehmende Straßenlärm empfindlich störte. Dann kontrollierte er die Zeit mit jener Präzision, die auf Pedanterie schließen ließ, jedoch seinem Bedürfnis nach geistiger Hygiene, wie er es nannte, entsprach, mit jener Zucht, in der er sich hielt, in der er jeden Handgriff tat, um Ordnung zu halten in seinem der eigenen Kontrolle entzogenen Leben. Dieses Ordnunghalten gab ihm eine gewisse Starrheit, aus der heraus er sich nur selten einen Rückblick in eine Zeit gestattete, die lange zurücklag.

Auch er schien heute in der Gegenwart zu leben, in der er täglich dasselbe bestimmte Pensum an Arbeit verrichtete; nur daß seine Gegenwart weit zurücklag, ein paar tausend Jahre, daß sie weit eher eine Welt der Toten und ihrer zeitlosen Unterkünfte war.

Er hatte von Jahr zu Jahr sein Gebiet enger eingegrenzt, und je mehr er sein Wissen um den Totenkult der Mittelmeervölker vermehrt hatte, desto vorsichtiger war er geworden in dem, was er selbst dazu zu sagen hatte. Er hütete sich auch hier vor dem großen umfassenden Überblick, wagte sich nicht mehr an eine der Hypothesen, die ihn in jüngeren Jahren verlockt hatten, traute den Worten nicht mehr, nachdem die Augen die Richtigkeit nicht mehr kontrollieren konnten. Aus dieser Konzentration auf einen einzelnen Punkt, auf eine Grabanlage etwa, auf eine Inschrift, die vor ihm keiner zu deuten gewußt hatte, konnten ihm dann allerdings Erkenntnisse erwachsen, von denen nicht einmal er im Augenblick ermessen konnte, welche Bedeutung, welche Folgen sie für die archäologische Wissenschaft haben würden.

Wenn er sich heute aus dem gleichförmigen Ablauf seines Tages gelöst hatte, um Katharinas Briefe zu lesen und den letzten langen Bericht von ihr, der gekommen war, nachdem Margot ihn bereits verlassen hatte, so hatte es dafür eines besonderen, ja ungewöhnlichen Anlasses bedurft. Er mußte sich auf etwas vorbereiten, dessen Tragweite er nicht zu übersehen vermochte.

Seine Finger verloren sich im Gewirr der Punkte, seine Gedanken in Erinnerungen, die er abgetan glaubte. Es hatte nur dieses Anstoßes bedurft, nur dieser Briefe, daß alles Vergangene aufstieg und lebendig wurde. Er hatte in den ersten Jahren nach ihrem Fortsein oft versucht, die Beweggründe ihres Handelns zu erkennen. Bis er dann herauszufinden glaubte, daß es in Katharinas Leben keine Beweggründe gab. Sie lebte. Von heute auf morgen, ohne ein anderes Ziel als diesen Tag.

Er las nun endlich die Briefe Katharinas, die sie ihm aus Irland geschrieben hatte.

September 1948

»Als ich nach Norwegen ging, habe ich Ihnen geschrieben, es sei gleichgültig, wie viele Kilometer zwischen zwei Menschen liegen. Wenn sie nicht zusammensein können, spielt es keine Rolle, ob es nun zwei Kilometer oder zwanzig oder zweitausend sind. Wie viele liegen jetzt zwischen Ihnen und mir? Hätte ich einen Atlas, würde ich die Europakarte aufschlagen und mit einem Zollstock, wenn ich einen Zollstock hätte –! Ich muß mich geirrt haben, Doktor! Es ist nicht gleichgültig.

Mit ein paar Kilometern werden die Gedanken und die Erinnerungen fertig, dies sind zu viele. Es muß die Möglichkeit bleiben, daß man zurück kann. Ich kann hier niemals so viel Geld verdienen, daß es für das Fahrgeld reicht. Ich habe niemanden, der mir die Überfahrt bezahlen würde.

Nicht, daß ich es wollte! Manchmal bekomme ich Angst vor der Endgültigkeit; daß ich hier bleiben muß. Dabei will ich es. Verstehen Sie solche konfusen Gedanken? Ich bin für diesen Schritt voll verantwortlich, keiner hat mich dazu gezwungen. Ich glaube, ich habe zum ersten Mal wieder über mein Leben selbst entschieden; das ist es, was mir angst macht. Im Krieg und auch nachher tat man doch, was man mußte oder was man glaubte zu müssen, man besaß doch nicht diese gefährliche, wunderbare Freiheit der Entscheidung. Und nun habe ich Angst vor der Verlassenheit.

Ich war ein richtiger Auswanderer. Es war großartig! Nur manchmal war ich kleinmütig, und am Ende hatte ich keine Zeit mehr, es großartig oder beunruhigend zu finden. Ich war nämlich nicht allein auf diesem Schiff! Ein alter Truppentransporter, erst hatte er für Bananen nicht mehr getaugt, dann hatte man amerikanische Soldaten damit nach Europa in den Krieg geschickt, und seit er auch dafür nicht mehr seefest genug ist, bringt er seine traurige Menschenfracht aus Deutschland nach Kanada. Ein paar Menschen lädt er schon vorher ab, denen der ganz große Schritt nicht gelungen ist.

Der Sturm packte unser Schiff. Es war, als ob wir nicht fort sollten. Als ich mich genügend gewundert hatte, daß ich nur aufgeregt war und keineswegs seekrank, streifte ich mir die Ärmel hoch, holte mir eine Schürze aus meinem Koffer und war noch einmal wieder Schwester Katharina.

Sie sagten gleich alle ›Schwester‹ zu mir. Merkwürdig, daß man mir das ansieht. Ich legte Babys trocken und machte Fläschchen warm. Ein alter Mann stürzte auf der Treppe zum Deck, eine junge Frau bekam einen Herzanfall, und zwischen Kartons und Bündeln aus Bettzeug lagen die, die seekrank waren. Und nachher fragte ich mich, warum. Warum tue ich das denn? Für das ›Danke schön‹? Für das ›Vergelt's Gott‹ dieses alten Mannes, der so arm war, daß es wirklich nur noch Gott vergelten konnte, was man für ihn tat? Nur noch! Wer von uns wollte es leugnen, daß das der billigste Dank ist? Ich helfe. Ich habe es immer getan. Weil kein anderer da war. Aber Sie haben einmal gesagt, ich verachte die Menschen, die immer Hilfe brauchen. Und daß sie immer Hilfe finden und immer auf Kosten der Stärkeren leben. Der Fahrpreis bleibt der gleiche, ob mit oder ohne Schürze.

Und schließlich stand ich allein im Hafen von Dublin. Das war vor vier Wochen. Diese vier Wochen und diese zweitausend Kilometer – oder sind es noch mehr? – liegen jetzt zwischen Ihnen und mir, und ich sage nicht mehr, daß sie leicht wiegen. Ich meine, ich brauchte Ihnen nur zu sagen: Die Pappeln stehen im Regen, dann würden Sie alles wissen. Auch, wie einsam ich bin.

Heute nur soviel: Drei Dinge sind hier wichtig. Daß ich arm bin, daß ich katholisch bin, daß ich eine Deutsche bin. Man sollte ›arm‹ oder ›reich‹ als eine Art kennzeichnende Eigenschaft mit in den Paß aufnehmen! Es ist wichtiger als Name und Beruf und Alter. Genauso wichtig, wie daß ich katholisch bin und daß ich eine Deutsche bin. Beides habe ich auf den vielen Fragebogen zur Ausreisegenehmigung und für das Visum für Irland nachlässig ausgefüllt. Mein Beruf interessiert hier keinen Menschen. Mein Alter nicht, die Stadt nicht, aus der ich komme, und nicht einmal mein Name. Aber wenn man von mir spricht, heißt es: ›She is a German!‹ Und das bedeutet hier etwas Gutes. Ich brauche mich deshalb nicht zu entschuldigen oder zu schämen.

Die Familie, in der ich lebe, ist auf ihre Weise fromm. Die beiden Kinder beobachten mich. Ob ich das Kreuz schlage beim Ave-Läuten und beim Tischgebet. Und man redet darüber! Redet, wie von anderen Dingen, man schämt sich nicht, so wie ich's gewohnt war von früher. Man redet vom Beten und vom Beichten und Kommunizieren und – fragt mich danach! Und schickt mich zu Father Murphy, unserem Pfarrer, damit ich weiß, wohin ich gehöre.

Katharina geht also morgens zur Messe. Dazu mußte ich erst nach Irland kommen! Ich wage nicht, mich zu widersetzen. Ich wüßte einfach nicht, was ich zu meiner Entschuldigung vorbringen sollte. Ich laufe in Schürze und Kopftuch, das Vieh ist dann schon versorgt, zur Kirche, und unterwegs nicken mir die Leute zu. Weil ich genauso arm bin wie sie, weil ich katholisch bin und weil ich eine Deutsche bin. Ich müßte mit jemandem darüber reden können.

Manchmal sagt Mrs. O'Klean am Nachmittag zu mir: ›Nun setzen Sie sich erst einmal ein bißchen vor die Tür.‹ Im Anfang habe ich gefragt: ›Soll ich schon Kartoffeln schälen fürs Abendessen? Oder sind Strümpfe da zum Stopfen?‹ Dann verwundert sie sich und sagt: ›Nein! So hinsetzen, einfach auf die Bank vorm Haus. Nicht immer nur arbeiten!‹

Ich bin ihnen zu unruhig. Sie sind besorgt, daß ich ihren Tageslauf störe. Das ist nicht wie in Deutschland. Hier wird zuerst das Vieh wach und dann der Bauer, und zuerst frühstücken wir, und dann geht es in den Stall. Mr. O'Klean trinkt manchmal. Alle armen Leute trinken, und man weiß am Ende nicht, ob sie trinken, weil sie arm sind, oder ob sie arm sind, weil sie trinken. Die es zu was bringen wollen, sind längst ausgewandert, nach Amerika und nach Australien, heißt es, und die hier leben – nun, die leben eben so und haben ihr Auskommen, aber mehr auch nicht.

Man könnte auf unserem Weideland bestimmt doppelt soviel Schafe und auch eine Kuh mehr halten, die Ställe sind groß genug. Ich habe auch schon mit Mr. O'Klean darüber gesprochen. Aber der zuckt die Achseln, der will nichts riskieren. Im Grunde scheut er die Mehrarbeit und sagt: ›But why?‹ – Ja, warum? Sie haben, was sie brauchen. Ihre Kartoffeln, ihren Speck, ihren Tee, ihren Torf, ihren Lammbraten, ihren Whiskey und ihren Portwein. Und natürlich ihre Pferderennen, das heißt ihr Toto, richtige Rennen gibt's hier nicht in der Nähe, es ist auch viel mehr das Spiel, die Wette, die sie reizt. Sie haben ein Radio und jetzt sogar mich. Ich hebe das Ansehen von den O'Kleans nämlich sehr!

Wenn die Kinder groß sind, soll der Junge was Technisches in Dublin lernen, und dann wird er wohl auswandern, dahin, wo man das Geld leichter verdient, und die Tochter wird heiraten, einen Amerikaner hoffentlich.

Und ich? Ich tue meine Arbeit, weil es ohne Arbeit nicht geht! ›Nächstens schrubbt sie noch den Kuhstall!‹ sagt Mrs. O'Klean. Nötig hätte er's! Aber kälken werde ich ihn, wenn die Fliegen weg sind im Herbst. Hoffentlich vertreibe ich damit nicht unsere Schwalben! Melken kann ich schon, noch nicht gut, meine Hände sind nicht fest und ruhig, das merken die Tiere, aber – wenn ich einen Landwirt geheiratet hätte, wir hätten einen Musterhof gehabt! Gut, daß das Mr. O'Klean nicht hört, der hält sich für einen Farmer; er wäre gekränkt, wenn man sagte, er wäre nur ein kleiner Bauer.

Armer Doktor! Briefe aus dem Kuhstall. Ich schreibe ja nur, weil ich denke, Sie vergessen mich sonst. Ich habe so große Angst vor dem Vergessenwerden.

Ihre Katharina«

Juli 1949

»Die Kinder sagen Cat zu mir, so wie Du manchmal. Und die Erwachsenen nennen mich Catleen. Katharina, das können sie gar nicht sagen. Ich wachse in den neuen Namen hinein genau wie in diese neue Welt. Abends gucke ich mir im Spiegel überm Spülstein in der Küche dieses Mädchen an; sonst guckt es auch keiner an. Ich meine, keiner liest in meinem Gesicht. Vielleicht Father Murphy, den ich manchmal aufsuche. Aber auch er hat mich ja nicht gekannt, früher.

Diese neue Catleen, die heute Erdbeermarmelade gekocht hat und den klebrig-süßen Geruch und das Geschwirr der Wespen und die Sonne auf dem roten Steinboden noch immer um sich und in sich hat, ach, diese neue Catleen! Verstehst Du es, daß man glücklich sein kann über dreißig Gläser Erdbeermarmelade? Mit Rumpapier bedeckt und mit Schildchen drauf: ›Strawberryjam 1949.‹ Weißt Du, ich habe im vorigen Herbst die Erdbeerranken abgeknipst und zwischen den Reihen gegraben, und im Frühjahr habe ich sie mit Schafmist gedüngt und gehackt und noch mal gehackt und gejätet, und als der viele Regen kam im Mai und im Juni, habe ich Torfmull unter die Büschel mit den grünen Früchten getan. Und gestern abend habe ich gepflückt. In Rhabarberblätter, weil das so schön aussieht, und dann in große Tonschüsseln, und heute früh habe ich die grünen Kelche abgepflückt; immer dieselben Erdbeeren! Es war, als ob es meine wären! Niemals hat mir bisher etwas wirklich gehört. Jetzt sind sie in Gläsern, und ich habe sie eingekocht, sie haben beim Kochen nicht die Farbe verloren, und steif ist der Jam auch. Im Winter sagen dann die Kinder: ›Das ist Cat's Jam.‹

Vielleicht bin ich nur deshalb glücklich, weil ich so müde bin? So ganz zufrieden mit mir und müde. Ich fange an zu begreifen – obwohl hier alle sehr freundlich sind zu mir! –, daß man Pflanzen und Tiere lieber haben kann als Menschen. Manchmal, wenn ich zwischen den Schafen stehe, und sie stoßen und schubsen mich, und ich knuffe sie wieder und fahre mit beiden Händen in ihr dickes Fell, und die Wärme des Stalles ist um mich und die Ungeduld der Tiere, die ich füttern soll und die schlafen wollen – Geschöpfe, die alles von mir erwarten, was ihr Dasein ausmacht: daß ich ihnen das Tor öffne und sie auf die Weide lasse, daß ich ihnen Futter und Streu gebe und manchmal ein Lamm auf den Arm nehme –, dann bin ich oft ganz glücklich.

Hier gedeiht alles, was ich tue. Der Garten blüht über und über. Ich habe einen grünen Daumen, so nennen sie das hier. Türkenbund und Glockenblumen, Tausendschön, Verbenen. Ich habe mir im vorigen Herbst und jetzt im April Senker und Knollen und Samen von den Nachbarn schenken lassen. So schön war der Garten noch nie wie in diesem Jahr, sagen die Kinder.

Meine Küken sind schon kleine struppige Hühner geworden, und bald sind es Eierleger, und ihr Leben wird ernst. Die Entchen watscheln aufgeregt zum Bach und gucken schon aus nach den Fröschen, und eben habe ich doch erst der Glucke die Eier untergelegt! In ein paar Tagen schleudern wir den ersten Honig. Tannenhonig. Tannen blühen nämlich. Wußtest Du, daß Tannen blühen? Ich nicht. Wir sind stolz auf unsere Bäume, aber ich glaube, die Bienen waren im Ginster. Mr. O'Klean redet nur immer von den Tannen, weil es was Besonderes ist. Die Berge hier sind fast alle kahl. Auf den Weiden wachsen hohe Hecken, die den Westwind abhalten.

Das also ist Catleens Welt. Eine große Blaudruckschürze vorgebunden, barfüßig in Holzpantinen oder in Gummistiefeln bei Regen, Blasen und Schrammen an den Beinen, ein Kopftuch ums Haar geknotet. Catleen, die bei der Arbeit singt, für die beiden Kühe, für die Schafe, für die Kinder, wer eben da ist.

Ich glaube, ich werde hier wieder gesund, innerlich. Wenn ich nicht zu müde bin zum Nachdenken, weiß ich, daß dieses Leben hier mir nicht gemäß ist. Sieh es als eine Art Gesundungsprozeß an, wie ich es auch tue.

Ich versuche mit Dir im Gespräch zu bleiben, aber ich habe mich weit von Deiner Gondel entfernt. Ich versuche mir vorzustellen, daß Du an meinen Zaun trittst, aber Du paßt nicht hierher. Ist es nicht merkwürdig, daß ich überall hinpasse? Mich kann man in ein Bunkerlazarett schicken und in eine Tuberkuloseberatungsstelle, in eine Kneipe, in ein Pensionat, in einen Kuhstall; Du kennst ja die Stationen meines Lebens. Überall bin ich nach kurzer Zeit wie zu Hause. Ich füge mich überall ein, und auf meine Weise fühle ich mich sogar wohl. Wahrscheinlich weil ich gar nicht anders existieren könnte, ich muß ›ja‹ sagen zu dem, was ich tue, sonst kann ich's nicht. Vielleicht liegt es auch daran, daß es nie einen Ort gegeben hat, wo ich lieber hätte sein mögen, wohin ich wirklich gehört hätte.

Ich mache also wieder einmal mit, wirst Du sagen. Wenn ich doch unbefangener sein könnte! Wenn ich doch wirklich diese Catleen wäre, so wie ich Dir's eben beschrieben habe, mit Blumen und Tauben und einem Lindenbaum vorm Fenster.

Muß man wirklich dumm sein oder ein Narr, um sich ein paar Stunden unbeschwert an der Welt freuen zu können? Fröhlich sein! Darf man denn niemals vergessen . . .?

Ich bin zu müde zum Weiterschreiben. Ich tauge nur noch zum Marmeladekochen, aber das kann ich. Und es gab eine Zeit, da traute ich mir nicht einmal das zu. Meine Linde blüht. Es ist eine von den ganz späten. Sie steht unter meinem Fenster, und hundert Bienen summen und brummen darin am Mittag. Man wird ganz taumelig vor soviel Sommer, noch nie war ich so mittendrin.

Habe ich dic alte Großmutter vergessen? Die auf der Bank vorm Haus sitzt und sich wärmt und Erbsen ausdöppt und mir von Zeit zu Zeit zunickt? Verstehen tut sie mich, aber ich sie nicht. Es ist seine Mutter, sie stammt von hier. Sie spricht irisch, die anderen sprechen alle englisch mit mir. Ja, diese alte Frau ist zur Vervollständigung der Idylle auch da und guckt mir zu und wundert sich, was ich da wohl alles schreibe. Am Gartentisch, im Schummern. Jetzt gehe ich und mache die Luke zum Hühnerstall zu und hole die Milchkannen herein, die zum Trocknen umgestülpt auf der Treppe stehen. Vorher schnuppre ich ins Dunkel der Kannen, ob es nicht sauer darin riecht, und dann gehe ich bald schlafen. Ich bin eine sehr tugendhafte Frau geworden. Manchmal lache ich über mich, wenn ich vom Bett aus in den Himmel sehe; manchmal bin ich auch sehr allein, und dann wäre ich schon froh, wenn mir einer die Hand durchs Haar schöbe. Ach, Bastian! Grüß Deine Frau und Deinen Jungen von mir und verzeih diesen langen, müden Brief von Deiner Kat.

Ich habe mich hier so an das ›Du‹ gewöhnt, wenn ich in Gedanken mit Dir rede, laß es mir! K.«

September 1949

»Heute mittag stand ein Regenbogen überm Moor. Ich hätte sein buntes Ende fassen können und wie eine Fahne schwenken. Eine grün-gelb-rote Fahne! Und Du hättest ein Zittern an seinem anderen Ende wahrgenommen; er zog nach Südosten, dorthin, wo Deine Gondel hängt. Ich lag in der blühenden Moorheide und sah dem Regenbogen nach und schwenkte ihn hin und her, ganz sacht, damit Du nicht erschrickst.

Ein Land zum Träumen. Der Himmel leuchtet in seinem weichsten Blau, und nur an den Gipfel meines Berges klammert sich eine einzelne weiße Wolke und macht den Himmel noch blauer. Das Wollgras zittert silbern und spiegelt sich bebend im Moorwasser, und meine Wolke segelt wie ein Schiffchen darin herum, vom Westwind sanft getrieben. Die Wiesen machen sich breit, so fett und grün sind sie und feucht vom Regen heute früh.

Catleen liegt im Moorgras und ist faul und müde. Sie hat ihre Gummistiefel umgekippt und sich Arme und Beine abgewaschen, und nun besieht sie sich die Welt und den Stapel Torf, den sie gestochen und zum Trocknen aufgeschichtet hat, und sie denkt daran, daß sich an diesem Torf fünf Leute, die sie gern hat, ein oder zwei Wochen wärmen werden, wenn der Sturm im Winter Hagelkörner und Regen an die Scheiben wirft.

Im Regenbogen glitzern Tropfen. Er entspringt wie eine

Fontäne einem Tümpel im Moor. Aus trüber Erde steigt soviel Licht! Licht, an dem sich viele Menschen freuen, das ihre Blicke in den Himmel lenkt und zurück zur Erde führt – Bastian, die Welt ist voller Gleichnisse und Rätsel! Niemand hilft mir, sie zu deuten und zu lösen. Aber es ist gut, so wie es ist. Ich spüre, daß ich den Dingen näherkomme, wenn mein Verstand nichts damit zu tun hat. Er hat mir viel zu oft im Wege gestanden.

Vincent war ins Wasser gesprungen, und als er merkte, daß ich nicht mitkam, kletterte er enttäuscht den steil abgestochenen Rand herauf und sprang über mich, schüttelte sein rostiges Fell, daß lauter braune Wassertropfen mir ins Gesicht spritzten. Er schlug mir seine langen, nassen Ohrlappen um den Hals, und dann kugelten wir uns im Gras, bis sein Fell wieder blank und glatt war.

Vincent ist ein Hund. Dann stöberte er eine Wildente auf. Weg war er! An jede Ente verrät er mich! Nicht einmal ein Hund ist mir treu. Erst als er mit der Nase in einen Wacholderbusch geraten war und sich gestochen hatte, kam er zur Besinnung und zurück. Nun schämte er sich! Rieb seine Nase in meiner Halskuhle und begann seine umständlichen Entschuldigungen. Wir redeten miteinander: Wie einem alles wegläuft, nur so vor der Nase herumgaukelt, daß man einen Hauch wahrnimmt und den Verstand verliert! Er meinte die Ente, ich das Glück. Wir verstehen uns großartig!

Ich stieg in meine Gummistiefel und machte mit einem Büschel Heidekraut den Spaten sauber, pflückte noch einen Strauß Wollgras, und dann trotteten wir den weiten Weg zurück, an den blanken schwarzen Augen der Moorlöcher vorüber, an Torfstapeln und Weiden. In den Hecken blühte der Teufelszwirn, das Geißblatt duftete. Jelängerjelieber nannten wir's als Kinder. Und die Sonne singt – ach nein! Die Sonne scheint, nichts weiter, scheint und scheint, vielleicht singt sie auch, wer weiß? Auf jeden Fall singt Catleen.

Alle Viertelstunde begegnet uns ein zweirädriger Karren mit einem Esel oder einem kleinen strubbeligen Pferd davor und ein Mann, der Torf holt, bevor der Abend kommt. Wir gingen nach Hause, der Hund und ich. Und mein Regenbogen stieg noch immer still und blaß aus dem Moor. Morgen schwenke ich ihn wieder – Dir zum Gruß, guter alter Bastian! K.«

Im November

»Die einzigen, die sich jetzt noch wohl fühlen, sind meine Enten. Sie schwimmen durch die Gartenwege, patschen plattfüßig über meine gescheuerten Fliesen in die Küche, und wenn ich sie verjage, schwatzen und schimpfen sie und stürzen sich wieder in die Regenfluten, die nun schon die zweite Treppenstufe erreicht haben.

Ach, wie es regnet! Die anderen sagen zwar, es wird aufhören, wenn der Mond zunimmt – oder abnimmt, ich weiß es nicht, man sieht ihn schon lange nicht mehr des Nachts –, und Irland sei noch nie davongeschwommen, wie ich es prophezeie.

Wirklich! Man müßte eine Ente sein, um sich jetzt wohl zu fühlen, und Federn müßte man haben, an denen alles herunterrinnt.

Das Feuer schwelt, Wind und Regen liegen auf dem Schornstein. Wir frösteln den ganzen Tag. Der Torf wird neben dem Herd angewärmt, weil er ...

Aber was kümmert Dich mein Feuer, das nicht brennen will, und der Regen, durch den ich, einen umgestülpten Kartoffelsack überm Kopf, zum Stall laufe und die Hühner füttere, die verdrossen auf der Stange hocken und das Legen aufgegeben haben. Was kümmert das Dich! Was kümmert Dich überhaupt mein Leben noch!

Es ist ein fremdes Leben, für Dich fremd und letztlich doch auch für mich. Ich genieße es, trotz aller Verdrießlichkeiten, genieße es wie etwas, das vorübergeht. Es ist bei allem soviel ›sentiment‹; Du hast recht, wenn Du das behauptest. Ich nehme das alles nicht einfach und natürlich genug. Tagelanger Regen, Abende am Feuer, der Dunst von brenzligem Hammelfett, von Ingwer, von nassen Kleidern und Gummisohlen. Ich beobachte immer. Meine Umwelt und mich und wie ich auf meine Umwelt reagiere. Ich schäme mich deshalb, die anderen sind meiner Neugierde preisgegeben, sie sind viel argloser. Sie wähnen, ich gehöre zu ihnen. Ich möchte es – oder doch nicht? Muß ich nicht schon froh sein, daß ich nichts anderes will? Daß es mich nicht wieder an einen anderen Ort treibt? Irgendwo steckt in mir ein Zigeuner. An nichts fühle ich mich gebunden. Wenn ich heute abend wegginge – vielleicht wäre es gut, wenn ich es täte? O ja, ich würde zwei Tage lang denken, ob die Schafe auch 'rausgelassen werden und ob jemand die Fallnester ausnimmt, und würde mich sorgen, weil man vergessen wird, den Ruß aus dem Herd zu fegen, zwei Tage lang, länger wohl nicht.

Und Du, Bastian, Du sitzt in Deinem Arbeitszimmer und bereitest Dein Kolleg vor, jeden Tag das vorgenommene Pensum. Du hast Deinen Platz gefunden, ein für allemal. Du hast beizeiten die Pfähle gesetzt, wo Du anfangen wolltest und wo Du einmal hingelangen willst; und niemand wird Dich daran hindern, außer der Tod. Du hast eine Kraft in Dir, die mir fehlt. Ich weiß keinen Namen dafür: Geduld, Gehorsam, Demut? Vielleicht ist es alles das.

Ich bewundere und ich verachte Dich, aber ich liebe Dich auch. Du zeigst mir, wie ein Leben sein kann: erhaltend, bewahrend, weitergebend. Du bist die Mitte, an der mein Pendel vorbeischwingt, nach rechts und nach links.

Jetzt sagst Du: ›Laß das mit den Bildern, Katharina, das hast Du noch nie gekonnt.‹ Manchmal vergeht ein ganzer Abend über so einem Brief.

Wir sind eingesperrt! Der Regen macht aus dem Haus ein Gefängnis. Alle sind bedrückt. Es gibt Streit. Und überall im Haus begegne ich Henry, ich meine Mr. O'Klean. Es sind nicht mehr als Blicke, aber das Vorübergehen ist wie ein Anfassen, es macht mich unruhig, hilflos, zornig. Ich sitze abends auf dem Bettrand, nur um nicht unten zwischen ihm und seiner Frau sitzen zu müssen und ihr Schweigen zu teilen und seine Blicke zu spüren. Kann ich denn nicht mehr die Gegenwart eines Mannes ertragen? Und ich bin schuld. Immer bin ich schuld gewesen. Ich probiere es, mal sehen, wie er reagiert; diese kleinen Herausforderungen, nur eben für Henry spürbar. Und jetzt bin ich an der Grenze. Jetzt bin ich feige, oder anständig, was weiß denn ich! Nur daß ich mich hasse, das weiß ich. Wie werden denn andere damit fertig? Wenn ich draußen bin, im Garten oder im Moor oder auf den Weiden, dann kümmert es mich nicht. Aber drinnen, im Stall, auf der engen Treppe.

Manchmal frage ich mich: Warum nehme ich mich eigentlich zusammen? Seine Frau merkt es nicht, die lebt so weit weg von ihm. Kümmert es sie überhaupt noch? Vielleicht wäre eine kurze Spanne Glück für ihn und für mich besser als dies. Dies Begehrliche. Ist es nicht verachtenswerter als jede begangene Sünde? Wo fängt die Sünde an? Erst wenn wir etwas tun? Wer zieht die Grenze zwischen den Wünschen und ihrer Erfüllung?

Was will ich denn schon? Will ich überhaupt mehr, als einmal wieder die Wärme eines Menschen fühlen, zärtlich sein dürfen? Nicht zu Schafen und kleinen Enten – zu einem Menschen! Einen Augenblick lang nur sehen, wie das Glück sich über seinem Gesicht ausbreitet. Vielleicht lacht er. Kann er das überhaupt noch, er sehnt sich danach, sehnt sich wie ich nach Liebe. Manchmal meine ich, das sei eine Rechtfertigung. Dies ist ein Haus ohne Liebe, auch wenn kein böses Wort fällt. Jeder kennt die empfindlichen Stellen des anderen und versucht, ihm nicht weh zu tun. Wahrscheinlich ist das schon das Beste, was man in einer Ehe erreichen kann.

Jetzt sitzt Henry unten und starrt ins Feuer und horcht, ob ich noch einmal herunterkomme oder ob ich schlafen gegangen bin, ohne diesen Augenblick am Fuß der Treppe, wenn er zu mir sagt: ›Gute Nacht, Catleen!‹ Er sagt es deutsch, um mir eine Freude zu machen. Und ich antworte laut, mit dieser stereotypen Fröhlichkeit, die man hier, wie überall, von mir erwartet: ›Same for you, Mr. O'Klean.‹

Verbrenn diesen Brief, ich bitte Dich darum! Ich werde auch damit fertig werden. Ich weiß ja, daß man am Ende immer damit fertig wird. Nur jetzt ist es so schwer. Heute abend und die Nacht über ... Wäre ich ein wenig überspannter, als ich es bin, dann ginge ich in den Stall und legte mich zu den Schafen in ihren warmen, lauten Atem. Aber ich bin nicht überspannt. Ich bin nur allein. Allein mit dem Regen und dem Sturm in einem fremden Land, in dem keiner meine Sprache spricht. Ich bin eingesperrt. Der Regen ist das Gitter meines Käfigs, den ich mir selbst ausgesucht habe. Es hilft ja nichts, Bastian: Ich bin allein. So allein, wie ich es heute nacht bin, so werde ich es in ungezählten Nächten sein. Ich bin nicht mehr jung, ich bin eine von den vielen Frauen, die ihren Platz nicht gefunden haben. Einmal hier und einmal da krieche ich für eine Weile unter, und oft richte ich auch noch Schaden an, wo ich habe helfen wollen. Ich komme mir vor wie ein Vogel, dem man den Käfig aufgemacht hat und der nichts mit seiner Freiheit anfangen kann, der sich immer wieder einen neuen Käfig sucht – oder jemanden, der mit ihm fliegt und ihn ein bißchen beschützt. Ein bißchen nur.

Leb wohl, verzeih, wenn ich Dir aufbürde, was mir heute abend so schwer wird. Du hast es so viel schwerer. Ich weiß, Bastian! K.«

April 1950

»Nirgendwo ist die Erde so alt wie hier. Sie ist mitgenommen von den Jahrtausenden, aber sie trägt ihr Alter mit Gelassenheit. Ihre Wehrlosigkeit und Unschuld rührt ans Herz. Ich sitze auf einer Grasbank, betrachte ein Kreuz aus rauhen grauen Steinen mit stumpfen Armen und einem zweiten Kreuz, dort, wo die Arme sich vom Kreuzstamm lösen. Ein kleines Kreuz in dem großen Kreuz. Neben dem gekreuzigten Heiligen schweben Engel und halten sein Haupt. Liegt ein Märtyrer unter dem Stein? Irland ist reich an Heiligen und Märtyrern, noch heute ziehen von hier aus die Missionare in die ganze Welt. Wenn Du neben mir säßest und ich es Dir beschreiben könnte und Du mich fragtest und ich genau hinsehen müßte – ach, Du würdest wissen, wie alt das Grabmal ist. Vielleicht schon tausend Jahre, vielleicht noch älter? Du würdest wissen, was es auf sich hat mit dem doppelten Kreuz. Ich weiß wieder einmal gar nichts.

Zwei Bögen verbinden die Kreuzarme mit dem Stamm und tragen sie, mildern die Kahlheit des Kreuzes – und schon sehe ich wieder ins helle Laub der Steineichen, die selten sind hier im Westen, und begucke mir den runden, festgemauerten Turm, der sich nach oben zu einer Spitze verjüngt. Ich male mir aus, daß in solch einem Turm die schöne Magelone eingemauert war. Wenn der Morgen heraufzog – er kommt spät in Irland, und sie war froh darüber! –, löste sie ihr Haar und ließ es über die Brüstung wehen, eine goldene Leiter für ihren königlichen Liebsten, der sich daran zur Erde gleiten ließ, sich auf sein Pferd schwang und über die nebligen Wiesen davonritt. Derweil spähte die schöne Magelone aus und bewachte seinen Ritt von ihrem Turm aus. Wenn sie einen Feind wahrnahm, schickte sie den weißen Raben aus, damit er den Prinzen warnt. Alle Prinzessinnen haben einen weißen Raben! Ich denke mir Märchen aus für die kleine Margret; Henrys Mutter ist krank, ich muß sie abends vertreten. Es kann auch sein, daß Glocken im Turm hängen, doch man hat sie viel später erst darin aufgehängt, erst als der Prinz seine Magelone verraten hatte und sie keine Speise mehr zu sich nahm und vor Gram starb. Der weiße Vogel sitzt auch heute noch auf der Brüstung und fliegt erst davon, wenn die Glocken den Abend einläuten und Catleen aufscheuchen, der es dunkel wird auf dem Heimweg und die singt und pfeift, um sich nicht so sehr zu fürchten. Die Hecken haben sich die Nacht wie lose schwarze Jacken umgehängt und wehen damit herum, daß die Möwen aufschreien und die Gabelweihe ihre Schleifen höher im Himmel zieht.

Catleen würde sich nun gern an den Wegrand setzen und traurig sein und warten. Auf irgend etwas ganz Dummes warten. Auf einen weißen Raben vielleicht. Aber der weiße Vogel hat sie verlassen. Wenn es eine Möwe war, ist sie westwärts zum Meer geflogen, war es eine Taube, dann sitzt sie längst im warmen Schlag der Pfarre. Die strenge Katharina paßt auf Catleen auf! Sie läßt es nicht zu, daß sie sich ins nasse Gras setzt. Sie sagt, daß sie jetzt schleunigst den Herd anmachen und Teewasser aufsetzen und Speck braten, die Hühner versorgen und die Fensterläden schließen muß, sonst reißt der Wind sie heute nacht los und zerschlägt sie an der Hauswand. Wenn Catleen nicht endlich zusieht, daß sie nach Hause kommt.

Wer weiß denn, ob Mr. O'Klean nicht in die Kneipe

gegangen ist und trinkt und pokert? Und sich um nichts kümmert, nicht um die drei Schweine und nicht um die Kühe, um gar nichts! Nur weil Catleen nicht da ist, um die er sich kümmern möchte.

So sieht ein Sonntagnachmittag aus für ein Landmädchen in Irland, das nichts weiß von dem Land, in dem es nun schon bald zwei Jahre lebt, das nur immer denken muß, wie es war, als sie schon einmal vor grauem sonnengebleichtem Gestein hockte und mit Pinienzapfen spielte, während einer neben ihr war und ihr alles erklärte, bis sie ihn hinderte, bis sie sich die Ohren zuhielt und lachte und ihren professore merken ließ – guter alter professore! Sag Deiner Margot, sie soll es mir verzeihen! Sie hat Dich doch immer. Ich habe nicht viele Erinnerungen, in denen ich mich so gern aufhalte wie in diesen. K.«

Ende April 1950

»Hatte ich denn wirklich geglaubt, zu guten, einfachen Leuten zu kommen? In ein ganz normales Leben? Gibt es das überhaupt? Jedes ist anders, jedes hat seine Konflikte, nur sehen wir sie nicht, weil wir viel zu sehr mit den eigenen zu tun haben.

In diesem Haus hat das Leben ein Stück Romantik zerstört. Einfach so Stück für Stück abgebröckelt. Erst wohl unmerklich, und nun ist alles Schöne weg.

Er, Mr. O'Klean, war einmal ein namhafter Turnierreiter. Man kann sich gut vorstellen, wie er auf seinem Pferd aussah. Er hat sich viele Preise geholt und: eine Frau aus Schottland. Eine aus guter Familie, die aus der Art geschlagen war: sie malte. Sie haben sich, kurz vor dem Krieg, eine heruntergekommene Farm gekauft, die gibt es hier reichlich; Bauern, die die Pacht nicht aufbringen können, ich weiß es nicht genau, aber sie waren alle bis vor kurzem noch Leibeigene. Er hat geglaubt, er würde Erfolg haben mit seiner Pferdezucht, darum hat er das letzte Geld in einem Zuchthengst angelegt.

Von all dem ist nicht mehr übriggeblieben als unser altes kleines Pferd und die Rumpelkammer, die einmal ihr Atelier hat sein sollen, in der Bilderrahmen, mit der Leinwand zum Dach gekehrt, verstauben. Und die beiden Kinder. Wahrscheinlich denkt er, daß er es mit einer richtigen Farmersfrau geschafft hätte, vielleicht denkt sie, daß sie eine große Malerin hätte werden können. Beide wähnen, sie hätten ihr Leben aneinander vertan. Sieht man sie zusammen den Weg entlangkommen, meint man, sie hätten Ketten an den Füßen. Lebenslänglich! Darum ist er ein so schlechter Farmer und sie eine schlechte Farmersfrau. Sie halten sich beide für zu schade dafür.

Darüber fällt kein Wort! Ich glaube nicht einmal, daß einer dem anderen Vorwürfe macht, wenn sie allein sind. Auch das liegt wohl schon weit hinter ihnen. Wenn man schon nicht beides sein kann, Malerin und Bäuerin, gut, aber dann soll man eines ordentlich sein!

Soll sie doch den Bauernhof verkommen lassen, die Kinder vernachlässigen und malen! Aber wahrscheinlich hat sie Angst, daß sie es nicht schafft. Alles ist ja nur ein Vorwand, und sie betrügt sich selbst. Wenn sie doch wenigstens den Hof in Schwung hätte und sich dafür wirklich einsetzte. Aber nein! Sie sitzt abends und starrt ins Feuer, und er sitzt an der anderen Seite, wenn er nicht in die Kneipe geht; seit einiger Zeit tut er das seltener, und beide denken darüber nach, was hätte sein können. Die Spekulationen der Untüchtigen! In der Mitte, zwischen den beiden, sitze ich. Und was denke ich? Gewiß nicht, was hätte sein können! Ich denke über diese beiden Menschen nach, zwischen die mich das Schicksal gestellt hat, denen niemand mehr helfen kann, weil sie diese Kette ja brauchen, unter der sie leiden, aber ohne die sie keinen Schritt mehr gehen könnten.

Einmal halte ich die Füße ans Feuer und dann wieder die Hände. Dann stricke ich wieder ein paar Nadeln ab, Wolle von meinen Schafen. Ich höre dem Wind zu und werfe einen Ballen Torf ins Feuer und stochere in der Glut, bis es schwelt und wir alle husten. Dann nimmt Henry mir das Schüreisen aus der Hand und sieht mich an, und dann stehe ich rasch auf und sage gute Nacht und gehe auf mein Zimmer.

Im ersten Winter wollten sie, daß ich erzähle. Natürlich vom Krieg. Ich habe es auch versucht. Vielleicht haben sie erwartet, ich würde Bravourstückchen erzählen, Abenteuer, ein bißchen gruselig, wie die alten Geschichten aus den Freiheitskriegen Irlands, aber doch auch zum Lachen. Sie haben hier ganz andere Vorstellungen. Der Krieg ist nichts Böses, verstehst Du, er gilt von vornherein einer guten Sache, er ist großartig und ehrenvoll. Sie haben viel Mitgefühl für Deutschland. Ein so großes und starkes Volk, geschlagen, auseinandergerissen, unter fremder Besatzung, das Geld entwertet. Das alles ist sehr schlimm. Sie kennen das, sie haben jahrhundertelang unter englischer Herrschaft gelebt und sind ausgenutzt worden; aber ihr Freiheitskampf ist so verschieden von unserem Krieg. Wie könnte ich es ihnen erklären? Hier klingt alles gut und richtig, was bei uns böse war und falsch. Sie wollen von meinem Krieg gar nichts hören. Bombenangriffe, Tiefflieger, Menschen in Bunkern – das alles ist so weit weg! Man hat noch nie eine zerstörte Stadt gesehen. Sie gucken ungläubig, wenn ich erzähle. Man hat noch nie gehört, wenn Jagdmaschinen einen Eisenbahnzug angreifen, wenn Flammen aus den Fenstern schlagen und Phosphor über die Hauswände rauscht.

Während ich dies schreibe, spüre ich, wie weit auch ich schon davon weg bin. Kein Moorloch erinnert mich mehr an einen Bombentrichter, niemals begegnet man einem

Krüppel, keiner Frau, die ein Bein verloren hat beim Angriff, keinem Mann mit einem zerschossenen und wieder geflickten Gesicht. Hier kommt und geht der Mensch noch ganz folgerichtig. Man wird alt, krank und stirbt. Wahrscheinlich ist das in den Städten anders, gewiß in Dublin, aber hier, weit im Westen, vergeht ein Leben noch genauso wie vor dreihundert Jahren. Heute stürzt ein Junge mit dem Motorrad, früher stürzte er vom Pferd. Ein Kind versinkt im Moor, einer kommt vom Fischen nicht wieder, die Jungen wollen nach Amerika; das ist Schicksal, ist einem vertraut von Geburt an. Es gehört zum Leben. Und wenn mich die Kuh beim Melken tritt – sie tat das schon mal, ans Knie –, dann fänden sie das traurig, aber mit so etwas muß man rechnen.

Es gehört nicht in mein Leben, verstehst Du? Wenn ich in ein Moorloch stürzte, ich, die den Krieg und alles nachher überstanden hat, das wäre grotesk. Ich kann das Leben hier mit ihnen teilen, aber nicht ihren Tod. Ich hatte noch nie das Gefühl, mein Leben könnte bald zu Ende sein. Wie alt muß ich wohl werden, daß ich nicht mehr glaube, das Wichtigste liege noch vor mir? Ich bin oft bange, doch das ändert nichts an der Gewißheit.

Gewißheit –? Inzwischen liegt ein nasses braunes Kalb im Stall! Mr. O'Klean war nicht da, und ich hatte keine Ahnung. Aber die Kuh! Sie hatte Verstand für uns beide. Und nun ist es da. Mein Gott, das soll einmal eine Kuh werden, und gar nicht lange soll das dauern? Das soll ich glauben! Man wagt doch gar nicht, das kleine Ding allein zu lassen mit der dicken rauhen Zunge seiner Mutter. So ist das. Wir kennen alle den Tod, weil wir ihn nicht von uns fernhalten können, sonst täten wir es gewiß. Den Beginn eines Lebens kennen wir nicht. Wenn ein Samenkorn aufgeht, wenn ein Kalb geboren wird, wenn ein Kind zur Welt kommt: nichts.

Solche Gedanken kommen mir hier zum ersten Mal. Ich mußte das einmal sehen lernen: ein Feld mit Saat, ein neugeborenes Kalb auf der Streu. Ich habe, als ich jung war, zu oft das Ende gesehen und nie den Anfang. Wie schön, wie voller Wunder und voll Freude ist erwachendes Leben! Wie muß das erst sein: ein Kind! Wie freue ich mich in dieser Stunde für Dich, daß Du das Kind hast. Ich sitze am Fenster und denke an Euch beide. Mein Herz ist voll guter Wünsche für Euch.

Ach, Bastian! Wie gut, daß Du nicht ahnst, was für dumme Gedanken ich manchmal habe. Ich denke – und tue es so oft –, Du ständest am Zaun, da, wo die Brombeeren eine Lücke gelassen haben, und hörtest mir zu. Mein Zaungast! Lachst Du manchmal über mich? Tu es ruhig! Ich tu's ja auch. Es ist gut, daß ich das wieder kann. Leb wohl, leb recht wohl, Bastian! K.«

6. August 1950

»Bastian!
Heute ist der Jahrestag von Hiroshima! Das war bis heute morgen eine Vokabel, weiter nichts. Ein Ort in Japan; die Amerikaner warfen fünfundvierzig zum ersten Mal eine Atombombe dort ab. Zweihunderttausend Tote in wenigen Minuten. Das führte zur Kapitulation der Japaner. Das wußte ich. So wenig – und so grauenhaft viel! – Heute mittag kam der Bericht eines englischen Arztes, der Hiroshima überlebt hat, über den Rundfunk, ich wollte erst abschalten, aber dann ...

Der Tag fing so gut an. Die Wolken breiteten ihre Schleierfetzen über die Wiesen hinterm Haus, bis sie an den Weißdornhecken zerrissen; die Grasmücke sang, Grillen zirpten im Hafer, das Kartoffelfeld blühte weiß und lila; die Hühner hatten sich Mulden an die Hauswand gescharrt und gackerten verschlafen in der Mittagssonne. Ich war dabei, die Milch durchzuseihen. Die Welt war, wie Gott sie sich vorgestellt haben muß, als er sie schuf und den Menschen überließ. Sie schien unvergänglich. Und der Mensch hat die Macht, sie zu vernichten! Wer gibt ihm denn die Macht? Kann es Gottes Wille sein, daß wir sie zerstören? Will er sehen, wie weit der Mensch es treibt mit der Macht, die er durch ihn besitzt? Ich will nicht an einen Gott glauben müsssen, der den Menschen in Versuchung führen will! Wie kann er es zulassen, daß in Sekunden zerstört wird, was in Jahrhunderten, Jahrtausenden gewachsen ist!

Atomisiert: wir werden uns an dieses Wort gewöhnen müssen. Es wird ein Wort werden wie fabrizieren; das gab es vor hundertundfünfzig Jahren auch noch nicht. Und das kleinste Ding der Erde ist das furchtbarste geworden.

Vielleicht wird nun einer ein Mittel erfinden, das die Atomkraft unschädlich machen kann, und der nächste eines, das die Abwehr überwindet, und wieder wird einer kommen, und alle werden sagen, daß sie der Wissenschaft, der Menschheit dienen. In welche Hände ist das Schicksal der Erde gegeben? Hände von Menschen, von Teufeln? Wie konnte Gott das tun! Warum zerstört er seine Schöpfung nicht selbst, wenn er sie nicht mehr liebt? Ach, wie könnte er uns lieben! Wie weit haben wir uns von seinem Ebenbild entfernt. Oder schenkt er uns ein letztes Mal Vertrauen? Unbändiges, unverdientes Vertrauen?

Ich bin ganz verstört. Ich habe auf einer Insel gelebt, Bastian, es war nicht von ungefähr, daß ich nach Irland ging. Ich habe mich schon wieder in Sicherheit gebracht. Ich schäme mich. Dabei habe ich eben erst begriffen, daß es von nun an keine Sicherheit mehr gibt, auf keiner Insel! Aber ich wehre mich noch. Warum kann es nicht so bleiben? Warum kann ich nicht hier leben wie die anderen? Sie legen sich doch auch jeden Abend in ihr Bett und schlafen,

schlafen den Schlaf der Gerechten! Sie lachen doch und essen und trinken und arbeiten ihr Teil. Es gruselt sie vielleicht auch mal, aber am Abend legen sie sich beruhigt in ihr Bett und schlafen! Was muß eigentlich in der Welt noch geschehen, das uns nicht mehr schlafen ließe?

Ich muß nachdenken, ich muß einen Platz finden, von dem aus ich in Ruhe nachdenken kann. Es muß mir einer helfen, ich will mit Father Murphy darüber sprechen. Wir müssen etwas tun, Bastian! Wir sind doch ausersehen, auf Gottes Erde zu leben, sie ist uns doch anvertraut, jedem von uns, wir sind verantwortlich für das, was auf ihr geschieht. Ich verzweifle über meiner Hilflosigkeit. Soll ich jetzt in die Futterküche gehen und den Schweinetrog fertigmachen?

Als ob nichts war – ich spüre, daß ich gemeint bin! Aber ich weiß noch nicht, wozu. Hätte ich nur Verstand! Hätte ich Bücher. Doch was können Bücher helfen? Sie sind immer in den Händen der Falschen. Hier muß man mit dem Herzen helfen, und was ist ein Herz? Ich müßte eine Närrin sein, wenn ich glaubte, daß man mit dem Herzen kämpfen kann, wenn die anderen Atomwaffen haben. Es ist das Böse, das die Welt vernichten wird. Ein letztes Mal tritt das Gute mit dem Bösen zum Kampf an. Aber darauf wird es ankommen: auf welche Seite sich der Mensch schlägt! Wofür hat er denn sein Wissen, seine wahnwitzige Macht erhalten, wenn nicht dafür, daß es seine Waffe wird gegen das Böse, den Teufel. Nenn es, wie Du willst! Hiroshima. Ein Wort, ein Beispiel nur, was kommen kann, kommen wird. Unweigerlich. Bleibt wirklich nichts anderes, als zu resignieren, zu beten? Meine Welt ist auf einmal dunkler als Deine.

Bewahr dies auf, Bastian! Und halte es mir vor, wenn ich weiter so vor mich hingelebt habe wie bisher. Glaub mir meine Ausflüchte nicht! Ich werde sagen, daß ich keine

Zeit habe, daß ich kein Geld habe, daß ich keine Macht habe, niemanden, der mir rät, daß ich ein Dienstmädchen bin in Irland, nichts weiter. Daß ich allein bin und daß ein Mensch allein nichts ausrichten kann. Ich weiß, daß Du mich entschuldigen würdest. Damit Du es nicht kannst, schicke ich Dir diesen Brief, so wie er ist. K.
PS: Kurz vor Pfingsten ist unsere Großmutter gestorben. Mrs. O'Klean ist verreist. Ich bin mit Henry und den Kindern allein.«

Im Oktober 1950

»Lieber Doktor!
Ich stelle mir vor, daß Sie in Ihrem Sessel sitzen, die Fingerspitzen aneinandergestellt, wie Sie es immer tun, wenn Sie aufmerksam zuhören. Und nach einer Weile des Nachdenkens fragen Sie endlich: Warum, Katharina, warum wollen Sie das tun?

Diesmal wird es noch schwerer sein, es Ihnen zu erklären. Man kann schwer erklären, was man selbst nur spürt. Wovon man weiß, daß man es ganz alleine spürt.

Es ist über zehn Jahre her, als ich sagte, daß ich den Menschen helfen wollte. Ich sei so stark, daß meine Kraft für andere mit ausreiche. Sie wissen, ich bin gescheitert. Man kann den Menschen nicht mit den Händen helfen. Es kommt nicht nur auf das Tun an, wie ich damals behauptete. Oft kam ich mir wie eine Ameise vor, die sich mit Kiefernnadeln abschleppt, und wenn sie ihren Balken dort hat, wo er hin soll, dann begreift sie nicht mehr, weshalb sie es tat. Das Bild stimmt nicht, ich wollte Ihnen nur erklären, daß ich nicht mehr wußte, ob es einen Sinn hatte, meine Art zu leben, ob ich wirklich jemandem nutzte. Ich glaubte nicht mehr daran, daß es der Platz war, auf den ich gehörte. Was ich tat, reichte nicht aus. Und etwas Bruchstückhaftes, das kann ich nicht. Insofern hatten Sie recht, als Sie einmal sagten: Sie wollen das Ganze, Katharina.

Heute glaube ich meinen Platz gefunden zu haben, an einem Ort, an dem niemand mich suchen wird. Niemand, der mich und mein früheres Leben gekannt hat. Wie soll ich es Ihnen sagen, Doktor. Einmal haben Sie geäußert, jeder Weg sei richtig, den man geht. Es gäbe keine falschen und keine Irrwege. Es gibt nur Umwege. Sie müssen mir glauben, daß dies kein Umweg ist! Dies ist meine Straße, und sie führt mich wieder zu mir selbst; zu dem Menschen hin, den Gott gewollt hat, und sie wird mich zurückführen zu Gott.

Ich trete als Postulantin in ein Kloster ein. In das schönste, das es gibt: in den Karmel. Wenn Sie diesen Brief erhalten, bin ich schon dort. Ich möchte, daß Sie wissen, daß es kein Schritt der Verzweiflung ist. Es hat nichts mit Entsagung zu tun. Es ist das Gegenteil! Ich will nicht fort aus der Welt, obwohl das hinzukommt. Ich fliehe nicht, sondern ... Ich habe noch immer solche Scheu vor allen pathetischen Worten, bitte, nehmen Sie es so, wie ich es meine: Ich glaube, daß es Menschen geben muß, die beten für die Welt. Die Welt braucht diese Inseln des Gebets. Ich glaube, daß man dem Menschen durch nichts sonst helfen kann als durch das Gebet. Es gibt so unendlich viel, wofür wir danken sollten, so unendlich viel, worum wir bitten müssen, so viel, daß ein ganzes Leben nicht ausreicht. In der Welt, so wie sie ist, kann man das nicht. Man betet immer nur für sich selbst und für die, die man liebhat, für das Volk, zu dem man gehört – aber man darf nicht für sich selbst bitten, man muß fort von sich, man muß bitten, daß Gottes Wille geschehe, man muß ihm so nahe kommen, daß man diesen Willen erkennen kann; man kann für sich selbst nur danken, bitten müssen die anderen. Mehr weiß ich heute noch nicht.

Es ist, als ob ich meinen Tod nahe wüßte. Aber ich weiß auch, daß ich im Kloster ein neues Leben finden werde, in dem es weder Katharina noch Catleen mehr geben wird, deren ich mich so sehr schäme. Ich vertraue darauf, daß Gott mir verzeihen wird, daß ich seine Welt so sehr geliebt und so oft verachtet habe.

Ich habe in den letzten Wochen bei Father Murphy gelebt. In wirklicher Vorbereitung. Alles ist bedacht. Father Murphy hat mir diesen Weg gezeigt. Den einzigen Ausweg, den es noch gab, der noch sinnvoll erscheint. Ich weiß, daß Sie fragen werden, warum ich, wo ich doch Krankenpflege gelernt habe, nicht in einen tätigen Orden eintrete. Das wäre etwas Halbes. Um Kranke zu pflegen, brauche ich nicht Nonne zu werden. Ich will die saubere Trennung. Ich brauche Mauern, verstehen Sie? Mauern, die mich ein für allemal trennen. Das soll mein Schutz sein. Ich will das Ganze. Noch immer! Mein Leben hat keinen Halt. Ich bin aus ihm herausgefallen wie ein Bild aus dem Rahmen, der bricht. Jetzt brauche ich einen Rahmen, Mauern, die nicht auseinanderfallen können und die ich nicht zerbrechen kann. Eine Ordnung, die von außen kommt, die stärker ist als ich. Ich habe Angst, daß ich wieder zu schwach sein werde. Aber ich muß darauf vertrauen, daß Gott mir Kraft gibt. Wenn ich im Leben keinen Platz gefunden habe, auf dem ich nicht austauschbar bin: dort hoffe ich ihn zu finden.

Ich freue mich auf den Tag, an dem mich die Glocke weckt zum Gebet. Der gleichförmige Ablauf des Tages strahlt schon heute Ruhe auf mich aus. Father Murphy hat soviel Vertrauen und soviel Freude über mir ausgeschüttet. Manchmal noch wechseln Angst und Freude.

Vielleicht werden Sie mich nun fragen wollen: ›Und, Katharina, sind Sie glücklich?‹ – ›Glücklich‹, würde ich antworten, ›ja und nein. Ich glaube, daß ich Frieden finde.‹

Als ich beim letzten Mal von Ihnen ging, haben Sie mich Gott anbefohlen. Dafür danke ich Ihnen. Heute bitte ich ihn, daß er Sie beschützen möge. Sie und Ihren Sohn und Ihre Frau. Fortan wird uns nur noch mein Gebet verbinden. Für dieses ›nur noch‹ schäme ich mich.

Ich gebe Ihnen die Tänzerin zurück. Ich trenne mich nicht leicht von ihr. Ich darf und will nichts mitnehmen, woran mein Herz hängt. Sie würde mich zurückziehen wollen in ein Leben, das ich vergessen muß.

Die Nacht ist vorbei. Über diesem Brief an Sie ist sie vergangen. Nebel liegt auf den Wiesen vor meinem Fenster. Hinter den Hügeln wartet die Sonne. Bastian! Die Welt ist so schön! Ich werde nur noch ein kleines Stück von ihr sehen, aber in diesem Weltviereck soll Gott sein.

Gleich gehe ich noch einmal auf meinen Berg.

Es ist schwer, Bastian, viel zu schwer für mich. Warum kann ich nicht sein wie andere? Warum gibt es nichts, was mich hält? Einen Mann, der mich liebhat, ein Kind, einen Garten. Ich gehe mit leeren Händen. Du hast, wenn Du einmal stirbst –. Dies ist wie der Tod, und ich fürchte mich; in dieser Stunde, ehe der Tag kommt, habe ich mich immer gefürchtet. Vergiß Deine Kat nicht!

Meine Koffer bleiben hier bei Father Murphy. Ich sollte wohl verschenken, was ich habe, aber wenn auch dies wieder falsch ist, dann weiß ich, daß ich hierher gehen und die Kleider der alten Katharina wieder anziehen kann. Wovor mich Gott bewahren möge. K.«

Am Morgen danach

»Ich bin nicht weit gekommen auf meinem Berg, nicht weiter als zu jener Mulde.

Ich habe mich in das harte Moos gesetzt, zwischen die dürren Preiselbeersträucher, und zurückgedacht.

Was für ein Morgen, Bastian! Alles zum letzten Mal: der

Berg und seine kleine weiße Wolkenfahne, der Blick auf das Dorf, die grünen Ketten der Hecken auf den Wiesen. Diese Weite, diese wunderbare Weite, und das soll ich lassen!

Und plötzlich meinte ich Dich zu hören. Du sagtest: ›Warum, Katharina, warum willst du in dieses Kloster gehen?‹

Ich versuchte Ausflüchte. Ich hatte es doch schon geschrieben, in meinen letzten Briefen. Aber Du sagtest immer wieder: Sag jetzt die Wahrheit; wo du hinwillst, darf man nicht mit einer Lüge gehen.

Und da habe ich mich entschlossen, Dir diese Blätter zu schicken. Ich hab's geschrieben an all den langen Abenden hier bei Father Murphy, aber ich wußte nicht, daß ich es für Dich schreiben mußte. Oder wußte ich es doch? Ich verlasse ja nicht nur die Welt, ich verlasse auch Dein Leben.

Ich nehme nur eins von Dir mit, Bastian, dieses eine Wort, das Du mir hierher geschickt hast, als Du wußtest, daß ich Henry verlassen hatte, und doch nicht ahnen konntest, wohin mein Weg ging.

›. . . das Licht des Lichts
Erkennt den Antrieb, nicht die Tat,
Der Schatten Schatten sieht die Tat allein.‹

Lies diese Blätter, Bastian, denk, ich stünde bei Dir am Fenster und wäre so trotzig und so verzweifelt wie damals, bevor ich hierher fuhr. Und glaub mir, daß mein Weg durch diesen Schatten mußte, um ans Licht gelangen zu können. Glaub an mich, Bastian, ich brauche Deinen Glauben!

Ich stelle meine Leiter in die Sterne. K.«

Der Doktor legte die Briefe beiseite. Er griff nach seiner Aktentasche und entnahm ihr einen Ordner mit Briefen, gleichfalls in Brailleschrift, den er sich am Morgen aus der

Blindendruckerei geholt hatte. Damals, als er den letzten Brief Katharinas erhalten hatte, zusammen mit der kleinen Bronze, hatte er sich nicht entschließen können, sich diese Blätter von einem Dritten vorlesen zu lassen. Er hatte sie aber auch nicht einer Druckerei übergeben mögen; vor allem wollte und konnte er sich zu diesem Zeitpunkt nicht eine solche Erschütterung zumuten. Es gab Dinge in Katharinas Leben, die er nicht wissen wollte. Erst nach Eintreffen des Telegramms, einige Jahre später also, entschloß er sich dazu, diesen Bericht in Brailleschrift übertragen zu lassen.

»Ich liebte das Haus, das ich verlassen habe. Seine niedrigen, kahlen Fenster. Das tiefe Dach aus Schilf, mit Wellblech geflickt. Den Garten mit dem Drahtzaun rundum. Die Hecke im Westen, aus hohen Pappeln, und meinen grauen Berg, an dem so oft eine weiße Wolke flatterte. Und den Weg ins Moor. Die Verlassenheit dieses Landes, die ans Herz greift, aber es nicht schwer macht, sondern weit, die Raum läßt, in dem jeder Baum und jeder Stein von dem spricht, was gewesen ist, und daß alles, jedes Ding in der nächsten Sekunde schon vergehen kann. Ich bekam ein Maß dafür, was ich war: vergänglicher als jeder Stein am Weg.

Ich war menschenmüde, als ich nach Irland kam. In den ersten Wochen habe ich zwischen den O'Kleans gelebt wie zwischen Bäumen, Sträuchern, Tieren; es waren Lebewesen, die mich nichts angingen. Ich hatte für sie zu arbeiten, aber darüber hinaus gingen sie mich nichts an. Nur mußte ich dafür sorgen, daß sie es warm hatten und daß sie satt waren und daß das Haus sauber und das Vieh versorgt war. Es war ein schweigsames Haus, trotz der beiden Kinder. Die Stille hätte bedrückend sein können, aber ich empfand es erst später so, am Anfang sprachen alle mit mir. Die Kinder erzählten von der Schule, sie waren stolz darauf, eine Ausländerin im Haus zu haben, das hatte sonst keiner im Dorf. Mr. O'Klean besprach die Arbeit auf dem Feld und im Stall mit mir, und auch Mrs. O'Klean redete mit mir. Ich war das Bindeglied zwischen allen. Stille belebt mich immer. Ich fange erst an zu schweigen, wenn es laut ist. Dort, in diesem schweigsamen Haus, war ich gelöst, und ich glaubte ja auch, es gehöre zu meinen Pflichten, fröhlich zu sein. Daß ich Kummer haben könnte, daran wird keiner gedacht haben; Hausangestellte haben keinen Kummer.

Diese Spanne unbefangener Heiterkeit – wie lange hielt sie an? Ich weiß es nicht mehr. Ich habe mich selbst oft danach gefragt, wann es anders wurde. Am Anfang dachte ich, ich könnte ihm helfen, er schien mir der einzige zu sein, der wirklich Hilfe brauchte. Die Kinder wuchsen auf und fanden, was sie brauchten, abends bei der Großmutter, die eine richtige Märchenoma war, voller Geschichten, zum Gruseln und zum Lachen. Auch Mrs. O'Klean hatte einen Ausweg, sie konnte sich ihr Malgerät hervorholen. Sie tat es nicht, aber wichtig ist ja nur, daß es einen Ausweg gibt, daß man sich sagen kann: Ich brauche nur auf den Dachboden zu steigen und Pinsel und Farben hervorzuholen und kann alles in einen Koffer werfen und weggehen. Ich glaube, wenn sie im Winter am Fenster saß und in sich hineindachte, machte sie solche Pläne. Gelegentlich sagte sie in die Stille wohl einmal: ›Catleen, sehen Ölbäume wirklich so aus?‹ So – das hieß, wie van Gogh sie gemalt hat. Damals kannte ich sie schon, wußte, wo sich ihre Gedanken aufhielten.

Olivenbäume – ich dachte an den Berghang im Tal der Durance, wenn die Blätter der Ölbäume zitterten in der Mittagswärme, und an die Felder, auf denen grün und golden, wie kostbare geheimnisvolle Steine, Melonen reiften. Ich erzählte ihr davon, ich kannte das doch auch nur von Bildern. Vielleicht hätte ich das nicht tun sollen, aber ich glaubte ihr Freude zu machen. Ihr schwermütiges Gesicht wurde heller, ihre unruhigen Augen glänzten, wenn sie sagte: ›Ja, ja, so muß es sein: goldene Farben, die über Mittag schlafen und am Abend leuchten. Rot und Gelb und Weiß.‹

In ihr steckte die alte Malersehnsucht nach dem Süden, die wuchs, je weiter eine Erfüllung im Nichts des Unmöglichen verrann. Wie habe ich mich damals, in Italien, nach Grün gesehnt! Nach einer Wiese, nach Laubwald, weil meine Augen ermüdet waren von all dem Licht. Ich habe in Irland die Farben nicht vermißt. Mir genügte das, was da war. Wenn im Moor das Wollgras und die Moorheide blühten und die Schwarzdornhecken ihre weißen Girlanden über die Weiden schwangen ... Ich liebte die gedämpften Farben, die schwermütige Ruhe, diese zerbröckelnden Steine, die der Efeu mit seinen starken Ästen in jahrelanger Zähigkeit auseinandersprengt. Es gab ja Zeit, soviel Zeit; keiner würde ihm zuvorkommen mit Dynamit, keiner würde die Steine abtragen; eher gingen sie weg, die Menschen, als einzugreifen in den Lauf der Natur. In dieses Zerfallen, Wachsen, Vergehen.

Für Mrs. O'Klean pflanzte ich Sommerblumen in den Garten, Feuerlilien, Sonnenblumen, Stockrosen, Zinnien; ich glaubte, sie würde wieder malen, den Sommer aufheben für den langen Winter. Ich nahm ihr doch die Arbeit im Stall und im Haus ab. Ich glaubte, das sei meine Aufgabe, deshalb hätte mich ihr Bruder dorthin geschickt, damit sie wieder malen könnte.

Ich war kaum mehr als einen Monat dort, da benutzte ich einen Regentag dazu, auf den Speicher zu steigen, die Staffelei hervorzuholen und Staub und Spinnweben abzuwaschen und Rahmen und Leinwand hervorzusuchen.

Die Leinwand wusch ich und legte sie zum Bleichen auf den Rasen, ich klopfte die Rahmen wieder fest, säuberte den Kasten mit den Pinseln, weichte sie ein in Terpentin. Alle mußten mein Rumoren auf dem Dachboden gehört haben, keiner sagte etwas dazu. Auch ich nicht. Ich hatte es mit soviel Freudigkeit begonnen, ich dachte, sie würde sogleich hingehen und die Pinsel prüfen, gleich am nächsten Morgen. Keiner ist auch nur auf den Speicher gegangen, um nachzusehen, was ich dort getan habe. – Ich wäre ihr gern eine Freundin gewesen, aber ich wußte nicht, wie ich es hätte anfangen können. Damals hatte ich auch noch Mühe, mich verständlich zu machen, und dieses schweigsame Haus war nicht dazu angetan, mein Englisch rasch zu vervollkommnen.

An einem Oktobertag tauchte die Sonne, die hinter unseren Pappeln unterging, Garten und Haus in ein schweflig grelles Licht. Mrs. O'Klean stand an der Hauswand und sah in dieses Leuchten, das ihr Gesicht wunderbar verschönte. Ich ging zu ihr und versuchte es wieder. Ich sagte: ›I wanted I could paint it, but I can't! It will be over – next moment, you, you had to paint this colours!‹

Nur daran, daß sie die Schultern hob und fallen ließ, merkte ich, daß sie mein Gestammel überhaupt gehört hatte, geantwortet hat sie mir nicht.

Wenn sie im Dämmern ums Haus ging, die Arme um sich geschlungen, war etwas Tragisches um sie. Sie litt, doch sie war jedem Trost unzugänglich. Sie wollte leiden! Dafür habe ich sie gehaßt. Sie hätte es versuchen müssen! Sie erstickte sich selbst; alles, was in ihr ans Licht wollte, erstickte sie.

Gut, wenn man schon ihr nicht helfen konnte ... Ja, so fing es wohl an mit George Henry und mir. Ich schlug mich auf seine Seite. Ich glaubte, er sei mit dieser Frau gestraft, die sein Leben verdüsterte und in deren Macht es gestanden hätte, ganz buchstäblich Farbe in sein Haus zu bringen, Licht, Freude, die er so nötig hatte. Sie hatte ihn mit ihrer schweigenden Rastlosigkeit schon angesteckt. Sie irrten wie zwei Nachtvögel durch das Haus, hockten zusammen am Feuer, frierend, einsam, ganz verloren an dieses Zusammenbleibenmüssen, in dem Gefängnis, das einer für den anderen gebaut hatte. Sie hatten bekommen, was sie einmal gewünscht hatten, und besaßen nicht die Kraft, sich voneinander zu lösen; wahrscheinlich ist ihnen dieser Gedanke nie gekommen. Eine Ehe ist in Irland unauflösbar. Sie konnten nur noch ausharren. Und sie hätten es getan, wäre ich nicht gekommen.

Ich blies in meiner Unbedachtsamkeit in die Asche dieses schwelenden Feuers. Sie hätten weiterleben können so, ohne Freude, ohne rechtes Glück, aber wäre es denn nicht besser gewesen als das, was durch mich geschah? Vielleicht war das, was ich als Erbitterung ansah, Geduld? Dieses verhängnisvolle Schweigen, war es nicht Stille? Hatten sie sich nicht gefügt in Unabänderliches? Ach, und ich glaubte, sie hätten sich wehren müssen!

Wenn sie, Mrs. O'Klean, es nicht vermochte, Freude in dieses alte Haus zu bringen, dann wollte ich es tun. Statt ihr eine Freundin oder eine Schwester zu werden, wurde ich ihre Rivalin. Ich machte ihr vor, wie eine Frau sein muß, damit ein Mann aufhorcht, wenn sie im Nebenraum ist, und daß er ans Scheunentor tritt, wenn sie zwischen den Schafen hockt. Ich saß auf der untersten Treppenstufe, hatte Mrs. O'Kleans Hund zwischen den Knien und streute mit beiden Händen den Tauben Futter hin. Meine Enten watschelten aufgeregt hin und her, weil die Tauben schneller waren und die Körner pickten, bevor sie auch nur ihre dicken Kröpfe herumgeschwenkt hatten; die Oma saß auf der Hausbank und war glücklich, daß einer lachte. Sie zwinkerte ihrem Sohn zu, der am Stamm der Linde lehnte und uns zusah. Dann lief der Hund zu ihm, und er nahm ihn in die Arme und lehnte sein Kinn in das Fell, in dem eben noch mein Gesicht gelegen hatte.

Vielleicht ist gerade dieses unschuldige Glück das schlimmere, weil es dem anderen, dem man es wegnimmt, keine Waffe in die Hand gibt. Sie mußte mit ansehen, wie sich alles veränderte, das Haus, ihr Mann, ihr Garten, die alte Mutter, mit der sie kaum einmal ein Wort wechselte.

Was war natürlicher, als daß die Kinder zusahen, auch ihren Platz in diesem Kreis zu finden? Sie wollten mit, wenn George Henry und ich ins Moor gingen, um Torf zu stechen, und so zogen wir alle los: Vincent, dann die Kinder, und zum Schluß George Henry mit dem Pferd und dem Karren. Und ich ging, den Jungen rechts am Arm, das Mädchen links, manchmal auch an der anderen Seite des Pferdes, den Arm um seinen Hals gelegt; der Wagen auf seinen zwei hohen Rädern schwankte von einer Wegkuhle zur anderen, weit vorn sprang, ein rostbrauner Ball, der Hund und bellte, wenn Libellen an seiner Nase vorbei über den Moorlöchern herumgaukelten, und wenn ein Bussard aus dem Himmel herunterstieß, verlor er den Verstand vor Zorn und rannte blindlings davon. George Henry wies mit der Peitsche hinter ihm her, legte seine Hand auf meinen Arm, und ich ließ es dabei. Zwischen uns das Pferd, vor uns die Kinder, die die Spaten trugen, und in der Ferne das Bellen des Hundes.

Wenn wir aus dem Hoftor fuhren, fragte wohl einer Mrs. O'Klean: ›Kommst du mit?‹ Ihr Kopfschütteln sah schon keiner mehr.

Wenn wir abends beim Essen saßen, erzählten die Kinder, unbefangen, unschuldig, es war ja auch nichts geschehen, nichts Greifbares, nichts, was seine Kinder nicht hätten sehen dürfen. Konnte denn unrecht sein, was ein ganzes Haus hell macht, was einen Mann dazu bringt, abends nicht ins Wirtshaus zu gehen, morgens als erster aufzustehen und das Feuer unterm Futterkessel anzuzünden; was die Kinder antrieb, die Schulaufgaben rascher zu machen, damit sie mitkonnten? Alle waren fröhlich. Es war so offenkundig mein Erfolg, daß ich mir etwas darauf zugute hielt. Wenn Mrs. O'Klean nicht mittat, war es ihre Schuld! Niemand verwehrte ihr mitzukommen, wenn wir das Vieh morgens hinaustrieben, wenn wir mittags zum Melken gingen und wenn wir abends mit den Kindern das Heu auf dem Scheunenboden einstampften. Staubige Sonnenstrahlen brachen durch das Dach, es war stickig, der Duft von jungem, blühendem Gras schmeckt süßlichbitter. Ich stand an der Luke, nahm die Arme voll Heu aus der Gabel, warf es hinter mich und ließ die eisernen Gabelarme am dicken Tau herunter zu George Henry, der auf dem Heuwagen stand und zu mir heraufsah und mich antrieb. Ich schwenkte aus Übermut das Tau immer wieder an ihm vorbei, daß er die Gabel nicht fassen konnte, schüttelte Heu auf ihn hinunter, daß er spuckte und hustete und lachte. Und aus den Dachwinkeln kam das Aufjauchzen der Kinder, die nach Nestern suchten, die die Hühner unter den Dachsparren, im dünnen Haferstroh des Vorjahres angelegt hatten, wo sie hofften, unbemerkt ihre Küken ausbrüten zu können. Margret sammelte die brutwarmen Eier in ihre Schürze, Patrick trieb die jammernden und spektakelnden Glucken durch Stroh und Heu in ihren Stall, und wenn der Wagen leer war, stampften wir das Heu ein. Die Kinder bauten sich Verstecke, manchmal rutschte eines laut aufkreischend zwischen den Dachbalken durch und landete unten im Stroh, und wenn George Henry mich bei den Armen faßte und ins Heu warf: Es war Spiel. Nichts weiter. Wenn es mehr war, so ließ ich's mir nicht anmerken, daß ich das Aufblitzen unter seinen buschigen Augenbrauen überhaupt sah. Ich lag im

Heu und lachte. Dann sackten seine Arme herunter, und er drehte sich um, packte einen neuen Ballen Heu, und wir machten uns wieder an die Arbeit.

Bis in den Herbst hinein ging das so. Wir arbeiteten und lachten. Abends wurde es früh still im Haus. George Henry ging in den Garten und hakte die Fensterläden los und warf sie zu, und ich stand drinnen und machte sie fest. Im Grunde war es damals schon unser Haus. In diesen Minuten, wenn er die Fensterläden in der Hand hielt und nur noch der Spalt offenstand, durch den er mich und ich ihn sehen konnte, dieses Zögern, bis ich ihm die Läden aus der Hand nahm und zuzog und festhakte und am nächsten Fenster auf ihn wartete – und das Abend für Abend. So sagten wir uns gute Nacht, trennten uns voneinander für die Dauer des Schlafes. Durch all das, was nicht ausgesprochen wurde in diesen Augenblicken, wenn wir die Nacht aussperrten, wehte schon der Ernst, der dem Spiel folgen mußte.

Oben an meinem Fenster stand ich oft noch lange. Unruhig, weil ich wußte, daß George Henry an seinem Fenster stand und wie ich in die Nacht sah. Und doch dachte ich nicht nach, schob alles, was mich bedrücken wollte, von mir: Ich war müde, ich hatte meine Arbeit getan. Ich legte mich hin, sah noch eine Weile dem Mond nach, der Zweig für Zweig meines Lindenbaumes beiseite schob und sich den Weg frei machte hinauf zu meinem Berg. Bis er den erreicht hatte, schlief ich schon.

Ich weiß nicht einmal, ob ich George Henry geliebt habe, ob ich es jetzt noch tue. Ich kann es nicht erklären, es war, wie ich es früher schon erlebt hatte: Ich wußte, es lag in meiner Macht, ihn glücklich zu machen. Hätte ich nur ein einziges Mal gesehen, daß er sich quälte, daß er verzweifelt war oder ratlos, ich wäre gegangen, auch wenn ich nicht gewußt hätte, wohin. Statt dessen sah ich, wie er sich veränderte, sobald ich in seiner Nähe war, jünger wurde, frischer. Wie er mit den Kindern spielte, wie er den Hund nicht mehr mit dem Fuß beiseite schob, sondern ihm das Fell klopfte und es zuließ, daß er sich an seinem Stiefel rieb und dann zu mir lief. Es kam sogar vor, daß er den Arm um seine Frau legte, wenn sie abends die Treppe zusammen hinaufgingen. Es ist merkwürdig, wie unser Liebesbedürfnis und unsere Liebesfähigkeit wächst und sich ausdehnt auf einen weiten Kreis von Menschen. Wie uns alle auf einmal liebenswert erscheinen, nur weil unser Herz sich aufgetan hat. Es hätte nicht sein müssen! Es war nicht wie damals mit Jochen. Es war nicht stärker als ich. Es war eine von den lässigen Sünden, die soviel schwerer wiegen. Father Murphy hat mir die Briefe der heiligen Catarina von Siena zu lesen gegeben. Da erst habe ich wirklich begriffen, wo meine Schuld liegt. Sie schreibt: ›Keiner kann uns zwingen, auch nur die kleinste Sünde zu begehen, denn Gott hat das Ja und das Nein in das stärkste Ding verlegt, nämlich in den Willen. Hat dieser ja gesagt und zugestimmt, alsbald hat der Mensch gesündigt und Freude und Vergnügen an der Sünde genommen, und sagt er nein, so wählte er lieber den Tod, als Gott und seine Seele zu kränken.‹

Ich hätte es ›lassen‹ können. Aber ich tat es nicht.

Solange wir draußen sein konnten, waren wir unbefangener. Dann wurde es Herbst, die Abende immer länger. Der Regen pferchte uns zusammen wie Schafe, in den einzigen Raum, der heizbar war. Ich habe versucht, den Kindern ein bißchen Deutsch beizubringen, George Henry beteiligte sich, aber ich hatte gar kein Talent dazu; sie lernten ein paar Kinderverse, mehr nicht. Ich fing ein Strickzeug an für Margret; wir spielten eine Art Schwarzen Peter, aber Mrs. O'Klean hockte wie ein lauernder schwarzer Vogel auf ihrem Stuhl vor dem Feuer. Manchmal habe ich darüber nachgedacht, warum sie mich nicht einfach weggeschickt hat.

Ende November ging er dann wieder, wenn es dämmrig wurde, in die Kneipe. Aber er war kein Trinker! Es gab im Ort vier, fünf Männer, mit denen er zusammensaß. Manchmal spielten sie Karten, aber meist standen sie an der Theke und redeten. Worüber? Ich weiß es nicht. Vielleicht redeten sie über Politik, das tut man in Irland. Vielleicht über das Vieh? Sie wollten auch immer aufforsten, es fehlte nur an einem, der das organisiert hätte, und natürlich an Geld, an der Initiative. Ich glaube, es war ihnen auch genug damit, wenn sie Pläne machten. Sie waren alle ganz großartige Plänemacher.

Wenn er zurückkam, saßen Mrs. O'Klean und ich noch zusammen. Seine Rückkehr war das Zeichen, daß wir uns endlich trennen konnten. Ich strickte und las, manchmal holte ich mir einen Band Shakespeare von Mrs. O'Klean. Man muß einmal in einer Sturmnacht, wenn der Wind die Fensterläden ans Haus wirft und Regenfluten über das Wellblechdach stürzen und Rauchschwaden durch den Kamin ins Zimmer wehen, in Irland gewesen sein und dann Shakespeare lesen. Wenn ich von meinem Buch aufsah, begegnete ich Mrs. O'Kleans Blicken, die sich zögernd von mir lösten und an der Decke entlangglitten und sich an einem der rauchgeschwärzten Holzbalken anhängten wie Fledermäuse. Ihre Augen waren dann fast schwarz – oft fürchtete ich mich vor ihr. Es wurde mir schwer, mich aufzuraffen und zu sprechen. Ich tat es, weil ich mich schuldig fühlte, ohne es wahrhaben zu wollen. Ich weiß, daß es nicht besser gewesen war, bevor ich kam. Damals saß sie allein und wartete, oder tat sie es gar nicht? Machte sie sich überhaupt noch etwas daraus, daß ihr Mann trank und auf seine Weise zusah, über den Abend zu kommen? Ich erzählte ihr von Florenz, von Assisi, von den

Wandbildern Giottos, Fra Angelicos – ich glaubte immer noch, daß ich in ihr die Lust zum Malen wiedererwecken könnte. Tatsächlich wollte ich ihr auch damals noch helfen. Ihr und damit uns allen. Welche Erleichterung wäre es gewesen, wenn sie gemalt hätte! Es hätte ein Freispruch sein können für mich! Ich wollte sie ablenken. Aber auch die anderen waren bereit, ihr zu helfen. Alle warteten darauf, jeder versuchte es auf seine Weise. Wir nahmen ihr die Arbeit ab, wir erzählten beim Essen von einem besonders schönen Blick übers Moor, wenn ein Regenbogen aufstieg und dann ein zweiter und die Luft glitzerte vor Licht und Feuchtigkeit und das Grün der Wiesen und der Hecken blau wurde unterm Leuchten des Himmels. Unser Warten darauf, unser Lauern – ich begreife heute nicht mehr, wie sie das hat ertragen können. Es muß sie gehemmt und den letzten Funken von Mut in ihr erstickt haben. Vielleicht konnte sie gar nicht mehr malen? Vielleicht glaubte sie auch, man könne nur im Süden malen. Ich habe nie mit Künstlern zu tun gehabt, was weiß ich denn, was in ihr vorging?

Den Winter über versuchte ich ihm aus dem Weg zu gehen. Ich war unsicher geworden. Aber wir begegneten uns im Stall, in der Waschküche, die gleichzeitig die Futterküche war, wenn ich Rüben schnitt. Das Haus war so eng. Er ging nicht beiseite, wenn ich vorbeiwollte. Er sagte nichts, er faßte nicht nach mir, aber er war doch da, war so nahe, ich roch ihn, ich streifte seine grüne Manchesterjacke.

Es gab nicht genug Arbeit für uns alle. Wenn es milder war und nicht regnete, ging ich nach draußen. Die Wege waren aufgeweicht, der Dreck hing in schweren Klumpen an meinen Gummistiefeln. Wenn ich zurückkam, stand Henry unter der Haustür und sah mir entgegen und wartete auf mich. Auf mich! Es hat mich immer überwältigt, wenn jemand mich liebhatte, vielleicht, weil ich als Kind Liebe so sehr entbehrt habe.

Nun war ich es, die die Haken der Fensterläden löste und die Flügel voreinanderschob, und er hielt sie mit beiden Armen auseinander und nahm seine Augen gar nicht mehr weg von mir, bis ich ging. Im gleichen Augenblick, wenn ich ins Zimmer trat, verließ er es und ging ins Wirtshaus, und ich blieb wieder allein mit den Kindern und seiner Frau. Ich hätte ihn halten können, aber es war immer noch besser, er trank.

Einmal, als wir uns auf dem Boden trafen und ich Heu durch die Luke herunterwerfen wollte für die Schafe – es war dämmrig, ich hatte Henry nicht gesehen –, auf einmal stand er neben mir. Ich wollte zurückweichen, aber er faßte mich bei den Schultern. Er hatte getrunken; dieser Geruch von Pfeife und Whiskey und Stall gehörte zu ihm, er störte mich nicht mehr. Er hatte mir aufgelauert, um diese Stunde holte ich an jedem Nachmittag Futter für das Vieh.

Ich habe das nie gekonnt, einen Menschen zurückweisen, wenn ich spürte, er braucht mich. Als ich meine Hände um seinen Kopf legte und zum ersten Mal ›Henry‹ zu ihm sagte – wie sich da sein Gesicht veränderte! Wie ich spürte, daß die Spannung dieser schrecklichen Wochen von ihm wich, wie er seinen Kopf tiefer in meine Hände schob, seine Schultern an meinen Armen rieb, ach, sie nennen das Sünde! Die einzige, die ich nie wirklich begreifen konnte. Ist Nichtlieben denn nicht eine viel schlimmere Sünde? Waren denn nicht alle glücklich, wenn er es war? Was machte es denn, wenn ich nachts wach lag, weil ich noch immer nicht gelernt hatte, hart zu sein gegen mich selbst. Und nebenan in dem Schlafzimmer lag Henry. – Ich scheuerte dort die Dielen, denn das war ich ja in seinem Haus: ein Hausmädchen mit Familienanschluß, das das Vertrauen hinterging. – Morgens lief ich zur Messe, gequält von Reue, und wenn ich Henry traf, auf der Treppe, im Flur, irgendwo in der winkligen Enge des Hauses oder oben auf dem Taubenschlag, wenn er an der Leiter stand und ich war noch oben, und wenn ich nicht wollte, daß er heraufkam zu mir – mußte ich doch an ihm vorbei. Er hielt mir die Leiter.

Wenn er mich liebte, wenn ich schon schuldig werden mußte, sollte dann nicht auch ein bißchen Glück dabeisein? Nur Verzweiflung und Reue?

Wir saßen beide auf der Leiter. Er ein paar Sprossen tiefer, den Kopf in meinem Schoß und ich mein Gesicht in seinem rauhen, kurzen Haar. Ich glaube, nie war eine Frau zärtlich zu ihm gewesen. In mir war soviel, viel zuviel ungenutzte Zärtlichkeit!

Nein, es gab auch da noch nichts, was man in der Beichte hätte sagen müssen, es ließ sich noch verschweigen. Bis dahin war es nur mein Gewissen, mit dem ich mich auseinanderzusetzen hatte. Niemand kann mir einreden, daß wir nicht selbst ganz genau wissen, wo wir unrecht tun. Was hilft es denn, wenn ein Unrecht vielleicht das Glück von ein paar Menschen bedeutet; es bleibt Unrecht. Das Gewissen, dieses merkwürdige Ding in uns, sagt es, auch wenn der Verstand hundert Gegenargumente weiß.

Als Margret krank wurde und im März ein paar Wochen fiebrig zu Bett lag, saß ich am Abend oft bei ihr. Ich hatte ihr die Geschichte von der schönen Magelone erzählt, ich hatte sie kurzerhand aus der Provence nach Irland verlegt. Auf einmal nahm sie meine Hand und legte ihre heiße Wange hinein und sagte: ›Cat – warum bist du nicht meine Mutter?‹

Henry stand dabei, er hatte es gehört. Unsere Blicke begegneten sich. Was haben diese Worte angerichtet zwischen uns! Ich streichelte das Kind, sagte hastig und verwirrt: ›Nun mußt du aber schlafen, mein Liebes, ich hole dir noch Holundersaft, und dann kommt Mummy und sagt dir gute Nacht.‹

Im Frühjahr, als die Arbeit draußen wieder anfing, im Garten und auf den Weiden, wo wir die Hürden flickten, in die wir die Schafe über Tag einsperrten, als Henry aufs Feld mußte und pflügen und eggen und ich nur gelegentlich mit den Kindern mitkam, um Steine zu lesen, wurde es wieder leichter, so schien es wenigstens. Ich hatte ein paar Glucken mit Enten- und Puteneiern sitzen. Ich wollte es in dem Sommer mit Putenzucht versuchen, man hätte sie gut verkaufen können, und das Geld war knapp; junge Tauben waren auch da, die gefüttert werden mußten. Die Großmutter lag zumeist und brauchte Pflege. Ich hatte alle Hände voll zu tun. Ach, und die Sonne schien wieder! Die Weißdornhecken blühten! Auf den Weiden lagen wieder lila Schleier aus Wiesenschaumkraut. Ich verlor Mrs. O'Klean ganz aus den Augen, ich wußte nicht, was in ihr vorging. Ich tat, als ob ich die Hausfrau sei und Mrs. O'Klean ein Besuch, der viel zu lange bleibt, auf den man kaum noch Rücksicht zu nehmen braucht.

Im Garten waren Goldlack und Primeln schon verblüht; es war ein Sonntag im Juni. Das Wetter war seit Tagen schon beständig. Etwas ganz Ungewöhnliches in Irland, wo es so oft wechselt von Regen zu Sonne und Sonne zu Regen. Am Abend vorher hatte George Henry vorgeschlagen, daß er mit mir auf meinen Berg steigen wollte. Alle nannten ihn ›Cat's mountain‹, wie er wirklich hieß, weiß ich gar nicht. Ich hatte bis dahin kaum etwas von Irland gesehen, außer unserem Dorf und der nächsten Umgebung. Mrs. O'Klean hatte selbst wiederholt gesagt, man müsse mir etwas zeigen, man sei das einem Ausländer schuldig. Für die Kinder war es zu weit, nur Vincent sollte mitkommen.

Ich hatte den Winter über oft geglaubt, das Haus sei ein Kerker, in den ich eingesperrt sei, viel zu nahe mit Henry zusammen. Aber in Wahrheit war das Haus mein Schutz gewesen. Wie ja jedes Gefängnis zuerst einmal ein Schutz ist.

Der Schatten des Berges lag auf den Wiesen und dem Graspfad, den wir einschlugen, kaum daß die Sonne aufgegangen war und schmale rosa Wolkenstreifen aus dem Versteck des grauen Berges schickte.

Unser Weg war silbrig überstäubt vom Tau. Vincent sprang über die nassen Gräser und wartete auf den trockenen Ackerkuppen auf uns, schüttelte die kalten Tropfen von sich und lief weiter. Vereinzelt stiegen Lerchen auf, Bussarde kreisten, und dort, wo die Sonne den Berg an seinen glatten, ausgewaschenen Rändern traf, hoben sich dunkel, dem Auge kaum wahrnehmbar, Schafherden vom grünlichen Himmel ab. Später meinten wir, die gekrümmten Hörner der Widder erkennen zu können, die abseits von den Mutterschafen ihren Wachtposten bezogen hatten.

Als wir die Glocke hörten, die zur Frühmesse rief, hatten wir das Dorf schon weit hinter uns gelassen. Drei Stunden später hätte man nicht mehr sagen können, ob es nicht graues Gestein war, das dort im Grün der Weiden und der Haferfelder lag, ob es nicht eines der seit Jahrzehnten verlassenen, toten Dörfer war oder doch das unsere mit seinen dreißig kleinen Anwesen. Der Weg führte zunächst durch unsere eigenen Felder. Wir sprachen, wie es Landleute tun, davon, daß Dung gefahren werden mußte beim nächsten Regen, daß es gut wäre, wenn man die Milchkanne mit dem Fahrrad an die Straßenbiegung bringen könnte und nicht immer das Pferd angespannt werden müßte. Wir redeten über die Gerste, die an eine Dubliner Brauerei verkauft werden sollte, falls es zur Ernte kam und die Halme nicht wieder auswuchsen und schwarz wurden, wie im Vorjahr nach dem langen Regen im August.

George Henry mit seinen langen Schritten ging links von mir, an der anderen Wegseite, und klopfte mit einer Weidenrute an seine Stiefel.

Die Sonne kam hinter dem Berg hervor, trocknete Hecken und Gräser, weckte den Duft des Geißblatts, dessen erste Blütendolden sich öffneten und die frühen Hummeln herbeilockten. Vor uns dehnte sich ein langer Tag. Am Vormittag wollten wir den Gipfel erreichen und nach einer längeren Ruhepause am Nachmittag absteigen. Wir hatten uns mit Proviant versorgt. Ein Rasthaus gab es nicht, die Leute aus den paar kleinen Dörfern im Umkreis des Berges besteigen ihn nicht, und Sommerfrischler kennt man in dieser Gegend nicht; die Fremden fahren an die Küste oder zum Lachsfangen an die Seen. Über lange Wegstrecken hin war nicht mehr zu hören als der kurze, pfeifende Schlag von Henrys Rute und das Hinabrollen der Steine, die sich unter unseren Schuhen lösten. Die Weiden hatten wir unter uns gelassen und stiegen jetzt höher auf einem gewundenen Pfad, den nur die Schafherden benutzen und hie und da ein Bauer, der Holz sammelt und es auf dem Rücken seines Esels nach Hause bringt, und Kinder, die Preiselbeeren suchen. Das Buschwerk wurde niedriger, stachliger, die Sonne stand hoch und schien auf unsere Bergseite und lag warm auf Rücken und Schultern. Der Ginster blühte und duftete, viel leuchtender und intensiver als in Deutschland. Mitten in mein Nachdenken hinein – oh, ich werde es nie vergessen: In dem Augenblick, als George Henry sich unversehens zu mir wandte und mich an sich zog, habe ich ihn gehaßt dafür, daß er diesen Frieden zerstörte, mehr noch, daß er überhaupt da war. Daß ich nicht allein sein konnte.

Und es war wie jedesmal. Ich sah, wie unruhig er war, daß er litt, durch mich litt, und daß eine einzige Bewegung genügen würde, um die Qual in seinem Gesicht in dieses tiefe Glücklichsein zu verwandeln, dem ich immer wieder erlegen bin. Für diese kleine Grausamkeit, seine Hände von mir zu schieben, fehlte mir der Mut.

Wieviel Mut brauchte ich später! Warum genügte es ihm nicht, daß wir einen ganzen Tag lang zusammensein konnten? Es steckt wohl tief in jedem Menschen, dieser Drang nach dem Mehr. Auch in mir, nur in einer verborgenen Schicht, an die nicht oft einer rührt. Daß wir immer alles bis an seine Grenzen treiben müssen und niemals lernen, aus dem ersten Schritt den nächsten und den letzten zu errechnen!

Wir haben den Gipfel von ›Cat's mountain‹ nicht erreicht. Man geht langsamer, wenn der andere nahe ist, und schon hingen unsere Arme aneinander, und wir schleppten an dem Gewicht unserer Schuld. Es war schwer, die Hand loszulassen, und sei es auch nur für den Sprung über einen der trockenen Bachläufe oder den Sprung von einem der Felsblöcke bis zum nächsten, die größer wurden, je höher wir stiegen. Niemals habe ich auf meinem Berg gestanden und habe es mir doch so sehr gewünscht!

Als ich an jenem Sonntag zur Sünde bereit war, waren wir sehr glücklich. Wie merkwürdig: Kaum sind zwei Monate vergangen, und ich nenne es ›Sünde‹. Ich habe es immer dumm gefunden, sich zu wehren und zwischen dem ›Nein‹ und dem ›Das-dürfen-wir-nicht‹ das gleiche zu tun, nur ohne alle Freude. Ich war der Ansicht, entweder man tut etwas und bekennt sich dazu, oder man läßt es. Wenn man sich schon mit Schuld belädt, soll es dann nicht eine schöne, schlimme Schuld sein? Auch die Reue wird dann leichter. Aber vielleicht ist sie dann nicht echt? Ich war immer nur bereit, von Herzen zu bereuen, wo ich einem Menschen Unglück gebracht hatte, daß man auch das Glück bereuen kann und soll, das habe ich noch nicht gelernt.

Ich tue, als sei ich die große Sünderin, aber jene war voll echter Reue und hat es einem anderen überlassen, sie freizusprechen und ihr zu verzeihen. Ich – ich rechne ja mit Gnade! Und es heißt doch, daß Gnade ein unverdientes Geschenk sei. Mein Vertrauen grenzt an Berechnung.

Als oben am Rand unserer Steinkulisse der Kopf eines Widders vor dem Himmel erschien, drohend wie die Tiere der Urzeit, und ich erschrak, hielt Henry meinen Kopf ganz nah an seinem Gesicht und starrte mich an. Dann flüsterte er: ›Sieh ihn dir an, Catleen! Er hat Augen wie du. Du hast gelbe Augen wie ein Widder, du hast keine Menschenaugen. Du hast Augen wie . . .‹

Und ich mußte an Jochen denken, der immer sagte, ich hätte Augen wie Bernstein und käme aus dem Meer.

George Henry sagte, ich weiß nicht einmal, ob es ihm nicht da schon Ernst war, als er lachend, mit jener Vorsicht in der Stimme, die ihm eigen war, sagte: ›Du Hexe!‹ Immer wieder sagte er es: ›Zauberin du, Hexe, Hexenaugen. Augen wie der Widder.‹

Es dämmerte. Wir meinten, es seien Tage vergangen, seitdem wir am Morgen aufgebrochen waren. Steine und Büsche und Wolken veränderten ihr Aussehen. Ich stieg auf einen der Felsbrocken, die unser Versteck umgrenzten, und zauberte: Färbte die eben noch hellen Wolken purpurfarben, schickte Wacholdergesträuch auf den Weg durchs Dämmerlicht hinunter ins Moor, und sie schienen sich von der Erde zu lösen und einen gespenstischen Reigen zu bilden; ich ließ eine Herde Schafe durch den Himmel springen, und zuletzt zauberte ich: Wir beide, Henry und ich, seien allein auf der Welt. Allein und für immer. Ein Haus für uns. Und George Henry wiederholte, was die kleine Margret gewünscht hatte, als sie im Fieber lag.

Und als wir nach Hause kamen, tief in der Nacht –. Es war noch Licht hinter den Fenstern. Vincent rannte laut bellend vor uns her durch den Garten. Die Haustür war versperrt, erst auf unser Rufen hin öffnete Patrick. Die Kinder zitterten vor Furcht. Die Türen im Haus standen alle offen, aus dem Zimmer von Henrys Mutter kam ihr lauter, mühsamer Atem.

Mrs. O'Klean war fort. Über Mittag mußte sie mit einem Koffer und dem Malgerät unbemerkt das Haus verlassen haben. Sie hatte alles bis ins einzelne vorbereitet. Sie hatte nur darauf gewartet, daß George Henry und ich weg waren. Sie hatte uns geschickt. Der ersten Versuchung, der sie uns ausgesetzt hatte, sind wir erlegen. Als es später und später wurde und wir nicht kamen, war seine Mutter aufgestanden und hatte den Kindern etwas zu essen machen wollen. Sie war zusammengebrochen und bekam einen ihrer immer häufiger werdenden Anfälle. Die Kinder hatten sie ins Bett geschleppt. Soviel haben wir von Margret erfahren.

George Henry liebte seine Mutter über alles. Er schob die Kinder beiseite. Doch bevor er an ihrem Bett niederstürzte, sah er sich nach mir um und hatte Furcht in den Augen. ›Sorceress, sorceress – you!‹ Seine Mutter starb nach drei Tagen. Sie hat ihn nicht mehr erkannt. Vielleicht hat sie auch nicht mehr sprechen wollen, denn einige Male meinte ich zu spüren, daß Leben in ihren Augen war und daß mir ihr Blick folgte wie ein Fluch. Der Pfarrer kam und ging, die Kinder mußten zur Schule, ich merkte erst jetzt, wie sehr Mrs. O'Klean in Wahrheit die Mitte unseres Kreises gewesen war. Uns fehlte ihre Führung. Wir irrten untätig im Haus herum, aufgescheucht, ratlos, und erst wenn das Vieh vor Hunger schrie, lief ich in den Stall; erst wenn es dunkel geworden war, fielen mir die Hühner ein, und ich mußte jedes einzelne einfangen und in der Schürze in den Hühnerschlag tragen.

Wir wußten nicht, wohin Mrs. O'Klean sich gewandt

hatte. Ich habe George Henry nicht zu fragen gewagt, ob er sich am Postauto erkundigt hat, aber wie sonst sollte sie unser Dorf verlassen haben, wenn nicht mit dem Postauto? Ihrem Fortgehen haftete etwas Unwiederbringliches an. Sie war keine von den romantischen Frauen, die einen Brief auf den Nachttisch legen; sie hatte den Kindern nicht auf Wiedersehen gesagt. Sie ging, als ob sie sicher wüßte, keine Lücke zu hinterlassen. So sehr muß sie sich von mir verdrängt gefühlt haben. Dabei war die Lücke groß, viel größer als die, die ich gerissen habe, als ich ging. Und ich hatte mich so breit gemacht in ihrem Haus, so wichtig!

Es war ein stilles Begräbnis. Aus der Generation von Henrys Mutter lebte niemand mehr im Dorf, der ihrem Sarg hätte folgen können. George Henry hatte nicht mitgehen wollen. Ich ging allein mit den Kindern. Ein paar Frauen noch aus der Nachbarschaft. Keine gab mir die Hand. Sie wichen vor mir zurück. Oft habe ich in jenen Tagen in den Spiegel gestarrt. In diese gelben, unsteten Augen. Ich begriff die Furcht der anderen. Es war etwas Unheimliches da, ich spürte es, es hockte hinter allen Sträuchern und den Hecken des Friedhofs.

Als wir zurückkamen, saß George Henry in der Stube und trank. Ich schickte die Kinder in den Garten, gab jedem noch ein Stück Kuchen und setzte mich zu ihm. Er sah nicht hoch, tat, als gäbe es mich nicht.

Ich habe mir ein Glas geholt und mit ihm getrunken. Alles war gekommen, wie ich es oben auf dem Berg gewünscht hatte. Wir waren allein, wir hatten das Haus, wir hatten die Kinder. So mußte es im Anfang mit ihm und seiner Frau gewesen sein, bis ihnen alles mißriet, bis seine Zuchtpferde eingingen und sie nicht mehr malen konnte. Aber seine Frau hat er geachtet. Er ging ins Wirtshaus, wenn er trinken wollte. Auf mich brauchte er keine Rücksicht zu nehmen. Ich trank mit. Ich habe keinen Augenblick gedacht, daß er auf mich hätte Rücksicht nehmen sollen. Ich holte mir ein Glas, ganz so, wie ich es in den letzten Monaten drüben in Deutschland getan hatte.

Wir waren verstrickt in ein Netz aus Schuld und Versagen, und was wir auch taten, wir verfingen uns nur noch tiefer in seinen Maschen. Waren wir nun, nachdem wir erreicht hatten, was wir uns wünschten, nicht verpflichtet, uns zu lieben? Wo wir uns auch aufhielten im Haus, Mrs. O'Klean verfolgte uns mit ihren Blicken. Solange sie bei uns war, hatten wir ihre Gegenwart vergessen können, aber seit sie fort war, füllte sie jeden Winkel des Hauses mit ihrer Stimme, mit ihren leisen Schritten. Bei jedem Knarren der Dielen, bei jedem Anschlagen der Fensterläden fuhren wir auseinander und sanken zurück in furchtsame Umarmungen. Schuld, Haß, Angst, ja, auch Angst. Wie ich ihn haßte, daß er mich in diese Abhängigkeit gebracht hatte!

Ich haßte ihn. Er fürchtete sich vor mir. Er war abergläubisch wie viele Iren. Ich sah ihn endlich objektiv. Ich erkannte ihn als den Mann, der er wirklich war, willensschwach und unstet. Aber diese Erkenntnis löste kein Mitleid aus. Nur daß ich begriff, was es bedeutete, daß Mrs. O'Klean bei ihm geblieben war, auch noch, nachdem sie seine Grenzen gesehen und erkannt hatte, daß er nicht mehr war als ein gutaussehender Mann mit angenehmen Lebensformen, ein Spieler ohne das nötige Geld, ein guter Reiter ohne Pferd, ein amüsanter Gesellschafter, ohne Geselligkeit führen zu können; lauter nutzlose Begabungen, mit denen man nichts anfangen konnte auf einer Farm im Westen. Jemand, der keinen Halt gab, jemand, der immer nur nahm und nichts gab, nicht einmal das Gefühl der Sicherheit, das sie gebraucht hätte, um sich zu entfalten. Sie war jung und begabt und war ihm voller Hoffnungen gefolgt, dem Mann, den sie vom Tennisplatz kannte, von Parforcejagden, die sie zusammen in Schottland geritten waren, und der ihr beim Tanz von seiner Farm in Westirland erzählt hat – ein Schwärmer, ein großartiger Liebhaber, aber ein ganz untüchtiger Mann für das Mädchen, das sie war.

Dazu kam seine Mutter, die sie immer wie einen Eindringling behandelt hatte, die ihr übelnahm, keine bessere Landfrau zu sein, genau wie ich es getan hatte, solange ich so verblendet war. Ich habe immer die Schuld zuerst bei den Frauen gesucht. Die Schwäche einer jeden von uns traf mich immer wie eine eigene, ich habe immer geglaubt, die Kraft einer Frau, ihr Einfluß reiche viel weiter – das stimmt nicht. Wenn keiner da ist, der ihr etwas zurückgibt, woher soll sie die Kraft nehmen?

Sie war eine Schottin, mit der verzehrenden Sehnsucht nach dem Süden im Herzen, nach Schönheit, Reichtum, Gepflegtheit, und mußte mit ihm in der kleinen heruntergewirtschafteten Farm in der Verlassenheit Westirlands leben. Zwölf Jahre. Und dann kam ich. Verkleidet als Hausmädchen, dem sie gebieten konnte, das ihr das Leben leichter machen sollte. Ich war die Stärkere! Ich stellte sie vor die Alternative, malen zu müssen. Und wie konnte sie das! Nacheinander nahm ich ihr das wenige, das sie besaß, weg. Die Arbeit, die sie nicht gut, aber doch getan hatte, die Sorge für den Garten und für das Vieh, für ihre Kinder. All das mit den besten Absichten, sie sagte ja auch nichts dagegen; ich tat meine Arbeit gut. Dann gewann ich auch noch das Herz der alten Frau. Wann sie bemerkt hat, was zwischen George Henry und mir war, weiß ich nicht. Aber nicht genug, ich hatte an den langen Abenden – nirgends sind die Regenabende so lang wie hier! – von meinen Reisen erzählt. Ich, ihr Hausmädchen, hatte ein reiches Leben geführt, vielleicht ein schweres, aber ein erfülltes Leben, und sie saß da, Jahr für Jahr gebunden an das Haus, das mehr und mehr verfiel, gebunden an einen Mann, dem sie nichts mehr bedeutete, an ihre Kinder, die an mir mehr hingen als an ihr, selbst ihr Hund lief hinter mir her und blieb nicht bei ihr. Ihr Leben verstrich ungenutzt. Sie war angebunden, aber nicht gehalten.

Sie zog die Konsequenz und ging. Ohne ein Wort darüber zu verlieren.

Wie sehr war sie mir überlegen! Ich war konsequenzlos. Ich hatte Ansichten, ich redete darüber. Ich fing Dinge an, für die ich nicht bereit war geradezustehen. Wenn ich gegangen wäre – bei mir wäre es eine Flucht gewesen, keine Konsequenz. Welcher Weg hätte mir denn offengestanden? Ich war eine Ausländerin, mittellos, mein Paß mußte alle Vierteljahr gestempelt werden. Ich wurde bei einem Arbeitsamt registriert, ich konnte es mir nicht leisten, kopflos wegzurennen. Das muß man reichen Leuten, unabhängigen, überlassen. So jung war ich nicht mehr, es gab keinen Augenblick, in dem ich nicht in der Lage gewesen wäre, nüchtern zu überlegen, welche Wahl mir denn bliebe. Es blieb ja nur die eine: zu bleiben. So schien es.

Woher Mrs. O'Klean das Geld für die Reise hatte? Wir wußten es nicht. George Henry wird es aber wohl vermutet haben. Es bestätigte sich, als ein Brief von Mrs. O'Kleans Bruder kam. Er hat ihr das Geld für eine Reise nach Südfrankreich – nach Arles hat sie gewollt – auf eine Dubliner Bank überwiesen. Erst nach zwei Wochen schrieb er an Henry, weil ihm Bedenken kamen über die Heimlichkeiten der Vorbereitung dieser Reise.

Am Ende löst sich alles Geheimnisvolle in nüchterne Einzelheiten. Aber was war dadurch geändert, daß wir wußten, wohin sie gefahren war? Ich konnte den Kindern vorm Einschlafen erzählen, wie schön es dort ist, wo ihre Mutter jetzt war. Daß sie malen und eine Mappe voller bunter schöner Bilder für sie mitbringen würde.

Wann? Wann sie wiederkommt?

›Wenn der Sommer vorbei ist, Patrick.‹

Wie lange der Sommer am Mittelmeer dauert? Warum ich hier bin, warum denn die Mutter weggegangen ist? Ob ich nun immer bleibe?

Soll ich das denn?

›Nein, nein, die Mummy soll wiederkommen!‹

Und das Abend für Abend. Ich war nichts Neues mehr für die Kinder. Ich sprach jetzt wie die anderen Leute, ich war nichts Besonderes mehr, nur noch das Mädchen von O'Kleans. Merkwürdig, als Mrs. O'Klean weg war, kam ich mir vor wie ein Hausmädchen. Ich hatte die gleiche Arbeit, aber meine Stellung war eine ganz andere, seit die Gegenwart seiner Frau mich nicht mehr bestätigte.

Ich war nicht mehr zur Beichte gegangen seit der Beerdigung. Auch nicht mehr morgens zur Messe. Es war soviel Arbeit im Haus. Das Heu mußte herein, und immer kam ein kurzer Regenschauer, und wir mußten es wieder auseinanderstreuen, abends wieder aufhäufen, dann regnete es wieder. Ich konnte die Arbeit kaum schaffen, nicht einmal übersehen, denn alle die kleinen Handgriffe, die früher die Großmutter getan hatte, Gemüse putzen, Kinderstrümpfe stopfen, Blumen begießen, Geschichten erzählen, mußte ich doch auch noch tun. Niemand saß am Abend mehr in der Stube. Wir fürchteten Mrs. O'Kleans leeren Platz. George Henry sah mir nicht mehr in die Augen, und trotzdem tat er, als hätte er nun ein Recht auf mich, als sei ich schuld. Am Tod seiner Mutter, am Fortgehen seiner Frau, an alledem sei ich schuld, und nun mußte ich die Schuld bezahlen.

Man redete im Dorf. Ich mußte in dem kleinen Laden neben der Kirche einkaufen, das hatte früher Mrs. O'Klean getan. Jetzt erst, als ich schon über zwei Jahre im Dorf war, fühlte ich mich als Fremde. Manchmal habe ich geglaubt, sie hielten mich alle für eine Hexe. Vielleicht taten sie das wirklich und tun es jetzt noch. Auch Father Murphy hat so etwas gesagt. Ich bin ihnen ein Ärgernis. Vielleicht haben sie nur deshalb das Geld für mich gegeben? Damit ich nur weggehe. Manchmal habe auch ich Angst. Angst vor mir selber. Richte ich denn nicht immer Unheil an, wohin ich auch komme? Jochen, Friedrich, Mrs. O'Klean, Henry – es liegt kein Segen auf dem, was ich tue.

Eines Morgens, als die Kinder zur Schule waren und Henry das Milchgeld von der Molkerei holte, kam Father Murphy. Er fragte, warum ich nicht mehr zur Messe käme.

Ich habe ihm gar keinen Stuhl angeboten, so unter der Tür habe ich zu ihm gesagt: ›Ich muß Ihnen das alles erklären, Father Murphy. Sie können es nicht verstehen, man kann es nicht mit drei Sätzen sagen.‹

Und dann hat er mich mit seinen guten, ernsten Augen angesehen und etwas gesagt, was ich nie wieder vergessen werde: ›Doch, Miss Catleen. Man kann es, man muß es in drei Sätzen sagen! Erklärungen sind Beschönigungen, die nimmt Ihnen keiner ab, und wenn ich es auch täte, auch ich habe Augen zu sehen, was hier geschehen ist und noch geschieht. Gott sieht es. Nur diese drei Sätze. Ich glaube nicht, daß er Ihre Beschönigungen hört. Kommen Sie zu mir, Miss Catleen, ich warte darauf.‹

Es hat noch eine Zeit gedauert, bis ich soweit war, daß ich zu ihm gehen konnte. Als ich dann bei ihm war und wir hinter seinem Haus auf der Bank saßen, brauchte ich wirklich keine Erklärungen. Er schien alles zu wissen. Wie es angefangen hatte und wie es nun stand im Haus von O'Kleans. Father Murphy war keiner, der nur mit Worten hilft.

Er wußte, daß es damit nicht getan war, zu sagen: ›Sie müssen fort aus dem Haus.‹ Auf dem Land denkt man praktisch, auch in Irland. Er wußte, daß einer für die

Kinder sorgen mußte und daß George Henry nicht das Vieh und die Milchwirtschaft und alles andere allein machen konnte, und er wußte, daß ich kein Unterkommen hatte, wenn ich wegging. Er sagte: ›Ich schicke meine Haushälterin hin, bis Mrs. O'Klean wiederkommt, sie kommt wieder, ich kenne sie! Und Sie kommen zu mir, Miss Catleen, dann werden wir weitersehen.‹

Ich habe am selben Abend noch mit Henry gesprochen. Er hat nicht einmal versucht, mich zu halten. Er hat kein Hehl aus seiner Erleichterung gemacht. Er hat mir alle Schuld gegeben, das war gut so, der Abschied wurde mir dadurch erleichtert. Es war nämlich verdammt schwer. Ich hatte doch so etwas wie ein Zuhause bei ihm, und nun im Dunkeln, in Schimpf und Schande fortgehen …

Er hat mir nicht einmal den Koffer getragen. Den Kindern schien es leid zu tun. Sie kamen in den ersten Tagen manchmal und brachten Birnen, erzählten mir von Vincent und daß sie alle zusammen wieder im Moor gewesen waren. Bald blieben sie aus, vielleicht hat Henry es ihnen untersagt. Aber das weiß ich nicht, und ich will ihm nicht unrecht tun. Es war auch Unbeholfenheit, die ihn so handeln ließ, und dann hatte er ja auch Furcht, ich könnte weiteres Unheil über sie alle bringen. Als es hieß, ich wollte zu den frommen Schwestern, war er der erste, der Geld schickte – und ich wußte doch, wie wenig Geld er hatte. Er dachte, er könnte sich loskaufen von mir. Gekommen ist er nicht, um mit mir noch einmal zu reden. Er war feige, er wich allen Entscheidungen aus. Ich habe mich für ihn geschämt.

Trotzdem! Wenn er heute abend käme und nähme mich bei der Hand, ich ginge mit, ganz gleich, wohin.

Zwei Monate bin ich jetzt schon bei Father Murphy. Ich bliebe gern noch länger bei ihm. Aber es ist ja nur ein Übergang, eine Lösung kann es nicht sein.

Daß er mich aufgenommen hat, verschafft mir wieder Achtung im Dorf. Ich habe nicht viel Arbeit, nur die zwei Stuben und den Garten und eine Ziege. Ich bin an viel mehr Arbeit gewöhnt, und Arbeit ist immer noch das beste. Ich war gewohnt, alle Gedanken in Arbeit zu erstikken. Schon an einem der ersten Nachmittage ging ich in Father Murphys Zimmer und bat ihn, mir etwas zu lesen auszuleihen. Aber das tat er nicht, statt dessen redete er mit mir. Auf einmal kümmerte sich einer um meine Seele, und kein Ding zwischen Himmel und Erde schien ihm so wichtig zu sein wie mein Seelenheil.

Ich war noch nicht lange bei ihm, als ich diesen Traum hatte, der sich dann noch ein paarmal in immer ähnlichem Ablauf wiederholte und den ich ihm erzählt habe. Ich habe grenzenloses Vertrauen zu ihm, dem Menschen und dem Priester.

Ich träumte: Ich ging einen langen, sandigen Weg zwischen schwarzgekleideten trauernden Frauen. Einige von ihnen schienen Gebete zu murmeln. Ich war mitten unter ihnen, aber doch gesondert, für mich allein. Wir kamen an ein Meer, dessen Strand besteckt war mit blattlosen Blumen, rot, silbern und blau. Die Frauen knieten nieder, jede bei einem der Blütensterne. Ich tat es ihnen nach.

Dann trat einer hinter mich, den ich nicht sah, dessen Stimme ich nur hörte: ›Für wen betest du, Katharina? Um wen weinst du, Katharina?‹ Er nannte mich zweimal bei meinem Namen!

Ich blickte mich um, und der Strand war leer. Keine der Frauen war mehr zu sehen, nur die kurzstieligen Blüten glänzten im weißen Sand. Ich wollte antworten, daß ich um die weine, um die keiner weint, und bete für die –. Da näherte sich eine riesige Welle und überschwemmte den Strand und nahm alle Blüten mit sich. Ich wurde wach und fühlte mich verlassen und ratloser denn je.

Manchmal habe ich Father Murphy auf seinen Gängen zu den Kranken und zu alten Leuten in seinen Gemeinden begleitet. Kranke und Alte gab es fast in jedem Haus, und weil kein Arzt in der Nähe war, habe ich ihm das Verbinden und das Spritzengeben abgenommen; er war nicht mehr jung, seine Hände waren nicht mehr ruhig genug dafür. Ich bekam auch wieder Freude daran; hier bin ich wirklich nötig. Zuerst wollte ich gern in einen tätigen Orden, aber es fand sich keiner, Father Murphy hat sich umgehört für mich. Als dann die Priorin vom Carmelite Monastery of the Nativity of Our Lord bereit war, mich als Postulantin zu nehmen, nachdem wir zweimal zu ihr gereist sind und Father Murphy lange mit ihr über mich gesprochen hat, da hat Father Murphy mir zugeredet: Es werde schon das Rechte sein für mich, und wenn die Priorin mich aufnehmen wolle, dann sei das eine große Auszeichnung, der Karmel ist der schönste unter den Orden der frommen Schwestern. Und am Ende ist es doch wichtiger, zu beten und Gott zu dienen, obgleich auch Injektionen wichtig sind.

Vielleicht genügt das nicht. Vielleicht ist das alles keine ausreichende Rechtfertigung für einen solchen Schritt. Eine echte Berufung sieht wohl anders aus. Aber drängt mich nicht alles dahin? Muß ich nicht diesem Fingerzeig gehorchen? Den Weg zu Dir habe ich mir verschüttet. Die Straße führt nicht zurück.

Sieh auch diesmal den ›Antrieb‹, nicht die Tat. Ohne es zu wissen, hast Du mir auch diesen Weg gezeigt. Was für ein wunderbarer Mensch bist Du. Leb wohl, Bastian.«

Der Doktor schloß die Mappe, schob sie zur Seite und umfaßte mit beiden Händen die Sessellehnen.

»Wovor mich Gott bewahren möge . . .«

Dieser eine Satz stellte sich zwischen ihn und Katharina, die er zu dieser Stunde erwartete.

Wenn es jetzt schellt, dachte er, dann kann ich nicht zur Tür gehen. Ich muß ihr diese Begegnung ersparen. Sie hätte nach dem, was sie mir damals geschrieben hat, nicht kommen dürfen. Ich will nicht, daß sie sich demütigt. Ich will es nicht!

Sie hat keinen Stolz. Sie macht vor nichts halt. Sie nimmt alles in Besitz, probiert es aus, und wenn es nicht taugt für sie, wirft sie es beiseite. Sie ist nicht zuverlässig, und darauf kommt es an. Auf die Zuverlässigkeit eines Menschen.

Man hatte sich nie auf Katharina verlassen können. Oder doch? War sie nicht immer wiedergekommen? Auch wenn es schwer war? Feige war sie nicht. Aber er durfte sich nicht rühren lassen. Sie hatte immer dazu geneigt, große Worte zu machen, auch wenn sie das geleugnet hatte, auch wenn sie sich immer hinter ihrem vermeintlichen Realismus verbarg. Hier war Mitleid nicht am Platze; er mußte sich wappnen gegen sie. Er würde auf gar keinen Fall ...

Es klingelte. »Auf gar keinen Fall«, wiederholte er, stand auf, strich das Haar mehrmals glatt, ging zur Wohnungstür und streckte ihr beide Hände entgegen.

»Du bist allein?«

Sie sah sich in seinem Zimmer um, und als er spürte, daß ihre Blicke den Stoß Briefe erreicht hatten, die noch auf dem Schreibtisch lagen, wollte er etwas sagen, aber sie kam ihm zuvor: »Du hast sie aufgehoben, meine Briefe von drüben? Ich will sie wieder lesen. Ich will kontrollieren ...«

Dann brach sie ab, und er wußte, daß sie am Fenster stand. Er ließ ihr Zeit.

Schließlich fragte er: »Du weinst, Katharina?«

»Laß mich ruhig weinen, vielleicht lache ich auch – ich weiß es selbst nicht! Ich bin so erleichtert, weiter nichts. Ich bin froh, daß du noch immer hier bist und dieses Haus, dieses Fenster, du in deinem Sessel. Meinst du, ich sei zu alt geworden, um bei dir zu weinen? Meinst du, dies sei kein

Anlaß zu lachen? Guter alter Doktor! Ich lache gern, das weißt du doch. Wirklich schlimm ist es nur, wenn man erstarrt ist, nicht mehr lachen kann und nicht mehr weinen.«

Als er auch darauf schwieg, wandte sie sich zu ihm um. »Ist es so bei dir? Kann ich dir helfen?«

»Nein, Kat.«

»Sag das noch einmal: ›Kat.‹ Und lach, ein bißchen nur, versuch es doch! Laß mich sehen, daß du dich freust! Einer muß sich doch freuen! Vorhin, als ich vorm Bahnhof stand und durch die Anlagen ging, und keiner war da, der mich hätte abholen können. Es ist nicht leicht, so zurückzukommen. Niemand, der wartet. Die Verbenen blühten. Weißt du, wie lange ich sie nicht gesehen habe? Mein Herz wurde ganz leicht ... Bastian, hörst du? Verbenen! Erinnerst du dich an ihren Duft? Du darfst dich nicht so absondern, es ist so kahl bei dir, so kalt, so ohne Leben. Du mußt ...«

»Ich muß mich so absondern, sonst geht es nämlich nicht. Ich will keine Blumen im Zimmer. Was soll ich mit ihrem Geruch. Ich will auch nicht, daß man davon redet. Du scheinst zu vergessen, daß ich aus meinem Gefängnis nicht weggehen kann, wann es mir beliebt. Meines ist lebenslänglich, hörst du, lebenslänglich! Kein Sanatorium wie dein Kloster.«

Seine Stimme verlor an Heftigkeit, er schien sich zu besinnen, legte die Fingerkuppen an die Schläfen und brach ab.

Sie schien nicht verletzt, ihre Stimme war ruhig wie bei den ersten Sätzen. »Sprich weiter. Es ist gut, wenn es mir einer sagt, und besser, du bist es als ein anderer. Aber vergiß nicht, daß es manchmal schwerer ist, einen Fehler einzusehen und rückgängig zu machen, als zu bleiben, damit fertig zu werden. Ein Leben vergeht so schnell. Man kann sich auch dort ganz gut einrichten. Ich habe die Konsequenz aus einer gewonnenen Einsicht gezogen und versucht, nicht in der bloßen Erkenntnis steckenzubleiben, wie ich es so oft getan habe. Auch auf die Gefahr hin, mit jedem neuen Schritt, den ich tue, neue Fehler zu begehen.« Sie sprach rascher, doch immer noch mit Herzlichkeit. »Ich bitte dich, laß uns keine Mauern um unsere Herzen bauen! Ich habe hier, in diesem Zimmer, so oft Hilfe gefunden, laß es einmal mich sein, die dir helfen darf.«

Er lenkte ab: »Setz dich, Katharina. Willst du etwas trinken? Entschuldige, wenn ich dich nicht so versorgen kann. Rauchst du, oder tust du das nicht mehr? Ich weiß nicht, wie man mit jemandem umgeht, der aus einem Kloster kommt.«

»Nein, Bastian, so nicht! Kennst du unser Zeremoniell nicht mehr? Du mußt als erstes fragen ...«

»Warum, warum sollte ich dich fragen?«

Katharina lachte. »So, und nun lehn dich zurück in deinen Stuhl, stütz die Ellenbogen auf die Sessellehne, stell die Hände gegeneinander. Ja, so! Eine Haarsträhne hängt über dem Bügel der Brille, du hältst den Kopf ein wenig nach rechts geneigt und blickst an mir vorbei. Auf der Überfahrt habe ich es mir vorgestellt, immer wieder. Ich habe dir lange schon alles erzählt, so oft, daß ich es heute gar nicht mehr kann. Kennst du das, wenn einem Augenblick etwas Unwirkliches anhaftet? Man weiß nicht mehr, wo Vorstellung und Wunsch aufhören und das Wirkliche beginnt, ob am Ende nicht alles schon Wiederholung ist. Bist du es, Bastian, bin ich es noch? Es ist wie ein Spuk, du bist dir ähnlich und doch so sehr verändert, das sind nicht nur die Jahre, die vergangen sind. Ich muß mich erst an den lebendigen Menschen gewöhnen, ich hatte aus dir ein Wesen gemacht ...«

Er fiel ihr ins Wort, was er früher nie getan hatte. »Können wir nicht von etwas anderem reden?«

Sie sah, wie sein Gesicht sich verschloß und feindselig

wurde, sah, daß er das Zittern seiner Fingerspitzen zu verbergen suchte, indem er sie fester gegeneinanderpreßte. Sie sagte: »Doch, natürlich können wir das. Wie ist es mit deiner Arbeit? Ist dein Buch inzwischen erschienen?«

Er machte eine Bewegung mit den Händen, als ob es sich nicht lohne, darüber zu reden. »Das Buch! Das war das Ende. Das letzte, was ich noch zu sagen hatte. Als es fertig war ... Was weißt du schon davon! Das war das Ergebnis jahrelanger Forschung, es war der Abschluß, es hätte etwas Neues kommen müssen. Ich weiß, daß man darauf wartet, ein Wissenschaftler muß publizieren, solange er lebt. Er ist kein Dichter, der auf Nachruhm hoffen kann. Schreiben, schreiben – aber es kommt nichts mehr. Ich habe nichts mehr zu sagen. Das ist der Beweis, daß ich im Grunde gar nicht mehr lebe. Ich vegetiere. Ich bin ein Lehrer geworden, nichts weiter. Ein Methodiker; ein Blinder, der die jungen Leute sehen lehren will. Sehen!«

Es war grotesk!

Wie kam er nur dazu, in dem Augenblick ihrer Rückkehr darüber zu reden? Das war etwas, das nur ihn anging; er hätte diese Briefe nicht lesen sollen. Er ließ sich gehen, und es gab kaum etwas, das ihm unangenehmer gewesen wäre, als sich nicht völlig in der Kontrolle zu haben. Er nahm sich zusammen.

»Entschuldige, ich bin abgespannt. Die Semesterarbeit strengt mich an. Reden wir von etwas anderem.«

»Wovon sollten wir reden? Wir haben doch immer nur von uns beiden gesprochen. Manchmal von dir und meist von mir. Immer so, als ob es nur uns beide gäbe auf der Welt.«

Er horchte auf ihre Stimme, die er kaum wiedererkannte. Sie sprach langsamer als früher, so als ob sie manchmal nach dem richtigen Wort suchen müsse. Er fragte: »Warum bist du ...«

»Das klingt wie früher: ›Warum ...‹ Siehst du, das ist anders geworden, darum wollte ich, daß wir mit dieser Frage anfangen. Ich stelle sie nicht mehr. Ich glaube nicht mehr, daß Gott uns eine Antwort, eine Rechtfertigung schuldig ist für das, was er mit uns tut und mit uns vorhat. Aber ich will versuchen, dir trotzdem zu antworten, soweit ich es selbst erkennen kann, bis heute. Je älter man wird, desto mehr Fragen tauchen auf, und die Antworten von früher stimmen nicht mehr.«

Katharina kam vom Fenster zu ihm, stellte sich an die Rückseite seines Schreibtisches und sah ihn einen Augenblick an, dann begann sie, im Zimmer auf und ab zu gehen. Sie sprach rascher, als ob sie die Gedanken, die auf sie einstürmten, durch Worte in Zucht halten könnte.

»An diesem Jahrestag von Hiroshima glaubte ich wirklich, berufen zu sein. Ich wußte noch nicht, wozu, aber ich hatte eine Unruhe im Herzen, die mich umtrieb, die mich vorbereitete auf einen, auf den wichtigsten Schritt meines Lebens. An einem der nächsten Tage schon habe ich mit Father Murphy darüber gesprochen. Ich weiß nicht mehr, ob damals schon das Wort vom Kloster gefallen ist. Gewiß aber nicht viel später. Bitte, versuch es zu begreifen: Er war nicht schuld daran. Er hat mich nicht überredet! Keiner trägt daran Schuld. Ich habe es gewollt. Er hat mir den Weg frei gemacht, ich habe ihm gegenüber nie etwas anderes als Dankbarkeit empfunden und eine tiefe Scham, seine Erwartungen enttäuscht zu haben. Er hat an mich geglaubt, er hat – vielleicht als einziger! – geglaubt, daß ich auserwählt sei. Er hat in seiner Gemeinde und im ganzen Bistum Dublin für mich sammeln lassen, damit 500 Pfund zusammenkamen, die ich einzahlen mußte im Kloster bei meinem Eintritt. Father Murphy verdanke ich auch, daß ich jetzt hier bin. Ich bekam das Geld wieder, bis auf einen kleinen Betrag, der zurückbehalten wurde für die drei

Jahre, die ich dort war, und als ich es ihm, ich meine seiner Gemeinde, zurückerstatten wollte, hat man mir in diesem wunderbaren Großmut, zu dem die Kirche fähig ist, so viel gelassen, daß ich die Überfahrt davon bezahlen konnte. Ich konnte zurück in die Heimat.«

»Empfindest du es so? Als Heimat?« Er schien überrascht zu sein. »Ich höre diese Worte zum erstenmal von dir, Katharina. Hast du nicht immer gesagt, du wärst ein Vagabund, nirgends zu Hause? Du hieltest dir früher etwas darauf zugute.«

»Wie wenig du mich kennst! Das ist es doch: die Sehnsucht danach, das ist viel mehr. Die, die kein Zuhause haben und keine Heimat, die haben die Sehnsucht. Sie erst schafft dieses Gefühl: Heimat. Die anderen, die drinsitzen, die wissen's ja nicht. Manchmal habe ich gedacht, hier, dein Zimmer, das würde genügen. Daß ich wußte, du bist da. Und an deinem Fenster und ein wenig doch auch in deinem Herzen sei immer Platz für mich. Aber inzwischen habe ich gelernt, wieviel mehr noch da ist, wonach ich mich gesehnt habe. Alle Erinnerungen führten zurück. Ich hatte niemanden dort, der mit mir deutsch sprach, ich besaß kein Buch, das mir gehörte, ich bekam keine Briefe. Sicher denkst du, das müßte es mir leichter gemacht haben. Im Anfang war das auch so. Nichts erinnerte mich an mein früheres Leben. Das Band war wirklich gerissen. Erst später wurde ich gewahr, daß mir etwas fehlte, was die anderen Schwestern hatten: ein Zuhause in der Welt. Eine Handvoll Menschen, die sich durch mein Gebet geschützt wußten und ihrerseits für mich beteten. Keiner hat das getan für mich, außerhalb des Klosters. Höchstens daß ein paar Menschen gehofft haben, daß ich den Weg zurückfände. Ich glaube nicht, daß sie darum gebetet haben.«

»Und heute, Katharina? Was glaubst du heute? Wie nennst du es: Berufung, Flucht?«

»Nein.« Sie zögerte. Es wurde ihr offensichtlich schwer, darüber zu reden. »Eine Berufung war es nicht, wenn es das gewesen wäre, säße ich heute nicht hier. Ich weiß schon, was du meinst. Was denn den Anstoß gegeben hat. Ich habe oft darüber nachgedacht. Wohin hätte ich gehen sollen, als ich bei O'Kleans nicht mehr bleiben konnte? Alle Wege verloren sich im Dunkel, es blieb mir nur dieser eine. Er schien ins Helle zu führen. Ein Ausweg. Der einzige, den ich damals sehen konnte, die einzige Zuflucht. Ich glaubte außerdem, es sei der kürzeste Weg. Für jeden, der weiter war, war ich zu müde. Auf eine beinahe unsinnige Weise war es zu einfach. Ich hatte nichts, was ich hätte aufgeben können und müssen. Es war kein Opfer. Ich konnte nur gewinnen, obschon es mir so schwer schien. Und das war falsch. Man muß etwas hergeben, nur dann erhält man etwas zurück.«

Sie sagte unvermittelt: »Ich habe dir Tee mitgebracht. Das fiel mir noch ein vor der Abreise, daß du damals, vor dem Krieg, gerne Tee getrunken hast. Soll ich uns eine Tasse aufbrühen? Es redet sich dann leichter.«

Er spürte, wie sie sich bemühte, ihn nicht zu beobachten. Er konnte sie nicht sehen, und um es ihm gleichzutun, wandte auch sie den Blick ab. Daraus erwuchs eine Befangenheit, die keiner von ihnen bannen konnte und wollte. Es war nur natürlich, daß die vergangenen Jahre nicht mit ein paar Sätzen beiseite geschoben werden konnten.

Als sie zurückkam, stand er am Fenster. Und als er dort stehen blieb und nicht sprach, ging sie zu ihm.

Er stützte sich mit beiden Händen auf die Fensterbank und hielt die Augen auf das Hochhaus gerichtet und sagte: »Unsere Straße, Katharina! Habe ich nicht damals gesagt, als du fortgingst nach Irland: Sie führt zurück zu mir?«

Katharina sah ihn bestürzt an, und als sie sah, wie hell sein Gesicht geworden war, ging eine Welle des Erbarmens mit dem blinden Mann an ihrer Seite über ihr Herz. »Unsere Straße, Bastian!«

Das Zittern in ihrer Stimme mochte er der Rührung des Erinnerns zuschreiben. Sie hatte manchmal mit den Tränen gekämpft, wenn sie hier gestanden hatten. Katharina starrte auf die weiße Mauer des Hochhauses mit der grünen Reklameschrift für Autoreifen und versuchte sich vorzustellen, daß hinter diesem Haus noch immer die Straße nach Westen führte. Es gelang nicht. Diese Straße war nicht mehr da. Nur Bastian sah sie noch. Manches vermochte man nur noch zu sehen, wenn man blind war. Für ihn war die Welt so, wie er sie vor zehn Jahren verlassen hatte. Sie kannten sich nun lange genug, sie hatten keine Zeit mehr für Lügen, nur noch für die Wahrheit. Aber lohnte es sich, ihm zu sagen, daß dort, kaum vierzig Meter vor seinen Augen, ein Hochhaus stand? Lohnte das die Wahrheit?

Er schien ihre Gedanken aufzufangen.

»Vieles ist anders geworden, Katharina. Der Schwung von damals, gleich nach dem Krieg, hat nicht angehalten. Da war der Lehrauftrag, da waren Margot und das Kind, der politische Druck, der von einem genommen war, man konnte endlich wieder atmen; mein Leben hatte soviel neue Werte bekommen, die ausreichen mußten, die Augen zu ersetzen. Aber alles wird mir fremd. Ich spüre, wie sich die Dinge verändern. Ich habe die Sicherheit verloren, ich muß jetzt tasten, das wird dir aufgefallen sein. Ja, auch da, wo kein Gegenstand seinen Platz verändert hat, in diesem Zimmer.«

Er wandte sich ihr beunruhigt zu, und seine Stimme war hastig: »Es hat sich doch nichts verändert, Katharina? Du hast es doch gekannt! Ich traue der Zugehfrau nicht, manchmal scheint mir, sie verstellt die Dinge, auch meine Konzepte.«

Er machte eine Pause, während er zum Schreibtisch ging und sich dort niederließ.

»Ich tue, als arbeitete ich. In Wahrheit laufen meine Finger über die Zeichen und nehmen nichts auf. Meine Finger lesen, nicht mein Verstand. Ich zehre von dem, was ich bis zu meiner Einberufung erarbeitet hatte. Weißt du, wie lange das her ist? Bald fünfzehn Jahre! Aber die Forschung geht weiter! Jetzt sind wieder Ausgrabungen im Gange. Im Zweistromland, in Arabien, in Mexiko, ja, auch bei Tarquinia und Vulci – ohne mich! Ich werde unsicher, selbst auf Gebieten, in denen ich einmal als Kapazität galt. Ich kann mich nicht auf die Augen anderer verlassen. Ich müßte Originale sehen. Meine Kollegs werden leer. Ich muß es glauben, wenn man mir im Sekretariat sagt, daß Archäologie ein Fach sei, das sich heute nur wenige leisten, weil es so geringe Aussicht auf materiellen Erfolg bietet. Die wenigen, die sich zu diesem Studium noch entschließen, gehen an andere Universitäten, wo sich nicht ein Blinder wiederholt wie eine Schallplatte! Die Fakultät wird mir vorerst den Lehrauftrag nicht entziehen. Aber wer ahnt denn, was es heißt, zum Beginn des Semesters in den Hörsaal zu gehen und nicht zu wissen, ob überhaupt einer in den Bänken sitzt? Und ob nicht nur der Assistent und die Sekretärin auf die Tische pochen aus Mitleid mit dem Blinden? Und wenn eines Tages keiner mehr da ist? Und ich stehe vorne und rede und lasse die Lichtbilder zeigen und bin darauf angewiesen, daß der Hausmeister aufpaßt, daß es das richtige Bild ist, zu dem ich rede. Begreifst du, daß ich anfange, eine komische Figur zu werden?«

»Bastian, hör auf! Wie kannst du so reden!«

Er fuhr fort, als ob sie nicht da wäre, den Kopf gesenkt, die Finger um den Schaft des Brieföffners geklammert, und wiederholte: »Eine komische Figur zu werden. Vielleicht schlägt man mir bald vor, mich emeritieren zu lassen. Ja –

ich bekomme meine Pension! Ich kriege auch noch meine Rente als Kriegsblinder. Ich habe nie nach Geld gefragt! Ich schäme mich, für etwas Geld anzunehmen, was ich nicht wirklich geleistet habe. Lieber will ich verhungern!«

Sie unterbrach ihn: »Hast du einmal jemanden gesehen, der verhungert ist? Blind und verhungert? Hast du nicht? Dann sei froh, Bastian! So schlecht ist das gar nicht, eine Pension und eine Rente und ein Haus, ob du das nun verdient hast, das brauchst nicht du zu entscheiden. So, wie wir nicht selbst über den Wert und den Unwert unseres Lebens entscheiden und über die Wirkung dessen, was wir tun und sagen, so wenig ist Geld ein Maßstab für unsere Leistung.«

Der Doktor lachte auf. »Sprüche, Katharina! Worte! Früher habe ich so etwas zu dir gesagt, heute sagst du es zu mir, und sie nutzen heute so wenig wie damals. Du hast einmal gesagt, alles sei tot, womit ich umgehe. Du hattest recht. Papier und Steine. Manchmal spüre ich es in den Fingerspitzen, wie das Papier knistert und zerfällt, selbst diese Gipsabgüsse verstauben nicht nur, sie bröckeln. Manchmal meint man, es rieseln zu hören.«

Er schwieg.

Der Tee mochte ihn belebt haben, er wirkte konzentrierter und frischer. Die Atmosphäre zwischen ihnen war jetzt so weit entspannt, daß er es riskieren konnte, ein Thema zur Sprache zu bringen, das vor allen anderen erledigt werden mußte. Es hatte keinen Sinn, jetzt über Ausgrabungen zu reden und über den Stand der archäologischen Forschungen. In jede Pause hinein konnte Katharina die Frage nach Margot und nach Simon stellen; es war erstaunlich, daß sie es noch nicht getan hatte.

Er gab seiner Stimme einen so bewußt beiläufigen Klang, daß sie aufmerksam wurde, als er nur »Katharina« sagte.

»Ja?«

»Hast du meinen Brief bekommen? Den ich dir an die Adresse von diesem Father Murphy geschickt hatte? Ich hielt es für richtig, wenn du Bescheid wüßtest. Für den Fall, daß du zurückkehren würdest. Eines Tages. Übrigens habe ich damit gerechnet – früher oder später.«

Katharina zögerte mit der Antwort. Dann sagte sie: »Zuerst konnte ich es nicht fassen, daß dies das erste Zeichen sein sollte. Dieser Brief von dir. Ich war so glücklich, als ich den Umschlag in der Hand hielt, und es war deine Schrift, und der Stempel war von hier. Ich dachte: Da also ist das Zeichen, auf das ich wartete. Ich wußte ganz sicher, daß es kommen würde, nur noch nicht, woher. Und dann stand auf dem ganzen Bogen nichts weiter, als daß Jochen zurück war. Das kam so unvermutet. Ich dachte auch, du wolltest mich abschieben an ihn. Auch du schienst anzunehmen, daß dort mein Platz sei.

Und insgeheim hatte ich ja auch gespürt, daß es noch nicht zu Ende war. Vielleicht steckte da die Wurzel aller Unruhe? Meinst du, daß es das gibt? Die Vergangenheit faßte noch einmal nach mir. Nach so vielen Jahren! Unsere Leben waren ineinander verstrickt, auch wenn ich es nicht wahrhaben wollte.

Dieser eine Satz von dir genügte, daß ich wußte, ich muß hin zu ihm. Ich versuchte herauszufinden, was mich denn zu Jochen trieb. Es war keine Liebe mehr, schon lange nicht mehr. Es war das Gefühl, ihm etwas schuldig geblieben zu sein.«

»Stimmt das, Katharina? Sei ehrlich. Du liebtest ihn doch, noch immer.«

»Ach, Bastian! Was wissen wir schon davon! Das hatte ich vor zehn Jahren gesagt: daß ich ihn liebte. Liebte ich denn damals nicht nur seine Haut? Mehr als zehn Jahre ist das her . . .«

Er mußte ihr Zeit lassen. Er hatte gefürchtet, daß sein

Brief ein Schock sein würde für sie, und er hatte es manchmal bedauert, ihr diese Nachricht geschickt zu haben; vornehmlich, seitdem er wußte, daß sie das Kloster verlassen hatte. Aber wie hätte er diesen Brief ungeschrieben machen können? Und jedesmal war er zu der Erkenntnis gekommen, daß er ihr keine Wahrheit und keine Entscheidungsfreiheit vorenthalten durfte.

Sie ging im Zimmer auf und ab. Sieben Schritte hin, sieben Schritte zurück. Die Hände ineinandergelegt und zur Brust erhoben, den Kopf gesenkt. Und auf einmal konnte er sich Katharina in ihrer Zelle vorstellen, obschon er nur ihren Schritt hörte und ihren Atem.

»Du bist bei ihm gewesen?«

»Ja, ja, natürlich. Das mußte ich doch. Schreiben genügte nicht. Ich hatte ihm nie geschrieben. Es gibt keinen Brief von ihm, nicht einmal ein Bild. Nur das, was ich im Herzen hatte, und das war ihm nicht mehr ähnlich. Erzähl mir, wie es war, als er zu dir gekommen ist.«

»Nun, das liegt Jahre zurück. Margot kam eines Nachmittags und sagte, da sei ein Mann – ja, sie sagte ›ein Mann‹ und nicht ›ein Herr‹ –, der nach dir fragt. Ich wußte sofort, daß es nur Jochen sein konnte. Merkwürdig, ich wußte es, ohne daß du mir je mehr von ihm gesagt hättest als eben den Namen: Jochen. Er blieb an der Tür. Er sagte, du hättest ihm seinerzeit meine Adresse gegeben, ›auf alle Fälle‹, falls ihr euch einmal verlieren solltet im Krieg. Bei mir würde er immer erfahren können, wo du seist.«

»Ja, das stimmt! Ich hatte ja nie eine eigene Adresse. Ich meine eine, die immer stimmt. Aber ich habe deine nur dieses eine Mal gegeben, glaub mir das!«

»Ja, Katharina, natürlich. Es war das Naheliegende. Ich gab ihm meinen Notizblock und ließ ihn seine Adresse aufschreiben. Ich habe ihm gesagt, daß du in Irland bist. Nichts von dem Kloster. Ich spreche nicht gerne von dir mit Fremden. Entschuldige, wenn ich ihn als Fremden bezeichne. Ich wußte nicht, ob es dir recht sein würde. Er war damals erst ein paar Wochen zurück. Man hatte ihn zunächst zum Tode verurteilt, dann zu lebenslänglichem Zuchthaus. Nach sieben Jahren haben sie ihn begnadigt. Aber das hat er Margot nachher im Flur erzählt, nicht mir.«

»Weißt du noch mehr?«

»Nein, ich glaube, das ist alles.«

»Wie sah er denn damals aus, als er zurückkam – oh, entschuldige, Bastian!«

»Bitte, Katharina!«

Sie suchte nach einer Frage, die er ihr hätte beantworten können.

»Was für einen Eindruck, ich meine, glaubst du, daß er sich damals schon damit abgefunden hatte? Daß er auf eigenen Füßen stehen konnte?«

»Wie kann ich das wissen! Er wirkte unsicher. Er hatte natürlich nicht erwartet, einem Blinden gegenüberzustehen. Wie andere auch, wußte er nicht, wohin er sehen sollte.«

»Meinst du, daß er gehofft hat, mich bei dir zu finden?«

»Nein. Er hoffte, schien mir, gar nichts. Er registrierte nur, daß du auch hier nicht warst. Er sagte, ich glaube mich daran erinnern zu können, lediglich ›aha‹ oder etwas ähnlich Belangloses. Er hat auch nicht nach deiner Anschrift gefragt. Ich glaube, daß er eine derartige Entfernung nicht mehr für überbrückbar hielt. Was er Margot außerdem noch erzählt hat, weiß ich nicht. Es war mir nicht angenehm, die beiden im Flur miteinander reden zu hören. Ich vermute, er befand sich auf einer dieser, ich möchte sagen, informatorischen Reisen, die zu einem früheren oder späteren Zeitpunkt alle angetreten haben nach dem Krieg. Man stellte fest, was noch da war an Menschen, Plätzen, Erinnerungen, nenn es, wie du willst. Man wollte wissen, womit man in Zukunft noch rechnen konnte und was man abschreiben mußte. Ich nehme an, daß er dich zu denen zählte, die verloren waren für ihn.«

»Von einer solchen ›Informationsreise‹ komme ich jetzt.«

»Sprich, Katharina, wenn du willst.«

»Wollen? Ach, Bastian! Es ist zwischen uns keine Frage des Wollens. Ich muß es dir erzählen. Genau wie ich früher hierherkommen mußte und dir alles, oder doch fast alles, sagen mußte. Ich weiß nur noch nicht, wo ich anfangen soll. Diese Begegnung mit Jochen hat sich dazwischengeschoben, diese ganze Reise hierher. Ich muß wohl so anfangen: Da war der Tag, an dem ich fortging aus dem Kloster.

Im Vestibül des kleinen Hotels in Dublin, wo ich mir ein Zimmer genommen hatte, war ein Spiegel. Dort habe ich mich zum ersten Mal wieder gesehen und nicht erkannt. Als dieses Wesen im Spiegel nach seinem Koffer griff, mit meiner Hand nach meinem Koffer, bin ich erschrocken. Oben in meinem Zimmer habe ich mich dann lange im Spiegel über dem Waschbecken angesehen und nach Spuren in dem fremden Gesicht gesucht. Ich dachte, ich würde so aussehen wie Sister Antonia of Jesus oder Sister Maria Benedicta of the Cross, die in meinem Alter waren; aber es war gar keine Ähnlichkeit da. Die Haare standen kurz geschnitten um das Gesicht, nicht viel anders als bei den Frauen unten auf der Straße. Man konnte noch sehen, wie weit die Haube gereicht hatte, dort war die Haut blaß. Es sah aus, als ob ich unter der Stoffhaube noch eine zweite getragen hätte, die man nicht so leicht entfernen konnte. Der Rock war mir zu weit geworden, aber die Länge stimmte noch. Ich sah aus wie ein ältliches Mädchen, das auf sich gehalten hat, nicht hübsch und nicht gut angezogen, aber ganz vertrauenerweckend.

Ich stand da und probierte zu lachen, und dann redete

ich mit mir, und schließlich weinte ich und sah mir zu, wie ich die Tränen wegwischte. Ich brachte es an dem Abend nicht einmal fertig, in den Speiseraum zum Dinner hinunterzugehen. Our Mother Mistress muß es geahnt haben, sie hatte mir ein Butterbrot einpacken lassen und ein paar Äpfel, ganz schrumpelige aus dem Vorjahr, von dem Baum, der an der Mauer stand und kleine rosa Blüten hatte. In jedem Frühling hatte ich gedacht, er schafft es nicht, diesmal bleibt er tot, und eines Morgens war er dann wieder voller Knospen. Er hatte gerade angefangen zu blühen, als ich ging.

Es wurde immer später, ich konnte mich nicht entschließen, mich in dieses fremde breite Bett zu legen. Dieses fremde Zimmer mit der bunten Tapete und den verchromten Hähnen am Waschbecken. Schließlich bekam ich Hunger. Ich aß das Brot und die Äpfel und schluckte meine Tränen mit hinunter. Als es halb zehn war, dachte ich: Jetzt gehen sie in die Kapelle, und als Mitternacht vorbei war, sprach ich Matutin wie die anderen.

Ich werde noch immer um halb sechs wach, und manchmal meine ich, von der Glocke im Gang geweckt zu werden, die zur Prim ruft.

Erst am folgenden Morgen hat mir der Boy den Brief gebracht und meinen Koffer. Father Murphy hat mir kein Wort dazu geschrieben. Aber vielleicht konnte er das schon nicht mehr.

Warum mußte das kommen? Dieser Brief! Eine solche Entscheidung, kaum daß ich versuchte, für mich allein die ersten Schritte zu tun. Zuerst, im allerersten Augenblick, war mir so, als ob ich mich freute. Weil überhaupt einer gemerkt hatte, daß ich fortgegangen war. Aber in Wahrheit war ich nur verstört. Ich hatte nie mehr etwas selber entscheiden müssen. Alles entschied Mother Mistress für uns.

In den ersten Tagen habe ich mich nicht aus dem Hotelzimmer hervorgetraut. Ich habe hinter der Gardine gestanden, und erst wenn es dämmrig wurde und stiller auf den Straßen, bin ich einen Augenblick hinuntergegangen. Dabei achtete keine Menschenseele auf mich in Dublin. Ich fiel gar nicht auf.

Nach einer Woche bin ich auf den Bahnhof gegangen und habe mir eine Fahrkarte gekauft und bin ans Meer gefahren. Man kann dort nachdenken, am Wasser, wie nirgends sonst. Es war noch keine Saison, der Ort lag aufgeräumt und verlassen und wartete auf den Sommer. Dort habe ich erst einmal gelernt, wieder selbständig zu leben; zu den Mahlzeiten in ein Restaurant zu gehen und mir Essen zu bestellen. Ich habe mir eine Bluse gekauft und eine Handtasche, ich mußte doch erst wieder lernen, mit Geld umzugehen. Ich bin spazierengegangen, immer denselben Weg entlang, auf dem schmalen Streifen zwischen Meer und Land, und habe auf den Felsen gesessen. Der Ginster hatte schon Knospen. Wie einer so spazierengeht, der noch nicht wieder weiß, wohin er soll. Beinah vier Wochen bin ich dort geblieben. Die Pensionsleute haben sich gewiß gewundert, daß ich niemals Post bekam und keine Ansichtskarten schrieb und niemanden kannte im Ort. Erst als ich am Telefon eine Platzkarte für das Schiff bestellte, haben sie gemerkt, daß ich aus Deutschland war. Sie wollten wissen, wie lange ich in Irland war und wo ich gelebt hatte und wie es mir gefallen hatte, und ich wußte nichts anderes zu antworten als die Wahrheit. Ich habe ihnen erzählt, daß ich mehr als drei Jahre im Kloster war.

Am nächsten Morgen kam einer von der Zeitung und wollte ein Interview und wollte mich fotografieren. Ich war so überrascht, ich hatte nicht mit der Möglichkeit gerechnet, daß mein Schicksal die Öffentlichkeit interessieren könnte, und ich ließ es zu, daß er mich fotografierte, ich wußte gar nicht, wie ich das hätte verhindern sollen. Am folgenden Morgen legte mir meine Wirtin die Zeitung wortlos neben mein Gedeck. Darin war mein Bild, und darunter stand mit ganz großen Buchstaben: Junge Deutsche flieht aus dem Kloster. Bestimmt hatte ich kein Wort von Flucht gesagt. Ich schämte mich so! Mother Mistress würde es zu lesen bekommen, und alles war derart entstellt! Sie würde es nicht für möglich halten, daß ich so etwas über unser Kloster hatte sagen können! Ich war verzweifelt. Aber dann wurde ich zornig. Ich bin in die Redaktion gegangen. Das nutzte nichts mehr, der Artikel war gedruckt, die Zeitungen ausgetragen. Aber ich habe denen dort meine Meinung gesagt. Wahrscheinlich hat keiner, den ich kannte, diese kleine Lokalzeitung gehalten, und niemand würde aus dem Artikel den Namen unseres Klosters erraten, es gibt so viele Klöster in Irland, aber wichtig war auch nur: Ich wehrte mich zum ersten Mal wieder, das war gut so. Ich ging befriedigt aus der Redaktion fort, ich hatte den ersten Ansturm abgewehrt, jetzt konnte ich es riskieren. Ich fühlte mich wieder lebensfähig.

Zwei Tage darauf ging mein Schiff. Wie anders war die Rückkehr im Vergleich zu der Hinfahrt! Ich kam auch diesmal nicht dazu, an der Reling zu stehen und nachzudenken. Auf der Hinfahrt hatte ich Säuglinge trockengelegt und mich um die Kranken gekümmert, und diesmal saß ich und trank Tee, und es war Konzert, und es gab Läden an Bord mit Schmuck und Süßigkeiten und Tabakläden mit Marken, die ich nie gehört hatte, und im Teeraum gab es ein Fernsehgerät und im Lesezimmer Zeitungen aus der ganzen Welt. Ich las die Überschriften und war froh, wenn ich auf einen Namen stieß, den ich noch kannte. Abends wurde an Deck getanzt, das Schiff war illuminiert. Sechs Jahre lagen dazwischen, keine hundert, wie es mir schien.

Erst auf dem Schiff habe ich mich entschlossen, zu Jochen zu fahren, als erstes. Ich war auch bei meinem Vater, auch noch bei anderen. Du hast schon recht: Ich registrierte, was noch da war. Viel ist es nicht.

Aber bevor ich auf diese Reise ging, schickte ich dir die Nachricht, noch vom Postamt am Hafen aus, daß ich kommen würde. Das wollte ich – was ich auch unterwegs vorfinden würde. Ich kann einfach nichts Neues beginnen, bevor nicht das Alte abgetan ist. Du verstehst mich schon. Wie oft habe ich nun schon gedacht, ich sei am Ende angekommen, und es war immer nur ein neuer Anfang.«

Sie machte eine Pause. Der Doktor ermunterte sie, in der Redewendung, die er immer gebraucht hatte: »Du fuhrst ab, und dann ...«

Katharina lachte, ein wenig zaghaft, aber doch wahrnehmbar für ihn. »Du bist noch immer so gründlich wie früher! Aber diesmal bist du nicht gründlich genug! Das wirklich Wichtige geschieht doch schon, bevor man zu etwas aufbricht, ich denke an die Vorsätze, Entschlüsse und Entscheidungen, die sind doch gefallen, bevor man sich in den Zug setzt. Und gerade diesmal kam alles auf meine Bereitschaft an, so glaubte ich wenigstens.

Vier Wochen hatte ich Zeit gehabt, mich auf diese Begegnung vorzubereiten und mir bis in alle Einzelheiten vorzustellen, was aus Jochen geworden war. Ich wollte darauf gefaßt sein, daß er alt geworden war, vielleicht müde, vorzeitig verbraucht, vielleicht sogar verbittert, ganz gewiß kein ›Himmelsstürmer‹ mehr, der er einmal gewesen war. Er mußte bald vierzig sein. Ich wußte, daß er blonde Haare hatte und ein Stück größer war als ich, daß er gut aussah, wenn er eine Uniform trug, und sonst wußte ich so gut wie nichts von ihm. Nichts von seiner Familie, nichts von dem, was ihn einmal beschäftigt hatte, früher, bevor wir uns kannten, geschweige denn von dem, was ihn heute anging. Ich wußte nichts, doch das hat mich nicht daran gehindert, mir ein Bild von ihm zu machen. Als ich aus dem Zug ausstieg, war es fertig, bis auf den Rahmen, den ich nicht kannte.

Ich ging am Bahnhof an den Stadtplan und suchte mir die Straße, die auf dem Zettel stand, den du mir geschickt hattest. Auch die Schrift war mir ganz fremd. Er schrieb Sütterlin-Buchstaben.

Ich war erregt, nun, wo ich in der Stadt war, in der Jochen leben sollte. Aber ich hatte ein Ziel, auf das ich losging, und das Umsteigen von der Straßenbahn in den Omnibus forderte meine Aufmerksamkeit. Ich brauchte niemanden zu fragen. Du weißt, ich frage ungern. Ich fand das Haus bald. Sein Name stand nicht auf einem der Schilder neben den Klingeln. Ich zögerte, aber dann entschloß ich mich, im Erdgeschoß zu schellen. Man kannte seinen Namen, aber er wohnte nicht mehr dort, schon länger als ein Jahr nicht mehr, und wo er hingezogen war, wußte die Frau nicht. Sie meinte, ich sollte zum Einwohnermeldeamt gehen, dort bekäme man gegen Gebühr Auskunft über Adressen.

Ich bin hingefahren. Es war geschlossen: Es war ein Mittwoch. Es tat mir schon leid, daß ich die Frau nicht ausgefragt hatte: wie es ihm ging, ob er gesund war, ob er Arbeit hatte. Ich war sehr bedrückt, ich glaubte, ich müßte weiterfahren, ohne ihn gesehen zu haben. Ich bin in ein Café gegangen und habe mir eine Fleischbrühe bestellt, und dort fiel mir ein, daß er vielleicht Telefon haben würde. Ich konnte mich anmelden bei ihm. Das war gewiß richtiger. Er ahnte ja nicht, daß ich ihm so nahe war, während ich seit Wochen diesem Wiedersehen entgegenlebte. Überraschen ist schöner als Überraschtwerden.

Ich ließ mir das Telefonbuch geben. Es gab seinen Namen acht- oder sogar neunmal, aber nur einer hieß Jochen mit Vornamen. Ich war nicht sicher, ob er das sein konnte. ›Installationen‹ stand dabei. Zwei Nummern, eine von dem Geschäft und eine private. Ich schrieb mir beide auf. Ich kam mir vor wie ein Detektiv, der einem Menschen auf der Spur ist. Die Anschrift notierte ich mir auch, und dann ging ich zuerst in die Straße, in der das Geschäft liegt; mir schien, dort könnte ich am unauffälligsten erfahren, ob er dieser Jochen Steinberg war.

Eine Seitenstraße, aber sehr belebt, sie stößt unmittelbar auf die Bahnhofstraße. Das Geschäft schien alt zu sein, in einem der drei großen Schaufenster hing ein Schild vom fünfzigjährigen Geschäftsjubiläum, auch ein paar schon etwas staubige Blumenkörbe standen da. Ich habe mir die Auslagen angesehen: Waschbecken und Spülvorrichtungen. Alles blitzte vor Chrom. Die Kacheln spiegelten das Straßenbild; ein schöner, sauberer Laden.

Ich bin hineingegangen, ohne mir das recht zu überlegen. Zuerst kam ein junger Mann, wahrscheinlich noch ein Lehrling, auf mich zu, man schien nicht anzunehmen, daß es sich bei mir um einen lohnenden Einkauf handeln könnte. Es waren noch mehr Verkäufer in weißen Kitteln anwesend, aber sie sahen sich auf den ersten Blick zu ähnlich, als daß ich unter ihnen Jochen hätte erkennen können. Es fiel mir nichts anderes ein, als nach einer Duschanlage zu fragen. Jetzt kam der Chef selbst. Es war Jochen. Jochen als Geschäftsinhaber. In einem weißen Kittel, korrekt und sehr beflissen. Er hat mir Duschanlagen gezeigt. Mit blaßgrünen Kacheln und welche mit schwarzen und welche mit elfenbeinfarbenen Kacheln, mit Kunststoffvorhängen und solche mit verstellbarer Brause. Es gibt da großartige Sachen, ich ahnte das gar nicht. Er machte das sehr gut. Ich war drauf und dran, so etwas mit einem gelben Vorhang zu bestellen, wenn ich nur gewußt hätte, wohin damit. Nach einer Viertelstunde, in der er mir alle

Fragen beantwortet hat, habe ich gesagt, ich müsse mir das noch überlegen, eine solche Anlage wolle kalkuliert sein. Ich konnte das mittlerweile in seinen Ausdrücken sagen, und er hat geantwortet: ›Selbstverständlich, gnädige Frau‹, und hat gelächelt und mich zuversichtlich angesehen und dann auch noch gefragt: ›... und die Anschrift?‹ Ich habe gesagt, daß das nicht nötig sei. Genau wie damals hatte ich keine feste Adresse, nicht einmal eine vorläufige. Ich konnte ihm doch nicht wieder deine geben! Ich sagte, ich käme gegebenenfalls noch einmal hier im Laden vorbei. Er hat mir seine Karte gegeben. 50 Jahre Installation. Inh. Jochen Steinberg. Und hier ist noch etwas: ein Stöpsel für dein Waschbecken im Badezimmer, der alte paßte ja nie. Das fiel mir plötzlich ein, als ich schon zur Tür wollte.«

Katharina holte ein Päckchen aus ihrer Handtasche, wickelte es aus und ließ den Stöpsel an der Kette hin- und herschaukeln, dann legte sie ihn vor Bastian auf den Schreibtisch.

»Er hat mich bis zur Tür begleitet und sich verbeugt, und ich habe ihm, ganz schnell und unvermutet, die Hand hingestreckt und gesagt: ›Leben Sie wohl, Herr Steinberg!‹ Er war zuerst überrascht, aber er ist wohl an den Umgang mit überspannten Kundinnen gewöhnt, obwohl ich eigentlich nicht elegant genug war, daß er Exaltiertheit bei mir hätte vermuten können.

Dann bin ich zwei Stunden durch die Straßen gelaufen. Warum sollte er keine Installationen verkaufen? So etwas ist wichtig, obwohl es bei mir jahrelang keine Rolle gespielt hat. Warmwasseranlagen, elektrische Boiler und so etwas. Ich sah mir andere Schaufenster an, und zwischendurch dachte ich: Wenn es wenigstens Blumen wären oder Brot oder Schuhe, die er verkauft. Nachher bin ich wieder in das Café gegangen, in dem ich schon am Mittag war. Ich habe einen Weinbrand getrunken, und dann hatte ich soviel Courage, bei ihm zu Hause anzurufen. Eine Frauenstimme sagte: ›Ja, hier ist‹, und dann kam ein Kindergekreisch, und sie sagte, und hielt dabei wohl die Muschel zu: ›Bringen Sie doch den Jungen 'raus‹, und dann, diesmal wieder deutlich zu mir: ›Steinberg.‹ Ich sagte, daß ich gern Herrn Steinberg gesprochen hätte, und sie sagte, daß ihr Mann erst nach Geschäftsschluß zu Hause zu erreichen sei und ob sie etwas ausrichten könne; ob es eilig sei. Ich sagte nein und danke. Sie hat nach meinem Namen gefragt, und ich habe gesagt, es wäre gut so, es hätte sich mit dem Anruf erledigt.

Mein Zug ging erst kurz vor zehn. Ich hatte noch Zeit. Gegen Abend bin ich in den Vorort gefahren, in dem er wohnt. Er hat ein kleines neues Haus in einem sehr hübschen Wohnviertel. Der hellblaue Wagen, den ich schon in der Stadt vor dem Laden gesehen hatte, stand vor der Garage. Vielleicht wollte er noch wegfahren mit seiner Frau. Es brannte Licht hinter den farbigen Fenstern im Treppenhaus, und die schmiedeeiserne Ampel an der Gartenpforte brannte auch.

Zu sehen war niemand. Der Garten war frisch angelegt, der Rasen noch dünn, aber auf dem Beet am Zaun blühten Päonien. Ich hoffte, daß man mich nicht sehen würde, und blieb eine Weile dort stehen. Die Blumen dufteten so stark. Päonien, so früh im Sommer.

Nachher ging ich zum Omnibus und dann zum Bahnhof. Vielleicht hat er seiner Frau erzählt, daß eine Kundin da war und sich eigenartig aufgeführt habe, und vielleicht fällt ihr dann mein Anruf ein, und sie überlegen zusammen, ob das wohl dieselbe Frau gewesen sein könnte. – Du darfst nicht denken, daß ich es ihm nicht gönnte! Es ist ja gut so. Er hat es zu etwas gebracht. Vermutlich hat er in dieses Geschäft eingeheiratet, das ist wohl nichts Ungewöhnliches. Er hat ein Haus vor der Stadt und hat ein Auto und hat eine Frau und ein Kind oder zwei.

Auf der Rückfahrt habe ich nachgedacht; nachts im Zug, wenn alles so flüchtig wird und dabei so nahe kommt, daß man glaubt, man brauche nur hinzugreifen, da kommen einem solche Gedanken. Etwas fehlte ihm vielleicht doch, und es hätte ja sein können, daß ich ihm das hätte geben können. Aber ob er dafür auf alles andere hätte verzichten wollen, alles, was ich nicht habe? Und es ist ja auch entschieden. Es ist besser so, daß er mich nicht erkannt hat.

Ein merkwürdig widerspruchsvolles Gefühl befällt einen auf einer solchen Reise. Man möchte die Menschen, die man einmal geliebt hat oder die doch einmal von Bedeutung waren, man möchte, daß es ihnen gutgeht. Doch! Das ist schon eine große Erleichterung, zu sehen: Es geht ihnen gut, ohne daß man etwas dafür zu tun braucht. Man kann beruhigt weiterfahren. Man ist dieses Schuldgefühl ein für allemal los, eine Verantwortung, die man doch jedem Menschen, mit dem man einmal verbunden gewesen ist, schuldig bleibt.

Aber gleichzeitig möchte man sehen, daß sich die Lücke nicht völlig geschlossen hat. Man möchte so gerne vermißt werden. Ich bin nicht frei von diesen Eitelkeiten! Das ist es doch: Eitelkeit. Er soll unglücklich sein, nur weil ich nicht bei ihm war und bin. Noch immer kämpfe ich damit; ich will nicht überall ersetzbar sein. Die Zeit ist wie ein Schmarotzer, kaum ist eine Lücke da, wuchert sie darüberhin. Ich bin in Jochens Leben ersetzt. Durch Installationen, nicht durch Algen und Moos. Aber ich kann wenigstens schon ein bißchen über mich lachen.

Ich habe im Zug das Foto hervorgeholt. Ich hatte es mitgenommen. Ich dachte, wir hätten es uns zusammen ansehen und uns gemeinsam erinnern können. Ich hatte es aus meinem Ausweis vom Roten Kreuz herausgerissen. Ich habe mir dann allein das Mädchen darauf angesehen. Nein, er hatte mich nicht erkennen können. Aber er war auf unheimliche Weise immer noch derselbe: forsch und tüchtig und dem Leben in jeder Sekunde gewachsen. Es gibt wahrscheinlich keinen in der Stadt, der ihn früher gekannt hat, keinen, der weiß, woher er kommt. Und wenn? Es gibt nicht viele in unserer Generation, die auf den anderen mit Fingern zeigen können. Jochen wird einer der schweigsamen Heimkehrer gewesen sein, einer von denen, denen alle beim Vergessen geholfen haben.

Man stellt sich das immer so großartig vor: Ein Mensch kehrt zurück, erschüttert bis ins Innerste. Ich hatte ja nie einen gesehen, der aus einem Strafgefangenenlager gekommen war. Damals, bis achtundvierzig, als ich nach Irland ging, waren es einfach nur Soldaten, die aus Gefangenschaft kamen. Ich dachte, so ein Mensch müsse völlig verwandelt sein durch alles Überlebte. Aber noch nie ist mir ein Mensch begegnet, der sich gewandelt hätte. Was ihm auch widerfährt, das erste ist, daß er versucht, dort wieder anzufangen, wo er stand, als das Schicksal zugriff. Jede, auch die kleinste Chance nimmt er wahr, um zu vergessen. Und wie lange währt es, dann redet er mit von ›Heimkehrerproblemen‹, ›Gefangenschaftskomplexen‹ – was weiß ich, wie das alles heißt. Es gibt auch dafür schon wieder eine Fachsprache. Und dieser Mann war das alles einmal selbst: ein Heimkehrerproblem. Das, was eine Wandlung hätte werden können, was ihn wieder auf die Stufe des Menschen hätte stellen können: davon bleibt nichts.

Ich weiß, kein Krieg – und nicht einmal ein verlorener – ist ein Läuterungsprozeß, sonst wären wir alle Heilige geworden. Aber so spurlos darf das nicht vorbeigehen an uns, es darf nicht, hörst du! Wenn ich mir vorstelle, Jochen steht morgens in seinem Badezimmer und bindet sich die Krawatte um und zieht den Knoten fester . . . Sag nicht, ein Geschäft, in das man einheiratet, ein eigenes Haus, ein Garten, Auto, Familie, das wären noch keine Kriterien, die gegen ihn sprächen. Andere besäßen das auch, das sei eben die bürgerliche Ordnung, die alle anstreben.

Natürlich! So versponnen bin ich ja gar nicht, daß ich das nicht sähe. Aber als er mir die Karte gab, an der Tür, da habe ich seinen Namen gesagt. Als ob ich ihn läse und mir einprägen wollte, falls ich wiederkäme. Dabei wollte ich nur ›Jochen‹ sagen, ›Jochen Steinberg‹, ich dachte, dann erkennt er vielleicht meine Stimme. Und was tat er? Er lachte. Ein bißchen verlegen, doch, das war er. Aber dann sagte er mit munterer Stimme – munter, ich bitte dich, Bastian! –, er sagte: ›Steinberg, jawohl, jetzt wieder Steinberg. Ein paar Jahre nannte ich mich anders, aber jetzt kann man das wieder riskieren.‹

Und ich? Was tat ich? Ich habe ihm die Hand gereicht, und ich habe ebenfalls gelächelt und bin gegangen.

Zuerst, als ich durch die Straßen lief, habe ich ihm sogar übelgenommen, daß er noch lebte. Jetzt habe ich Mitleid mit ihm. Denk nicht, daß ich überheblich bin. Aber muß Liebe nicht ungeduldig sein? Ich habe immer geglaubt, man müsse einen Menschen zurechtlieben können. Er muß alles in sich niedergetrampelt haben. Und mit der Angst und der Scham und der Verzweiflung muß er da nicht auch die Freude getötet haben, die Zuversicht, den Mut? Was bleibt dann noch übrig? Das Geschäft. Die Familie. Sorgen genug. Vielleicht sogar Anerkennung und Genugtuung über das Erreichte. Aber nichts dringt mehr in jene letzte Schicht. Die ist festgetreten. Vielleicht ist er froh darüber, und nur manchmal erscheint ihm alles leer und ohne Sinn. Und dann braucht er die Bestätigung: dieses Schild mit den ›Fünfzig Jahre Installationen‹ und dieses Haus mit der schmiedeeisernen Ampel und der Tafel in Baukeramik mit seinem Namen und das hellblaue Auto. Das zählt er sich dann auf, und die Summe von allem muß ausreichen für das, was fehlt.

Ich habe mich gefragt, warum wir beide, Jochen und ich, uns in jenem Herbst begegnet sind. Warum ich durch sein Leben, warum er durch meines gegangen ist. Ich weiß es noch immer nicht.«

In ihr Schweigen hinein sagte der Doktor: »Du hättest nicht fahren dürfen! Ich hätte den Besuch von Jochen verschweigen müssen. Als erstes hättest du zu mir kommen müssen! Hierher.«

»Nein, Bastian, es war richtig. Man darf so etwas nicht wie einen immer noch möglichen Ausweg mit sich herumtragen. Wenn ich ihn nicht so gesehen hätte, in seinem frischgestärkten Kittel – vielleicht hätte ich mir eingeredet, ich könnte zu ihm gehen, wenn ich nur wollte. Das wäre eine Versuchung gewesen. Damit macht man es sich zu leicht, obwohl man sich einredet, es sei schwer zu verzichten. Man gaukelt sich vor: Ja – wenn ich damals . . .! Und schafft sich die Illusion einer noch vorhandenen Möglichkeit. Man spekuliert mit der eigenen Vergangenheit, geht Wege weiter, die längst verschüttet sind. Ich muß jetzt einsehen, daß mir keine Möglichkeit gegeben ist, meine Schuld abzutragen. Keine sichtbare. Father Murphy – merkwürdig, immer wieder fällt mir etwas ein, was er gesagt hat – sagte: ›Wir wissen nicht, wo und wann wir wirken, nicht zum Guten und nicht zum Bösen. Und das ist gut so.‹

In dem ersten Winter in Irland warst du das Objekt meiner Spekulationen. Ich hatte soviel Zeit dazu. Ich setzte mich an die Stelle von Margot; solange der Platz neben dir frei war, hatte ich das nie oder doch nur selten getan. Aber seitdem sie hier war, tat ich es, und natürlich bildete ich mir ein, daß alles besser wäre für mich und vielleicht sogar für dich, wenn ich Simons Mutter wäre – doch, doch, wehr dich nicht, Bastian! Das muß einmal gesagt werden. Und über diesen Spekulationen sind wir beide älter geworden. Älter und beide allein. Sag jetzt nichts, ich weiß, du bist allein! Du bist noch immer derselbe. Nicht, wie Jochen derselbe geblieben ist, ganz anders. Oft habe ich dich darum beneidet: daß du so unbeirrt durch dein Leben gehst. Davon ist etwas in deinem Gesicht. Etwas Unbeirrbares und Unzerstörbares.«

Katharinas Stimme war jetzt ganz nahe. Sie schien sich auf den Stuhl an der anderen Schreibtischseite gesetzt zu haben. Es war ihm unbehaglich, wenn man ihm näher kam als auf zwei oder drei Meter. Er fühlte sich bedrängt, in eine wehrlose Enge getrieben. Er stand darum auf, ging zu der Bücherwand und lehnte sich mit dem Rücken dort an.

Das Gespräch hatte eine unsachliche Wendung genommen. Er hörte noch, wie sie sagte: »Man muß der ersten Regung des Herzens folgen. Fängt man erst an, darüber nachzudenken, ob es richtig ist oder falsch, weiß man es schon nicht mehr.«

Dann irrten seine Gedanken ab. Es fiel ihm ein Augenblick ein, eine jener Szenen, die sich seinem Gedächtnis mit ungewöhnlicher Intensität eingeprägt hatten. Er war mit Katharina im Museo civico gewesen, in Perugia. Er hatte einer Tonscherbe einen Platz gegeben, der ihm gemäßer erschienen war, und er mußte etwas zu ihr gesagt haben von Korrektheit, von Disziplin – oder war es damals gewesen, daß er den Ausdruck von »geistiger Hygiene« gebraucht hatte? Nun, Katharina hatte an einem der Glaskästen mit den Ausgrabungsfunden eines Grabes gestanden und gesagt: »Lauter Tugenden, Doktor, aber lauter Tugenden, mit denen ich nichts anfangen kann.«

Er hatte sich solcher und ähnlicher Worte von ihr später

oftmals erinnert, um herauszufinden, warum sich Katharina damals so unvermittelt von ihm abgewandt hatte. In einem Augenblick, in dem er glaubte, sie sei abhängig von ihm, war sie ihren eigenen Weg gegangen. Einmal würde er sie fragen, warum. Heute war es zu früh dazu. Sie würde der Frage nicht ausweichen. Er selbst war es, der ihr ausgewichen war, weil er die Antwort fürchtete.

Katharina mußte die Frage nach Margot und nach seinem Sohn zweimal wiederholen, dann erst besann er sich und berichtete ihr, in fast unbeteiligtem Ton, was geschehen war.

»Wußtest du das nicht, Katharina? Es war nicht mein Kind. Margot erwartete es, als wir uns in dem Lazarett kennenlernten. Du darfst nicht denken, es sei Berechnung von ihr gewesen. So war es nicht! Die Gleichung ging glatt auf. Ich brauchte sie, sie brauchte mich. Ich meine damit: Sie brauchte jemanden, der sie aus Frankreich herausholte bei Kriegsende. Du entsinnst dich? Sie hatte bei ihrer Eheschließung die französische Staatsbürgerschaft erworben. Und jetzt erwartete sie das Kind eines Deutschen, der in der kleinen Stadt in der Normandie, in der sie lebte, zur Besatzung gehörte. Sie durfte sich nach der Befreiung nicht dem aussetzen; man hätte sie der Fraternisierung beschuldigt, und das hätte in jenen Tagen ihren sicheren Tod bedeutet. Sie brauchte den Schutz ihrer Schwiegereltern, die von diesem Kind begreiflicherweise nichts wissen durften. Ich war mit ihnen befreundet; sie konnte durch mich zurück. Erst nach Jahren hat sie die Verbindung zu dem Vater des Kindes wiederaufgenommen; übrigens auf meine Veranlassung hin. Ich hatte mich an das Kind gewöhnt, auf gewisse Weise empfand ich es sogar als das meine. Weder Margots noch meinem Wesen entspricht es, Konflikte heraufzubeschwören. Man wartet eine Entwicklung ab. Wenn man das in Gelassenheit tut, ist die Entscheidung reif und kein Problem mehr. Was der eine dem anderen zu danken hatte, das hatte er abgetragen in den Jahren, in denen wir zusammen gelebt haben. Was aus den beiden geworden ist? Ich weiß es nicht. Ich vermute, sie wird den Vater von Simon geheiratet haben. Es vereinfachte die Trennung, daß wir uns nicht zur Ehe hatten entschließen können.

Das klingt in deinen Ohren gewiß sehr nüchtern. Man begreift heute kaum noch die Verwirrungen dieser ersten Jahre nach dem Krieg. Jetzt ist wieder jeder an seinem ordnungsgemäßen Platz. Damals waren wir unterwegs, ihn zu finden, und mancher blieb aus Trägheit irgendwo hängen und . . .«

Katharina führte den Satz zu Ende: ». . . und jetzt habt ihr alle euren Platz gefunden und habt euch so richtig behaglich darin eingerichtet. Manchmal meine ich, ich allein irrte noch umher. Es funktioniert wieder alles so großartig, wundert dich das nie?«

Und unvermittelt ging sie dem Gedanken wieder nach, der ihr schon auf dem Weg vom Bahnhof hierher gekommen war, ohne vorher ein Wort zu dem zu sagen, was sie von dem Doktor erfahren hatte. Längst wußte er, daß das kein Zeichen von Teilnahmslosigkeit war; es ging nicht darum, daß man etwas miteinander durchsprach, es ging nicht um einen Rat. Man sagte dem anderen, was er wissen mußte. Dieses Wissen war die Grundlage aller ihrer Gespräche.

»Anfang des Krieges mußte ich immer am Wilhelmsplatz umsteigen. Morgens und mittags. Erinnerst du dich an den kleinen Schreibwarenladen an der Ecke? Verdunklungsrollos lagen im Fenster, Feldpostbriefpapier, Pappkartons für 500-Gramm-Päckchen, und am Fenster klebte, sauber gedruckt, sicher in hunderttausend Exemplaren verkauft, ein kleines weißes Plakat:

›Nach dem Kriege ist alles wieder wie vorher‹

Ich las das jedesmal, wenn ich auf die Straßenbahn wartete, es gab nichts anderes anzusehen: ›Nach dem Kriege ist alles wieder wie vorher‹. Es stimmt. Auf gespenstische Weise stimmt das. Es ist alles wieder wie vorher. In schönster Ordnung, scheinbar. Und auf den Schein kommt es ja an, damit kann man sich begnügen. Ich bin vorhin an dem Laden vorbeigegangen. Das Schaufenster ist vergrößert, das Haus ist wieder aufgebaut, aus drei Stockwerken sind vier gemacht, es liegen keine Verdunklungsrollos mehr im Fenster, sondern Romanhefte und Comic strips, und vor der Tür steht der Zeitungsständer mit ›Abendpost‹ und ›Mittag‹ und ›Welt am Wochenend‹ und ›Er‹ und ›Quick‹ – du kennst die Namen sicher besser als ich. Es ist wie ein Spuk. Die Linie eins fährt noch vorbei, man steigt noch immer am Wilhelmsplatz um, oder heißt er jetzt anders? Heißt er wieder Rathenauplatz wie ganz früher? Immer stehen ein paar Leute vor dem Schaufenster und sehen sich die Auslagen an, und die meisten kaufen sich für zehn Pfennig eine ›Bild‹-Zeitung für die Fahrt in der Bahn; nur das Schild fehlt, das es bestätigt: Sehen Sie, es ist alles wieder wie vorher! – Warum eigentlich Krieg? Warum ein Zusammenbruch, eine nationale Erhebung – nach dem Krieg ist doch alles wieder wie vorher.

In dem kleinen Schaufenster liegen Gesangbücher, Bibeln mit Goldschnitt in flexiblem Leder, Kruzifixe – es ist nicht ganz wie vorher, man macht Konzessionen, man hat ein Fenster für den Alltag und ein kleineres für den Sonntag. Wenn es nötig ist, wechselt man die Dekoration; man ist beweglich, darauf kommt es an. Aber sonst bleibt alles beim alten. Vielleicht wird statt der Straßenbahn dort einmal ein Omnibus halten, vielleicht wird man die Linden fällen, die Straßen verbreitern.

Ich meine, die Gesichter wiederzuerkennen. Bürogesichter. Bevor ich nach Irland ging, bin ich daran verzweifelt. Auch jetzt wehrt sich noch etwas in mir dagegen, wie beharrlich der Mensch ist! Aber mir scheint doch auch, daß es Größe und Schwäche zugleich ist. Wieviel Tapferkeit steckt dahinter, wieviel persönlicher Mut! Einfach wieder anzufangen, auch wenn das heißt: tun, als sei nichts gewesen. Als sei der Sohn nicht in Polen geblieben, als wäre nicht der Dachstuhl ausgebrannt, das Geld entwertet, der Mann noch immer in Rußland – einfach wieder anfangen zu leben. So wie man's gewohnt war. Das ist schon sehr viel! Mehr darf man vielleicht gar nicht erwarten. Woher soll denn die Kraft kommen? Ich meine die Kraft, ein Leben von innen heraus zu erneuern. Man muß sich an das halten, was man gelernt hat, man muß sich anpassen, leben wie die anderen rechts und links von einem und ihnen auf die Hände gucken und sehen, daß einen keiner überholt und man am Weg liegenbleibt. Die großen Gedanken und Skrupel, die muß man denen überlassen, die dafür bezahlt werden, Philosophen, Pfarrern, Journalisten und den Außenseitern, wie du einer bist. Ist es nicht so, Bastian? Oder sehe ich es nur so, weil ich selbst noch draußen stehe, weil ich nicht mitmache? ›Mitmachen‹ hast du es immer genannt. Und weil ich gelernt habe, daß man Hilfe braucht, um sein Ich auch nur ein klein wenig zu ändern.«

Der Doktor brauchte nicht zu fragen. An demselben Abend noch, als beide in ihren Sesseln saßen, fing Katharina an, ihm das Stück ihres Lebens zu erzählen, das er als einziges noch nicht kannte.

»Die ersten Wochen im Kloster waren wohl die schönsten meines Lebens. Ich fühlte mich – ach, ich weiß kein anderes Bild dafür – wie das verlorene Schaf, das endlich heimgefunden hat.

Im Klostergarten verblühten die letzten Astern, die Mauersegler strichen über das Dach und tauchten manchmal bis auf den Rasen, wenn ich auf der Steinbank saß. Die Sonne schien blaß und milde. Besonders Mother Mistress umgab mich mit behutsamer, fast mütterlicher Wärme, die ich ihr nie vergessen will. Sie verstand es, die Neugier der anderen Ordensfrauen von mir abzulenken.

Gleich vom zweiten Tag an nahm ich am Leben der Schwestern teil. In den Nächten lag ich wach und wartete auf die Glocke, die zur ersten Andacht rief. Morgens habe ich immer soviel Mut. Ich kann den Tag kaum erwarten; schon als Kind war ich so. Wenn der Tag noch ganz jung ist und noch nichts falsch gemacht ist. Er birgt noch alles in sich, diese Stunde, wenn wir die Prim beteten und Gott jene anvertrauten, die den Tag ohne Gebet beginnen.

Alles war neu, und doch hatte dieses Neusein nichts Erregendes. Es war ein uralter Rhythmus, der durch mein Kommen nicht gestört wurde, ich brauchte nur daran teilzunehmen. Sosehr ich mich später gegen diese, wie mir oft schien, starre Ordnung aufgelehnt habe, es war mir immer auch ein Trost: Es geht weiter so. Ob ich nun dabei bin oder nicht. Die Glocke ruft zur Prim an jedem Morgen. An unendlich vielen Orten in der Welt.

Ich war die einzige Postulantin. Mein Alter gab mir eine gewisse Sonderstellung. Die Ordensfrauen wußten, daß ich Deutsche war, und manches andere mögen sie sich gedacht haben. Es ist ungewöhnlich, daß man mit dreißig ins Kloster geht, die meisten treten ein, wenn sie jünger sind. Es war vielleicht sogar ein wenig verdächtig, ein Zeichen, daß man am Leben gescheitert war oder Schlimmes hinter sich hatte, für das man büßen wollte. Was auch immer sie denken mochten, ein wenig traf es die Wahrheit. Gesprochen wurde nicht darüber.

Unser Kloster lag am Rande der Stadt. Es war so anders, als ein Kloster in meiner Vorstellung auszusehen hatte, daß ich zunächst gar nicht begriffen habe, daß dies das Kloster war, in dem ich fortan und immer leben würde. Es sah eher aus wie eine deutsche Volksschule in einer Arbeitervorstadt oder wie ein Gemeindehaus. Ein Kloster sieht aus wie San Francesco di Fiesole. In deiner Vorstellung auch? Ein Kreuzgang mit Säulen und zerbröckelnden Mauern, mit Rosenhecken. Hast du manchmal noch an den Abend gedacht, Bastian, als wir zusammen am Gitter standen und sahen, wie der Bruder die Rosen begoß und die welken Blüten mit einer Schere sorgsam abschnitt? Der Widerschein der Sonne lag auf dem dunklen Ziegeldach und schickte ein goldenes Licht in das Viereck des Klosterhofs. Entsinnst du dich der Käfige mit den exotischen Vögeln, die in den Rundbogen schaukelten? Und dann ging der Mönch und läutete das Angelus. Einer nach dem andern kam aus seiner Zelle. Sie gingen zu der Kapelle, die wir nicht sehen konnten, nur den Gesang konnten wir hören. Wir mochten gar nicht weg – weißt du es noch, Bastian?

So war unser Kloster nicht. Es war viel nüchterner, und man hätte doch denken sollen, Frauen verständen es besser, eine Atmosphäre von Stille, Friede und Schönheit zu bereiten. Aber ich glaube, das sind Kräfte, die Frauen nur entfalten, um es anderen schön und behaglich zu machen. Manchmal meine ich, Frauen sind sich selbst nichts wert.

Die nüchterne Strenge des Klosters ging von der Priorin aus. Sie hat gewechselt, als ich ein Vierteljahr dort war. In anderen Klöstern mag alles anders sein. Sie war eine große, hagere Frau, noch nicht alt. Vielleicht fehlte es ihr darum an Duldsamkeit gegenüber unseren Schwächen? Sie vertrat nach den Regeln die Stelle von Christus in unserem Kloster, und wir waren ihr gehorsam, als ob Gott selbst es gewesen wäre, der uns seinen Willen wissen ließ.

Ich habe im Anfang nicht begreifen können, daß wir nicht arbeiteten in dem doch natürlichen Sinn von Arbeit, nämlich etwas zu tun, was getan werden muß. Unsere Arbeit war nicht mehr als eine Beschäftigung. Beschäftigt aber waren wir immer. Wir scheuerten die Steinfliesen in unserer Kirche. Jeden Morgen. Nicht, weil sie immer schmutzig gewesen wären, sondern um zu dienen, um Gottes Haus sauberzuhalten; das war keine leichte Arbeit, wir lagen auf den Knien und scheuerten mit großen harten Bürsten, dennoch war es eine rein geistliche Arbeit. Eine Übung in Zucht und Demut. Nur so war sie zu begreifen und zu werten. Das wurde mir schwer. Ich meinte bis dahin, man putzt etwas, weil es schmutzig ist. Du verstehst mich? Ich erzähle das so ausführlich, weil es mit zu dem Grundsätzlichen gehört, an dem ich am Ende gescheitert bin. Ich glaubte damals noch, ich müsse es verstehen, dabei mußte ich doch glauben und gehorchen.

Wir saßen im Refektorium und stickten. Kleine nutzlose Stickereien, schien mir. Lesezeichen mit einem Spruch darauf und einem kleinen Bild, eine Blumenranke um den Stamm eines Kreuzes gewunden, ein weißes Lamm mit einem blauen Spruchband. Kannst du dir vorstellen, wie das ist, wenn ich ein paar Stunden still dasitze und sticke, mit diesen ungeschickten und hastigen Händen, die an Feldarbeit und Arbeit im Stall gewöhnt waren? Einmal habe ich ein rosafarbenes Kissen sticken dürfen, in Kreuzstich auf Stramin. Es war eine Auszeichnung, mit der Mother Mistress mir eine Freude machen wollte, natürlich hatte sie gemerkt, wie schwer mir diese Handarbeiten wurden. Auf dem Kissen sollte die kleine vergoldete Krone der Mutter Gottes getragen werden, wenn wir gingen, um sie zu den hohen Festtagen zu schmücken. Ich habe eingesehen, daß wir das alles taten, um ein stilles, demütiges Herz zu bekommen. Aber wirklich erfassen konnte ich es nie. Manchmal, wenn wir in der Wintersonne auf unseren Stühlen saßen und Sister Colomba uns vorlas aus einem der Heiligenleben und wir mit gebeugten Köpfen saßen und bunte Fäden durch weißes Leinen zogen, dann saß ich mitten unter den Schwestern und betrachtete sie. Ich hatte das Gefühl, sie hörten gar nicht hin, was da gelesen wurde, sie kannten es ja auch längst. Sie saßen und stickten, und das Sticken war die Hauptsache. Sie waren nicht demütig, oder doch nicht ausschließlich, sie waren auch bequem. Es war das bequemste, immer das zu tun, was die Ordensregeln uns vorschrieben. Sie hatten gleichmütige Gesichter, in denen man nichts lesen konnte. Nichts von all dem, was doch auch sie erlebt haben mußten, und nichts von dem, was sie noch heute quälte und beunruhigte oder vielleicht doch auch beglückte. Daß ich die Ordensfrauen kritisierte, ich, eine Postulantin, die nichts zählte in diesem Kreis, war nur eines der Vergehen, deren ich mich wieder und wieder schuldig machte. Manches Mal hätte ich aufspringen mögen und vor einen Spiegel laufen und nachsehen, ob ich auch schon so ein Gesicht hatte, solche Augen. Aber es gab keinen Spiegel. Tatsächlich habe ich mein Gesicht nicht mehr gesehen, oder doch nur undeutlich in einer Regenpfütze im Kreuzgang, in einem Fensterglas. Wenn ich so dasaß, die Hände im Schoß, und dann zum Fenster hinaussah und die Stare sehen konnte, die über den braunen Rasen hüpften und auf den Mauerpfosten saßen und flöteten ... Meine Gedanken liefen mir weg. Der Blick von Mother Mistress holte mich zurück. Ohne Vorwurf, nur mahnend. Dann stickte ich weiter und bemühte mich, mir vorzustellen, daß dieses Band mit den Seidenfransen einmal in einem Gebetbuch liegen und eine Verbindung zwischen unserer Welt und der da draußen herstellen würde und daß vielleicht eine kleine Kommunikantin oder auch eine alte Frau ... Merkwürdig, ich dachte immer an Henrys Mutter, von der ich vergessen hatte, daß sie gestorben war. Man würde glauben, daß diesen Bändchen ein besonderer Segen innewohnte, weil wir so viele fromme Gedanken hineinstickten.

In den Nachmittagsstunden sangen wir manchmal. Nicht nur geistliche Lieder, auch Volkslieder. Es gibt so wunderschöne alte irische Lieder. Oft setzte sich Mother Mistress ans Harmonium. Wir waren fröhlich, und wir lachten oft ganz herzlich, und doch wurde ich niemals das Gefühl los, daß es unnatürlich sei, wie wir da beieinandersaßen. Zwanzig Frauen, keine älter als fünfzig, keine jünger als zwanzig. Wir sangen und stickten, und mir schien, als verleugneten wir die Welt, die draußen weiterging.

Unbemerkt stand die Schwester, die den Sakristeidienst versah, auf und läutete die Glocke, die diese Stunde beendete. Ohne Hast legten wir die Arbeit zusammen. Aber auch, ohne den Faden zu Ende zu sticken. Es war eine Beschäftigung, keine Arbeit. Sie konnte vollendet werden oder liegenbleiben, das war nicht wichtig.

Mother Mistress, die merkte, was in mir vorging, hat mir einmal ein Wort des heiligen Johannes vom Kreuz, den wir besonders verehrten, gesagt: ›Das einzige Mittel, zu Gott zu gelangen, besteht darin, alles aus Liebe zu ihm zu tun. Was, ist daher gleichgültig. Ob man nun diese oder jene Sache verrichtet, wenn man sie nur für Gott tut.‹

Wieviel Bescheidenheit verlangt das! Was für ein Beiseiteschieben der eigenen Person! Ich fühlte ja selbst, wieviel Eitelkeit in mir steckte. Ich wollte im Vordergrund stehen. Und wenn es sich nur darin geäußert hätte, wahre Kunstwerke an Handarbeiten zu machen; wenn ich ein Korporale hätte sticken dürfen, auf dem noch in hundert Jahren die Hostie ruhte!

Ich war zu gar nichts begabt, was man in einem Kloster tun kann. Meine Sprachkenntnisse reichten nicht aus für Übersetzungen aus dem Lateinischen oder Italienischen ins Englische. Ich hatte keine schöne Handschrift, ich konnte nicht malen, nicht sticken. Trotzdem war mein Tag ausgefüllt, und darauf kam es an.

Es gab nur eine Stunde, in der wir für uns sein konnten. In unserer Zelle oder im Kreuzgang. Alle übrigen verbrachten wir in Gemeinschaft, zumeist schweigend. Aber das war nicht schwer, zumal bei der Arbeit nicht, der wir in wöchentlichem oder auch monatlichem Wechsel zugeteilt wurden: dem Dienst in der Sakristei, wozu das Saubermachen der Fußböden ebenso gehörte wie das Schmücken des Altars, das Putzen der Geräte, das Läuten der Glocken zu den Andachten und zum Essen; dann dem Dienst im Refektorium, der Pflege der Wäsche, dem Saubermachen der Tische, dem Bedienen bei den Mahlzeiten.

Am liebsten half ich in der Küche beim Hostienbacken. Der Duft der kleinen weißen Brote wehte einem schon unter der Tür entgegen, und immer habe ich mich aufs neue an dem stillen Hantieren von Sister Benedicta gefreut. Sie war die älteste der Schwestern. Wenn wir auch alle schweigsam waren, so spürte man doch nur bei ihr, daß ihr ein Gespräch schon lange kein Bedürfnis mehr war. Von ihr habe ich oft geglaubt, daß sie sich in immerwährender Zwiesprache mit Gott befand, auf eine einfältige und ganz innige Weise.

Sie gab mir kaum Anweisungen. Eine Handbewegung, mehr nicht. Man hätte denken können, daß sie niemanden wahrnahm, aber es war noch etwas anderes. Sie umhüllte mich mit ihrem Schweigen, man spürte, daß man stiller wurde in ihrer Nähe.

Wenn sie an der Ofenwand lehnte, die Hände ineinandergelegt, staubig weiße Hände vom Umgang mit feinem Mehl, und darauf wartete, daß die Hostien gut waren, was man nur am Duft merken durfte, beileibe nicht an der Färbung des Brotes. Ich weiß noch den Tag, an dem mich das überfiel: diese unschuldigen Hände, die seit über dreißig Jahren nichts anderes taten, als kleine weiße Brote für den Altar formen und beten und die Seiten des Breviers umblättern. Wenn es jemals Kinderhände gewesen sein sollten, schmutzig und wild, das war so lange her! Sie mußten sich längst erneuert haben und wieder unschuldig sein. Ich sah auf meine Hände und fühlte, daß ich es nicht wert war; sie durften keine Hostien backen, wie konnten sie das! Brot backen, das zum Leib des Herrn würde in der heiligen Eucharistie. Ich stürzte vor ihr nieder und faßte nach ihren Händen, meine Augen brannten von ungeweinten Tränen.

Sie hat wohl nicht einmal die Worte gehört, die ich herausschrie, vielleicht in meiner Erregung in Deutsch. Später habe ich mich bei ihr entschuldigen müssen. Es war ein schlimmer Verstoß gegen die Disziplin. Es gab keine Stelle, zu der ich meine Zweifel und meine Verzweiflung hätte tragen können. Zu dem Priester, zu dessen Gemeinde unser Kloster gehörte, hatte ich nicht das rechte Vertrauen. Das war gegenseitig, er traute mir gleichfalls nicht, und er hat es wahrscheinlich als Genugtuung empfunden, als ich schließlich versagte und ging. Es gab im Kloster keinen Platz, an dem ich hätte für mich sein können. Nicht einmal meine Zelle gehörte mir. Nichts zeigte, daß ich darin lebte.

Die Wände waren gekälkt, doch der Kalk blätterte durch die ständige Feuchtigkeit ab und hinterließ trübe Flecken. Ein schmales Bett mit einem Strohsack, zwei graue Wolldecken und ein Laken. Ein Ständer mit einer Waschschüssel und ein Krug. Ein Tisch und ein Stuhl. An der Wand ein Kruzifix. Braun gestrichene Dielen, ein Fenster, dessen Griff abgezogen war, und eine Tür, zu der es keinen Schlüssel gab, durch die zu jeder Stunde Mother Mistress eintreten konnte. Bei Tag und Nacht.

Es war nicht die Armut, die mich bedrückte, ich war doch nie reich, aber etwas muß man haben, das einem gehört! Es war nicht mein Bett und nicht mein Stuhl und nicht mein Mantel, alles war nur geliehen. In den fleckigen Ecken nisteten die Schatten der toten Schwestern, die ihre Wünsche und ihre Klagen nicht mit sich genommen hatten, als sie starben. Ich war auf eine bedrängende, gar nicht wiederzugebende Weise nicht allein in meiner Zelle. Aber es war nicht Gottes Gegenwart, die sie erfüllte! Wenn ich aufstand und die Schatten vertrieb, indem ich auf und ab ging, auf bloßen Füßen, damit man mich nicht hörte: sieben Schritte zum Fenster und sieben Schritte zur Tür, dann erschien manches Mal Mother Mistress. Als ob sie niemals auf ihrem Bett läge: Keine Falte ihres Habits fiel anders als am Tag, die Haube umschloß ein ruhiges Gesicht wie zu jeder anderen Stunde. Sie schickte mich zu Bett. Ohne Vorwurf, aber auch ohne Frage, was mich denn nicht schlafen ließ. Man tut im Kloster alles zu seiner Zeit: arbeiten, schlafen, essen, beten. Wie es die Ordensregeln befehlen. Man durfte um die Erlaubnis zu privaten Exerzitien bitten – um die Erlaubnis! Wie konnte eine Begegnung zwischen Gott und mir sich vollziehen, wenn kein Geheimnis möglich war?

Man könnte denken, ich hätte mich in meiner Zelle gefangen gefühlt. So war es nicht! Ich fühlte mich geschützt. Es war kein Gefängnis. Und wenn ich es je so angesehen habe – es gibt Stunden, in denen man an allem und jedem zweifelt –, dann war ich doch gerecht genug zuzugeben, daß ich es mir selbst gewählt hatte.

Am Ende des zweiten Winters, der ungewöhnlich kalt und regnerisch war, hustete ich wochenlang. Das Haus ließ sich schwer heizen, zwei Kastanien fingen die Morgensonne ab, in unsere Zellen schien die Sonne nie. Nur das Refektorium und das Noviziat hatten einen Ofen, der mit gepreßtem Torf geheizt wurde. Auch die Kapelle war feucht und kalt. Ich hatte aufgesprungene rote Hände vom Scheuern mit der scharfen Lauge, nachts fror ich unter meinen Decken. Mein Körper hatte sich noch nicht daran gewöhnt, sommers und winters die gleiche schwere Kleidung zu tragen. Ich hatte eine Bronchitis, vielleicht aus den Stunden, die ich nachts in der Kapelle zugebracht hatte, bevor man auch sie abschloß. Ich mußte zum Röntgen in ein Krankenhaus in der Stadt. Vorher hatte ich Hustensaft getrunken, den wir selbst gebraut hatten, wie die meisten unserer Arzneien: einen Sirup aus Zwiebeln, Fenchel, Thymian und Honig. Die Subpriorin mußte mich begleiten. Ein Taxi holte uns ab.

Nach achtzehn Monaten verließ ich zum ersten Mal die Mauern des Karmel. Es geschah etwas Merkwürdiges. Nach den ersten Minuten hatte ich nicht mehr das Bedürfnis, aus dem Fenster zu sehen. Ich blickte auf meine zusammengelegten Hände, wie wir es zu tun gewohnt waren. Nicht auf die Leute auf den Bürgersteigen, die Radfahrer, die wir überholten, die Straßenbahnen. Das Hupen und Klingeln, Reklameschilder, Hunde, die an ihren Leinen zerrten, Verkehrspolizisten – ich gehörte nicht mehr dazu, es ging mich nichts mehr an. Auf dieser Fahrt begriff ich, warum sich die Nonnen so gesondert fühlen von der Welt. Vielleicht ist ein Kloster wirklich schon ein Vorhof des Himmels – oder kann es sein. Es kommt immer nur darauf an, wer darin lebt.

Oft vergingen Monate von einem zum anderen Mal, aber manchmal wurde auch ich in das Besuchszimmer gerufen wie die anderen Schwestern, deren Mütter und Freundinnen und Geschwister kamen. Zu mir kam immer nur Father Murphy. Mit ihm konnte ich über vieles reden, er hatte Humor, den haben Frauen nicht. Er sah, seit ich im Karmel war, in mir nicht mehr ein Kind der Welt, dessen Seele ihm anvertraut war. Er glaubte, ich sei nun näher bei Gott als er, ein einfacher Landpfarrer. Es war ihm nicht recht, wenn ich mit Fragen in ihn drang, aber er entzog sich der Antwort nicht. Ich habe immer zu Männern leichter Vertrauen gefaßt als zu Frauen. Wir kennen uns untereinander zu gut und stehen uns, so paradox das klingt, oft feindselig gegenüber, jede hat Angst, die andere könne sie so gut durchschauen wie sie sich selbst.

Ich war noch nicht lange im Karmel, es mag bei seinem zweiten oder dritten Besuch gewesen sein, es war noch Winter. Ich konnte aber schon mit ihm reden, trotz des doppelten diagonalen Gitters, durch das ich niemals seine beiden Augen sehen konnte, immer nur eines, immer nur einen Ausschnitt von ihm. Vier Meter waren zwischen uns, von seinem Stuhl zu meinem; und man mußte ziemlich laut sprechen, Father Murphy hörte nicht mehr gut. Immerhin ließ man uns nach den ersten Minuten allein. Er war doch ein Mensch, der mich kannte. Nicht nur die Sister Theresia – das waren meine Namen als Schwester: Maria Patricia Theresia vom Kreuz –, sondern die Frau, aus deren Leben er soviel wußte und die er dennoch nie verachtet hat. Dieses Leben existierte doch, auch wenn man darüber schwieg – es war gelebt! Andere hatten daran teilgenommen, auch er, es war nicht auszulöschen. Er blieb etwa eine Stunde. Er hatte mir Strohblumen mitgebracht und schob sie mir durch das Gitter zu. Es waren dieselben, die ich im Herbst in seinem Garten geschnitten und zum Trocknen aufgefädelt und in den Flur gehängt hatte. Mit keinem Wort hat er an irgend etwas erinnert, nur mit diesen Blumen. Ich habe sie nicht lange behalten dürfen, nur diese eine Stunde im Besuchszimmer, in der Father Murphy da war und sie in meinem Schoß lagen und knisterten, wenn ich mit den Fingern darüberstrich. Ich habe einen Kranz daraus gebunden für den heiligen Patrick. In den ganzen Wochen, in denen der bunte Kranz an seinem Sockel lag, hatte ich das Gefühl, es seien meine Blumen.

Manchmal hat Father Murphy mir erzählt, wenn einer im Dorf gestorben war oder schwerkrank lag. Dann wußte ich, ich sollte für ihn beten. Wie gerne tat ich das für einen, den ich gekannt hatte! Er war es auch, der mir gesagt hat, daß Mrs. O'Klean zurückgekommen war, schon wenige Wochen nach meinem Eintritt in den Karmel. Ich wollte fragen, wie es ihr ginge, ob Mr. O'Klean ... Doch er winkte ab: Das ging mich nichts mehr an. Als ob man aufhören könnte, an Menschen zu denken! Wie oft stahl sich noch ein Gesicht in meine Gedanken, erst recht in meine Träume. Wie oft war ich zu schwach, diese Erinnerungen wegzuwischen! Dabei war es doch das erste, was man mich gelehrt hatte: Man darf die Kraft der Seele nicht auf die Betrachtung vergangener Sünden richten, sondern man muß alle Kraft daran wenden, nicht rückfällig zu werden. Man muß auf die Zukunft hin leben, das ist der Geist des Karmel. Ich war nicht da, um Buße zu tun.

Father Murphy sagte: ›Für Sie, Sister Theresia, müßte es noch eine vierte Ordensregel geben: Geduld. Geduld, Sister!‹

Er lächelte immer entschuldigend, wenn er so zu mir sprach, als ob ich seine Ansicht nicht allzu ernst nehmen sollte, er sei schließlich nur ein ziemlich alter Landpfarrer. Auch mit der menschlichen Unzulänglichkeit der anderen Ordensfrauen müsse man Geduld haben. ›Gehorsam ist nicht schwer‹, sagte er, ›wenn uns der Befehl einleuchtet.

Es geht nicht darum, daß Sie es leicht haben. Je schwerer es Ihnen wird, desto demütiger wird Ihr Herz, haben Sie immer die Leiden unseres Herrn Jesu Christi und seiner Mutter vor Augen.‹

Bei seinem ersten Besuch im Karmel hatte ich gar nichts sagen können. Dieses Gitter zwischen ihm und mir! Plötzlich kam dann das Gefühl über mich, eingesperrt zu sein, nicht mehr fort zu können. In unserer Kirche war auch ein Gitter, das den Chorraum vom Kirchenschiff trennte, die Gemeinde von den Ordensfrauen, aber niemals war mir dort bewußt geworden, daß es ein Gitter war. Wir waren ja in dem bevorzugten Teil.

Als man uns allein gelassen hatte, bin ich ans Gitter gestürzt und habe die Hände nach ihm ausgestreckt, und da tat er etwas ganz Wunderbares. Er stand auf von seinem Stuhl, ging gleichfalls an das doppelte Gitter und umfaßte die Stäbe mit den Händen. Er sagte, genau weiß ich es nicht mehr, ich war sehr erregt: ›Sehen Sie, Schwester, ich stehe am Gitter wie Sie, und ich sehne mich danach, an die andere Seite zu gelangen. Ich sehne mich danach, endlich jenseits des Gitters zu sein. Ich bin genauso gefangen wie Sie. Bin nicht ich es, der eingesperrt ist, und Sie sind in Freiheit? Wir hier an der anderen Seite sind die Gefangenen, und wir sehnen uns danach, daß sich das Tor öffnet, das sich Ihnen schon aufgetan hat.‹

Ich hätte seine Hände ergreifen wollen und küssen, doch es gab keine Berührung mehr zwischen mir und denen da draußen. Father Murphy hatte mich nur einen Blick tun lassen in jene geistige Freiheit, die ein Mensch erreichen kann. Er war gewiß, daß sie im Karmel sein müsse.

Kurz bevor ich eingekleidet wurde und die ersten Gelübde ablegte, hat er noch einmal gesagt: ›Geduld, Sie werden das bald erleben. Es vollzieht sich etwas Wunderbares an Ihnen. Von der Stunde Ihrer Gelübde an werden Sie dazugehören, dann erst leben Sie wahrhaft auf dem Berge Karmel.‹

Ich glaubte wirklich, er hätte recht. Weil ich allein war am Tag meiner Profess, zu dem sonst alle Verwandten und die ganze Freundschaft der Familie der jungen Schwester herbeikommen – es ist der höchste Feiertag für eine Familie –, darum haben mir die anderen Schwestern diesen Tag besonders schön und festlich gemacht und mich fühlen lassen: Dort hattest du keine Heimat, jetzt hast du sie bei uns. Das Haus war mit Tulpen und Osterglocken und Schlüsselblumen geschmückt, sogar meine Zelle. Die Kapelle war voller Menschen, es war Ostern, die Fastenzeit lag hinter uns, meine achttägigen Exerzitien waren beendet, unser Leben war eigentümlich übersteigert. Ich habe mich wie eine Braut Christi gefühlt, doch, doch, so muß es gewesen sein.

Ich war jetzt Novizin. Nach weiteren drei Jahren würde ich, wiederum am Ostertag, die ewigen Gelübde ablegen. Sie hießen noch ewig, obwohl sie heute nur noch für die Dauer von sechs Jahren abgelegt werden. Daran denkt keiner, daß sie zeitlich sind. Sie werden ewig genannt, und so empfindet man sie auch, und nur in diesem Bewußtsein kann man dort leben, im Gefühl der Endgültigkeit; daß man sein Leben im Karmel verbringen darf, bis Gott uns auch den letzten Schritt tun läßt. Man wird dort nicht alt. Der Wunsch zu sterben wächst von Jahr zu Jahr.

Später, als ich einen Rat so nötig gehabt hätte, kam Father Murphy nicht mehr. Ich hätte bitten können, daß er mich besuchen solle, aber ich scheue mich immer, jemanden um etwas zu bitten. Als ich mich endlich entschlossen hatte, nach seinem Ausbleiben zu fragen, war er schon so krank, daß er sich die Reise nicht mehr zumuten konnte.

Sosehr ich ihn gebraucht hätte, nachdem ich aus dem

Kloster ausgetreten war: Ich habe ihn nicht im Spital aufgesucht. Ich wollte nicht, daß er mich ohne mein Habit sehen mußte. Er hatte bei meiner Einkleidung, als ich zum erstenmal die Haube und den Schleier und den weiten weißen Mantel trug, gesagt: ›Wie schön Sie sind, Schwester!‹ Er sah eine Schönheit, die nichts mehr mit meinem Körper zu tun hatte, und mein Gesicht war wohl sehr glücklich, weil es voll Frieden war. Ich konnte doch nicht zu ihm gehen an sein Krankenbett mit diesen kurzen Haaren und den bloßen Armen. – Jetzt wird er tot sein, Father Murphy, er war damals schon so müde.

Das Noviziat ist eine Zeit der Prüfung und des Lernens. Man soll sich selbst prüfen, und man wird geprüft. Im Grunde kann man bis dahin noch nicht wissen, ob man berufen ist oder auch nur geeignet für ein Leben im Kloster. Bevor man nicht viele Monate dort gelebt hat, kann man das nicht wissen. Darum war es nichts Besonderes – obwohl es nicht oft vorkommt –, daß ich am Ende dieser Probezeit den Karmel verlassen habe. Die Priorin hat es nicht gesagt, aber ich glaube, man hätte mir den Austritt nahegelegt, wenn ich nicht selbst darum gebeten hätte. Ich brachte, ohne daß ich mich wissentlich widersetzt hätte, Unruhe in das stille Haus, ich blieb ein Fremdkörper, der nach einem schmerzhaften Eiterungsprozeß ausgeschieden wird. Was mich trennte, weiß ich selbst nicht. Man wird mich für überheblich halten, wenn ich sage, daß nicht alle, die dort leben, berufen waren. Sie wären genauso gute Ehefrauen geworden, wie sie Klosterfrauen waren, nur hatten sie diesen Weg gewählt, oder er war ihnen von den Eltern vorbestimmt worden, und sie gingen ihn in Treue. Das bleibt in jedem Falle bewundernswert: dort treu zu sein, wo man hingestellt ist.

Ich weiß nicht, ob ich erwartet hatte, jede von ihnen sei eine Heilige. Dabei hebt sich aus der Schar der Frauen, die ihr Leben in den Dienst Gottes gestellt haben, so selten eine, der die wahre Begegnung mit Gott zuteil wurde. Die heilige Katharina von Siena, die heilige Theresia von Avila, die Maria Magdalena von Pazzi – ach, es sind nicht viele in den zweitausend Jahren. Ich hätte mich mit dem Glanz, der von den großen Vorbildern auf mich fiel, begnügen müssen. Ich scheiterte an der ›Unendlichkeit des Kleinen‹, so hat es die heilige Theresia einmal ausgedrückt, die Demut verlangt und Geduld und ein langes Martyrium ist. Ich wollte ›große glänzende Werke‹ vollbringen, auch das ist ein Ausspruch von ihr. Ich sehnte mich nach etwas Außergewöhnlichem. Ich verachtete das, was mir zu tun aufgegeben war: das Stopfen der Bett- und Leibwäsche, das Ausbürsten der Kleider, das Putzen der zahllosen Messingleuchter. Gleichzeitig war ich von der Gültigkeit eines solchen ›Kleinen Lebens‹ mit den kleinen täglichen Mühsalen, ob es sich nun innerhalb oder außerhalb der Klostermauern vollzieht, überzeugt. Es ist das Größere, weil es so schwer ist, im Kleinen treu zu sein.

Wie weit ist man noch entfernt, wenn man die Wahrhaftigkeit eines solchen Wortes erkannt hat, und hat doch nicht die Kraft, danach zu leben! Ich habe konsequenzlose Erkenntnisse bei anderen immer verachtet, wieviel mehr noch bei mir! Trotzdem hätte ich bleiben können. In dem Jahr, als der Entschluß reifte, war es wie eine letzte Versuchung: zu bleiben und mich einzufügen. Ich wäre im Laufe der Jahre eine gute durchschnittliche Ordensfrau geworden, genau wie die anderen. Ich halte das für möglich. Aber die Angst, es könne Bequemlichkeit sein, hat diese Versuchung besiegt. Ich wäre im Karmel geborgen gewesen bis an das Ende meines Lebens, und manchmal habe ich gedacht: So lange kann es doch nicht mehr dauern, und wenn man heimatlos ist wie ich, dann ist das eine Anfechtung. Ich hätte niemals mehr Sorgen gehabt. Sorgen, die man vergißt, wenn man lange Zeit im Kloster lebt: um das Dach überm Kopf, um eine Arbeit, von der man leben kann – für uns war das alles selbstverständlich. Wir waren nicht reich, aber selbst wenn Irland noch einmal von einer Hungersnot heimgesucht würde, wie damals in den Jahren der Kartoffelfäule, im vorigen Jahrhundert, als über die Hälfte der Bevölkerung starb, wir würden in unserem Kloster nicht verhungern. Den frommen Schwestern würde man immer Mehl und Milch und selbst die letzten Kartoffeln bringen. Man würde die Nahrungsmittel gegen eine Fürsprache im Himmel eintauschen. Irland ist ein frommes Land. Wir hatten immer genug auf dem Tisch und meist mehr als das, so viel, daß in der Pförtnerstube noch ein paar Leute satt wurden. Wir hatten unsere Wäsche, auch wenn sie geflickt war, und unser schönes Habit. Wir hatten unsere Bücher, wir hatten Kerzen für den Altar und, was ja das wichtigste ist, die Sicherheit des Klosters, in die keine weltliche Macht eindringen konnte, seit Irland seine Glaubensfreiheit wiederhat.

Je mehr die Erinnerungen an mein früheres Leben verblaßten, desto furchtsamer wurde ich, es noch einmal damit aufzunehmen; ich konnte mir nicht mehr vorstellen, wie ich mich durchschlagen sollte und woher ich die Kraft nehmen sollte und wo eine Arbeit war, die ich zu leisten vermochte; mein Selbstvertrauen war gering geworden, dafür war die Zuversicht gewachsen, daß Gott mir auch dabei helfen würde. Allerdings fürchtete ich, daß ich wieder alle Kraft für das bloße Am-Leben-Bleiben brauchen würde und keine mehr für das andere. Es wäre leicht gewesen zu bleiben, glaub es mir! Das Nein ist so oft schwerer als das Ja.

Weil ich spürte, daß es keine Schwäche war, die mich forttrieb – das gab mir schließlich den Mut zu dem Entschluß. Ich wollte nicht feige sein, und dann wollte ich auch Platz machen für eine andere, die es eher wert war, im Karmel zu leben. Es warteten schon wieder zwei Mädchen darauf, daß sie zu uns kommen könnten. Der Kreis der Ordensfrauen wird immer klein gehalten. Das Bedürfnis nach einem Leben im Schutz des Klosters ist soviel größer geworden nach dem letzten Krieg, überall in der Welt. Auch in Deutschland.

Ich habe nur schwer gelernt, meine Gedanken und meine Phantasie im Zaum zu halten. Dabei ist das nur die erste Stufe der Treppe, an deren Ende man Gott nahekommen soll. Es gehört zu dem Besten, was ich mitgenommen habe: die Fähigkeit der Konzentration. Gesammelt sein, nicht fortwährend irgendwelchen Trieben ausgesetzt, nicht mehr der Wunsch nach Zerstreuung, kein Sichverlieren mehr in unnützen Träumereien – wenn ich mir das bewahren könnte! Es ist ein wunderbarer Schutz, es ist wie eine Isolierschicht.

Im Anfang war mir unverständlich, daß sich die Mitschwestern in der Stunde der Gewissenserforschung so kleiner Vergehen anschuldigen konnten; sie waren geringfügig, wenn man sie an den Sünden maß, die ich gewohnt war, an mir und an denen, mit denen ich gelebt hatte. Doch man muß sich vor Augen halten, wie gering die Möglichkeiten sind, im Kloster etwas Unrechtes oder gar Böses zu tun. Es war alles dazu angetan, es uns leichtzumachen, alle Gefahrenquellen waren zugeschüttet. Ich habe erfahren, wie empfindsam ein Gewissen werden kann, daß es wie ein Seismograph bei dem geringsten Vergehen weit ausschlägt. Man spürt den Fehler, kaum daß man ihn getan hat. Während sich einerseits das Gewissen verfeinerte, hatte ich das Gefühl, unempfindlich zu werden gegen alles, was mir von außen widerfuhr, seien es nun die Asthmaanfälle oder die feuchte Kälte im Haus, die erfrorenen Hände, der säuerliche Geruch im Refektorium, der mir im ersten

Winter so oft Übelkeit verursacht hatte, das focht mich alles nicht an. Man wurde gegen die ›petits malheurs‹, wie wir sie nannten, immun. Sie sind es, die uns das Leben beschwerlich und unerfreulich machen. Man wird mit den wirklichen Sorgen leichter fertig als mit diesen kleinen Verdrießlichkeiten. Genauso empfindlich wie das Gewissen wurden die Sinnesorgane. Jede Geste gewinnt an Bedeutung, und jeder Berührung wohnt etwas inne – wie soll ich es sagen: der Mensch wird unantastbar. Man berührt Gegenstände, sakrale und die ganz alltäglichen Gebrauchsgeräte aus Holz, Leder, Messing und Leinen, aber die Hände fassen nichts Lebendiges mehr an.

Bei den O'Kleans hatte ich mir manchmal eine Taube eingefangen, sie waren ganz zahm. Wenn man die Hand auf ihr glattes Gefieder legte und spürte, wie das Herz klopfte, schnell und warm: das war vorbei. Wir reichten einander nicht die Hand, nicht am Morgen und nicht am Abend, wir nickten uns zu, aber keine legte der anderen den Arm um die Schulter. Nur wenn man krank war, dann kam wohl einmal Sister Benedicta und strich einem über die Hand. Fast grenzte das schon an das Verbotene, es durchbrach die Distanz, die zwischen uns zu bestehen hatte. Es gab keine Freundschaft zwischen uns. Eine Freundschaft hätte unsere Gedanken nur abgelenkt.

Als ich in Dublin zum ersten Mal wieder mit der Straßenbahn fuhr und nicht schnell genug war – ich war so ungeschickt und langsam beim Ein- und Aussteigen –, da griff der Schaffner zu. Einfach mit beiden Händen und hob mich aus der Bahn und stellte mich auf die Erde. Ich schrie natürlich auf, und die Leute, die da standen, lachten. Es war der erste, der mich berührte. Ein Schaffner in Dublin. Ich habe noch immer Angst, die fast Abscheu ist, vor fremden Händen, im Omnibus, in der Eisenbahn. Diese Vertraulichkeit, die gar nichts bedeutet. Ich spüre, wie sich meine Scheu den anderen mitteilt. Es ist immer ein wenig Abstand um mich. So, als ob ich unsichtbar noch immer mein Habit trüge.

Ich habe Furcht vor der Berührung mit fremden Menschen, aber manchmal, wenn ein Kind mir entgegenläuft, dann möchte ich hinknien und es einfangen und in die Arme nehmen. Auch hier bei dir, wenn du deine Hände um die Knie legst, bin ich in Versuchung, drüberzustreichen, nur um zu spüren, daß es kein Papier ist, kein Leder – sondern ganz lebendige, warme Haut.«

Sie lachte leise auf. »Siehst du, Bastian, du darfst mich nicht wegschicken! Wer weiß denn, was ich tue! Solange ich bei dir bin und du auf mich aufpaßt und ich nur hier sitze und in Versuchung gerate, nach deinen Händen zu greifen, bin ich so wunderbar beschützt.

Überfällt es dich auch manchmal, was das heißt: zu leben? Das ist so wunderbar, das sprengt einem das Herz fast, und andere denken: Was hat sie denn? Sitzt in einem Sessel, der ihr nicht einmal gehört, in einem Zimmer, das sie seit bald zwanzig Jahren kennt, einem Mann gegenüber, den sie genauso lange kennt und der sich vielleicht gar nichts daraus macht, wenn sie kommt und wieder geht und wieder kommt. Der nie versucht hat, sie festzuhalten. Weißt du, mein Leben ist unglaublich reich. Man kann mir noch soviel wegnehmen, es bleibt immer noch genug. Stimmt es denn nicht, Bastian, habe ich denn nicht recht?«

Er hob die Hände und ließ sie wieder zurück auf die Knie fallen. »Doch, es ist eigenartig, aber in diesem Augenblick hast du recht, du hast etwas, das das Leben reich macht. Man meint noch einmal neue Möglichkeiten zu sehen, man hat wieder Erwartungen, Wünsche sogar, die man längst abgetan glaubte; du bist der lebendigste Mensch, dem ich je begegnet bin.«

Katharina fuhr fort: »Nur das Wichtigste habe ich nicht

gelernt. Ich glaube, es war auch die heilige Theresia, die es aufgeschrieben hat: ›Es kommt nicht darauf an, viel zu denken, sondern viel zu lieben und – daß man, wenn man die Gegenwart Gottes nicht empfindet, sie suchen muß.‹ Dieses ›Gott in den Ohren liegen‹ – wenn es am Willen läge! Den habe ich mitgebracht, aber es hat etwas gefehlt. Ich habe nicht herausgekonnt aus mir. Jede Ekstase ist mir fremd. Die wahre Mystik des Karmel, dieses Leben in der Gegenwart Gottes und in der Erforschung des eigenen Gewissens: diesen Weg, auf dem man stündlich fortschreitet, habe ich nicht gefunden, und ich habe mich doch aller Mittel bedient, wie es die Ordensregeln anweisen, um ihn zu finden. Ja, es gibt diese – ich glaube, du würdest sie Hilfskonstruktionen nennen, wir nannten sie ›Stufen‹. Es ist gut, wenn man sie kennt, hier braucht man sie soviel nötiger noch, wo es soviel schwerer ist, sich zu konzentrieren, um die Welt auch nur für die Dauer eines Vaterunsers verlassen zu können.

Das ist so: Man nimmt ein Buch, liest darin und wartet auf ein Wort, das zum Sprungbrett wird für die eigenen Gedanken und Empfindungen, oder auch ein Bild, in das man sich versenkt, oder das, was wir das mündliche Gebet nannten. Jedes Wort für sich nicht im flüchtigen Drüberhingehen, wie wir das oft tun, sondern so, daß sich jedes einzelne Wort auffalten kann und seinen wahren Gehalt, den es uns leicht verbirgt, auftut. Man muß den Worten und Bildern Zeit lassen, damit sie anfangen können zu blühen. Nicht nur den Worten und Bildern – allen Dingen. Auch den Pflanzen und Tieren und Menschen. Man muß sie anschauen, sich ganz in sie versenken, und schließlich erkennt man sie und das, was schön ist an ihnen und aller Liebe und aller Gebete wert.

Die Zeiten für das stille Gebet waren so kurz. Ich bin nie den Gedanken losgeworden, daß es unsere Aufgabe war, für die zu beten, die es nicht mehr konnten oder nicht mehr an die Kraft des Gebetes glaubten. Ich habe immer angenommen, daß sich die Welt – was wir so ›Welt‹ nannten – auf unsere Gebete verlassen muß, daß allein diese Aufgabe unsere gesonderte Existenz rechtfertigte. Es war jedoch vor allem unsere Aufgabe im Karmel, Gott gegenwärtig zu machen auf der Erde. Es ist das Größere, aber mir ging es immer zuallererst um den Menschen.

Siehst du, drei Jahre haben nicht ausgereicht, das zu Ende zu denken. Vielleicht reicht mein ganzes Leben nicht aus dazu. Mir geht es nicht um das immer tiefere Erkennen, sondern darum, zuerst einmal das Erkannte im Leben anzuwenden. Und das habe ich im Kloster nicht gekonnt.

Ich fürchtete, niemals Gelegenheit zu haben, das, was ich für richtig und für unerhört wichtig erkannt hatte, anzuwenden. Wir lebten in Sicherheit. Unser Kloster war einer der letzten sicheren Orte in der Welt. Wenn ich mein eigenes Gewissen zum Gegenstand der Erforschung und Erprobung machte, glaubte ich, meine Zeit zu vertun. Meine Seele schien es mir nicht wert zu sein, sich so lange mit ihr zu beschäftigen, ihren Fehlern nachzuspüren. Dabei wußte ich, daß nur das Gebet einer reinen Seele von Gott erhört werden konnte. Es war ja noch nicht lange her, da kam auch ich nicht über ein ›Oh, mein Gott!‹ hinweg. Ich konnte nicht einmal mehr das Vaterunser sprechen, ich stolperte über jede Bitte, es war, als ob kein einziges Wort mehr paßte für mich.

Als Kind hatte ich mich vor mein Bett gekniet, um zu beten. Meine Mutter hatte ein Bild, darauf hatte ich das gesehen. Das konnte man natürlich nicht im Internat. Es gab Jahre, da hatte ich nicht einmal mehr den Mut, vor dem Essen die Hände zu falten, in einer Kantine oder im Restaurant. Und selbst wenn ich in die Kirche ging, mußte ich die Gebete im Meßbuch ablesen; lesen, weißt du, ich konnte nicht selber beten. Ich habe es oft versucht. ›Hilf ihm doch, lieber Gott.‹ ›Beschütze ihn!‹ – Mehr wußte ich nicht. Die Minuten des stillen Gebetes während der Messe waren leer und endlos; ich spürte, wie es bei den Menschen rechts und links dasselbe war. Dieses Schweigen, das kein Stillesein ist, kann unerträglich werden. Wir suchen nach Worten wie nach Vokabeln einer fremden Sprache. Weil wir denken, unsere abgenutzten Worte verstände Gott nicht. Und im Karmel sprachen wir von Jesus als unserem ›Bräutigam‹. Redeten von ›Liebesbeweisen‹, von ›Umarmungen‹. Ich kam aus einer Welt, in der man diese Worte nicht ausspricht, weil sie Augenblicke andeuten, deren wir uns schämen, oder, wo wir das nicht tun, hüten wir sie als etwas Eigenes, sehr Kostbares, das leicht verletzbar ist, und hier sprach man mit den gleichen Ausdrücken von dem Göttlichsten, wie man es drüben von dem Menschlichsten tat. Wie lange hat es gedauert, bis ich es wagen konnte, in diesen Begriffen zu denken, ohne daß meine Phantasie sich verlief und in Erinnerungen ertrank, die ich mir verboten hatte, um nicht über ihren Wert entscheiden zu müssen.«

Katharina ging, während sie sprach, weiter im Zimmer auf und ab. Sie erzählte zusammenhanglos, Bruchstücke, oft war es nicht mehr als ein Lautwerden von Gedanken, die sie seit Jahren mit sich herumgetragen hatte. Manches Mal endete einer ihrer Gedanken in einer Frage, auf die sie keine Antwort erwartete, auf die er keine gewußt hätte. Im Augenblick nicht. Aber er würde eines Tages darauf zurückkommen, und damit rechnete Katharina, und nur aus diesem Grunde sprach sie davon.

Man konnte über die Zeit im Karmel nicht reden wie über irgendein anderes Stück ihres Lebens. Man konnte den Ablauf eines Tages schildern, aber schon die Mitschwestern entzogen sich einer Darstellung, die einer Kritik gleichgekommen wäre. Man konnte auch über die Ordensregeln nur mit aller Zurückhaltung sprechen.

Einmal sagte sie: »Ich habe in dem letzten Jahr, das das schwerste war, versucht, meine Gebete aufzuschreiben. Zuerst in Englisch. Ich habe sie mit meinem Abschiedsbrief an Father Murphy geschickt, und vorher habe ich sie ins Deutsche übersetzt. Ich habe sie mitgebracht, für den Fall, daß ich es wieder verlerne, mit Gott in meiner eigenen Sprache zu reden.

Als ich noch Novizin war, hatte ich in mein Brevier ein Wort von Pascal geschrieben, das Father Murphy mir gesagt hatte, als noch nicht die Rede davon war, daß ich einmal in ein Kloster gehen würde. ›Es sucht ja der nur Gott, der ihn bereits gefunden hat.‹ Sister Colomba hat es gelesen und Mother Prioress weitergesagt. Die Worte wurden mit einem Heiligenbild überklebt. Man hielt es für Überheblichkeit, und es war doch das einzige, worauf ich mich verlassen konnte. Man verstand nicht, daß es Verzweiflung war, gewiß kein Hochmut. Wenn mein Suchen nichts galt, worauf durfte ich dann noch zählen?

Ich bin jetzt soweit, daß ich freimütig sage: Es war gut so. Ich will diese Jahre nicht missen, ich habe gelernt, auch mit meinem Unglück und auch mit meinen Fehlern zu geizen. Unglück war es ja nicht, ob es falsch war, wird sich erweisen.

Ich bin in den Karmel gegangen, weil ich glaubte, dort hätte man vermocht, mit Gott zu leben, ein wirkliches christliches Leben in einer Gemeinschaft. Mir schien, daß das nirgends sonst mehr möglich sei, und ich fand Frauen, die dem heutigen Leben ganz fern waren. Sie lebten wie vor zweitausend Jahren. Ihr Leben war auf die leibhaftige Gegenwart Christi ausgerichtet, sie hatten nicht Gott zu sich geholt, sondern ...« Katharina stockte, dachte nach und setzte sich wieder in ihren Sessel. »Ich kann es nicht ausdrücken, was ich erwartet hatte. Irgendeinen Beweis, daß man im zwanzigsten Jahrhundert ein christliches Leben führen könnte, nicht nur in solch verlogenen Ausdrücken wie ›christliches Abendland‹. Du kannst natürlich sagen, ich hätte mich in Sicherheit gebracht wegen der Geschichte mit George Henry. Auf gewisse Weise stimmt das sogar. Nach ein paar Wochen schon fing die Welt an, blaß zu werden. Sie existierte in meiner Erinnerung, und nicht einmal dort durfte sie sein. Wie konnte ich für etwas beten, das ich vergessen mußte? Ich war von ihr, der Welt, so weit getrennt. Kein Mensch kann sich vorstellen, wie dicht diese Mauern sind, und ich fing an, die Welt zu lieben, mehr als je zuvor, und du weißt, wie gerne ich immer gelebt habe. Aus meiner Armut heraus liebte ich ihren Reichtum. Ich sollte in Armut leben. Armut! Ich habe nie nach Besitz gefragt, solange mir alles gehörte. Aber niemals mehr sehen, wie die Sonne aufgeht! Sie stand schon hoch, bis sie endlich zu uns kam, und ging so früh. Ich durfte nicht einmal die Vögel auf meinem Fensterbrett füttern, und Vögel liebe ich doch! Dieses wunderbare Sichaufhebenkönnen über die Erde, dem Himmel zu, von dem niemand weiß, wo er beginnt. Hundert Meter über uns, ist dort schon Himmel? Tausend Meter? Wo fängt der Himmel an? Man verbot mir den Umgang mit den Vögeln, ich wagte nicht einmal, an den heiligen Franz zu erinnern. Mother Mistress hatte ja auch recht, sie wollte mir bestimmt nur helfen. Und Strenge ist nun einmal das einzige Mittel gegen Sehnsucht.

Ich konnte einfach nicht beten für etwas, das so weit weg war. Jedes Gebet erfror mir auf dem Weg vom Herzen zu den Lippen. Wenn wir für die Gefangenen in der Welt gebetet haben, für die Vertriebenen, für die Sterbenden und für die Verfolgten, das waren Begriffe, aber keine Menschen. Ein solches Gebet konnte, wenn ich mich nicht auch da täusche, keine Kraft haben. Man muß aus heißem, aus verzagtem und verzweifeltem Herzen Gott bitten, in einem Augenblick, in dem die Not des anderen uns wirklich erschüttert. Wenn Menschen irgendwo in unmittelbarer Gefahr waren, wir wußten nichts davon. Erdbeben, Überschwemmungen. Wir saßen in unserem sicheren Kloster. Einmal in der Woche teilte uns die Priorin mit, was draußen geschehen war, das, was sie für uns zu wissen richtig befand. Wenn sie es aussprach, waren es Worte, nichts als Worte: ›Korea. Krieg in Korea. Aufstand in Israel!‹ Weißt du, wie weit weg das ist, wenn man auf einer Insel in einem Kloster lebt? Ein Unglück muß sehr nah von uns geschehen, daß es uns wirklich angeht. Ich weiß nicht, bei welchem Kilometerstein unsere Nächstenliebe aufhört, aber ich fürchte, es ist derselbe, bei dem unsere Furcht aufhört, daß wir selbst von dem gleichen Unglück betroffen werden könnten.

Versuche mit Wasserstoffbomben, irgendwo im Ozean oder in der Wüste – man verlor ganz die Vorstellung davon, daß sie zur Vernichtung der Menschheit ausprobiert werden, zur Verseuchung aller Vegetation. Ich gab mir Mühe, mich an das zu erinnern, was ich damals von einem Augenzeugen über Hiroshima gehört hatte; es war kein impulsives Mitleiden mehr, es war nur noch ein künstlich heraufbeschworenes Erinnern.

Es gab immer wieder Stunden, in denen ich ruhig war und den Frieden unserer kleinen Welt als ein unverdientes Geschenk empfand. Wenn die Sonne auf den Rasenfleck fiel, aus großer Ferne hörte man die Geräusche der Stadt, Vögel flogen über uns hin, pickten auf dem Rasen nach Würmern und flogen davon, Wolken erschienen über unserem Weltviereck und zogen weiter.

Oft wurde an der Pforte ein Korb mit Birnen abgegeben oder ein besonders schöner Kürbis, ein halber Sack Gerste oder auch ein Huhn. Einmal hat ein Kind seinen alten struppigen Teddybären durch das Chorgitter geschoben. Er wurde von der Sakristanin weggeholt und beiseite getan. Es gab keinen Platz für Teddybären bei uns. Ich hätte ihn so gern für mich gehabt. Aber natürlich wagte ich nicht, etwas so Kindisches zu sagen. Ich mußte lange Zeit an das kleine Mädchen denken, das ihn gebracht hat. Wer weiß denn, was der kleine Bär für sie erbitten sollte?

Manchmal habe ich dir schreiben wollen. Am Ende unterließ ich es immer wieder. Ich hatte dir einen Abschiedsbrief geschrieben, für dich war ich tot oder was auch immer, das sollte zu Ende sein. Auch wenn ich mich nie ganz von dir getrennt gefühlt habe, ich wollte dir keine Briefe schreiben, die durch die Zensur der Priorin gegangen wären, genauso, wie es deine Antworten gemußt hätten. Ich wollte auch nicht Briefe in Englisch an dich schreiben. Oft wußte ich nicht einmal, ob ich in Gedanken mit dir reden durfte. Gab es denn von nun an nicht nur einen einzigen, mit dem ich reden durfte: Gott?

Es gab Zeitspannen, in denen ich versuchte und sogar einen gewissen Erfolg dabei hatte, nicht nachzudenken, nur den Tag vergehen zu lassen. Betreibt man das eine Weile, wird es zu einer großen Versuchung. Man lebt schlafwandlerisch. Aus dieser Lethargie rissen mich die zehntägigen Exerzitien im letzten Sommer. Sie brachten mich in einen Zustand, in dem ich körperlich ganz hinfällig wurde und in dem mein Gebet eine beinahe durchscheinende Klarheit erhielt.« Katharina schwieg. Dann sagte sie: »Ich werde es dir nicht beschreiben können. Vielleicht ist es auch nicht so wichtig, denn der Zustand hielt ja nicht an. Aber aus diesen Tagen stammt eine Erkenntnis, die mir heute wichtig scheint. Es ist unsere Einstellung zu dem Guten und dem Bösen, zu allem, was lebt. Wie der Wert einer Tugend in unserer Meinung sinkt, je mehr wir uns von ihr entfernen, so steigt sie auch im Wert, sobald es wieder eine Tugend ist, die wir beherzigen; und nur weil es unsere Tugend ist, erscheint sie uns mehr wert als eine andere, die wir uns noch nicht zu eigen gemacht haben. Unvermutet gerät man auf den Weg der Überheblichkeit und erreicht diesen gefährlichen Grat, der die Demut vom Hochmut trennt. Siehst du, das ist es: Auch in der Demut kann noch Hochmut stecken. Nichts ist so schlecht, als daß nicht Gutes darin wäre, nichts ist nur gut. Nichts ist ganz weiß, nichts ganz schwarz. Es würde mir im Kloster nicht gelingen, gut zu sein, weil ein Mensch nicht gut sein kann, und genausowenig braucht ein Leben in der Welt böse zu sein, weil der Mensch nicht nur böse ist.

Ich blieb überall der gleiche Mensch. Immer Katharina, ob mich nun ein Mann Catleen oder Kat oder Kätchen nannte oder ob man mich ›Sister Theresia‹ rief. Immer war ich es, immer der gleiche unvollkommene Mensch. Und doch war es, als ob etwas neu würde an mir.

Da ist das Gelübde der Keuschheit. Niemand hat gefragt, was vorher war. Ich hatte noch einmal gebeichtet, mir wurde die Absolution zuteil, und dann lebte ich in Keuschheit. Ein Mann kann das wohl nicht nachempfinden. Es ist etwas so anderes als die Keuschheit eines jungen Mädchens. Das ist ein unruhiges Zwischenstadium. Unberührtheit, das ist nichts, was man einmal und dann für immer verliert. Man verliert sie wieder und wieder, vielleicht klingt das töricht, doch ich weiß es nicht anders zu sagen: Ich meine auch nicht nur die körperliche Reinheit, obwohl sie eine Rolle spielt und keine geringe, es ist aber mehr noch etwas Seelisches. Niemand durfte mehr sagen, ich gehöre ihm, ich hatte meinen Körper wieder zurückbekommen, und allmählich vergaß ich ihn, er wurde wieder unschuldig wie meine Phantasie. Das geschah unmerklich, bis es mir eines Tages bewußt wurde. Es war wie eine Erlösung, dieser Körper unter dem Ordenskleid hatte nichts mehr zu tun mit dem der Frau, die ich gewesen war und die in den Armen eines Mannes geglaubt hatte, glücklich zu sein.

Als ich in den Karmel eintrat, war es ein endgültiger Schritt. Als ich ihn verließ, war es anders. Ich hatte nicht wie damals das Gefühl, daß eine Tür hinter mir zufiel. Diese drei Jahre sind ein Teil meines Lebens geworden, den man nicht abtun kann. Wenn ich früher zu dir kam und bei dir ablud, was mir zu schwer wurde, das war, wie wenn ich Ballast wegwarf, der einem lästig ist. So ist es diesmal nicht. Ich möchte, daß du daran teilhast, ich möchte, daß sich etwas klärt in mir, und dabei wirst nur du mir helfen können. Entsinnst du dich, daß du mir einmal nach Irland ein französisches Sprichwort geschrieben hast: Nur in hohe Bäume schlägt der Blitz. Wenn ich je ein großer Baum hätte werden können – in mich ist der Blitz gefahren, als ich zu jung war.«

Sie lachte leise auf, als mache sie sich lustig über die großen Worte, die sie gebrauchte.

Bastian beschloß, diesem Gespräch ein Ende zu machen. Er lehnte sich zurück, und auf seinem Gesicht erschien ein belustigtes Lächeln, das ihn jung aussehen ließ. »Ich glaube, Katharina, du möchtest noch immer, daß die Welt stillsteht, wenn du einmal stirbst.«

»Einen ganz kleinen Augenblick! Bitte, Bastian! Einen Atemzug lang – ja, das möchte ich noch immer!«

Er hörte aus ihrer Stimme das übermütige Lachen, das ihn von allem Anfang an bezaubert hatte, genau wie ihn ihre Ehrlichkeit immer wieder erschrecken ließ. Er strich sich das Haar zurück, griff nach der Brille und stand auf. Er wandte sich Katharina zu und sagte: »Meinst du, daß wir jetzt ein Stück zum Fluß gehen sollten? Ich war seit Jahren nicht dort.« Beide spürten, daß dies eine entscheidende Wendung war.

Wir nehmen Abschied. Von dem Haus des Doktors, von der Straße, in der es steht. Ein letztes Mal sehen wir die Schatten des Doktors und Katharinas vor den erleuchteten Fenstern im zweiten Stock.

»Warum . . .« Er zögerte.

Sie wiederholte: »Warum? Es gibt keine Frage, die ich dir nicht beantworten würde.«

»Ich habe dich nie danach gefragt, Katharina, und es ist vielleicht auch nicht wichtig. Warum bist du mir, damals in Perugia, ausgewichen? Du weißt, wann. Als ich zurückkam aus dem Museum und du wußtest, daß ich eine Antwort erwartete, da hast du mir wortlos das Buch zurückgegeben, aber etwas war anders geworden. In den paar Stunden, in denen ich fortgewesen war, mußte etwas geschehen sein. Du hattest dich wieder zurückgenommen. Du warst wieder meine Schülerin, sagtest ›Doktor‹ zu mir, und meine Frage – du wußtest, daß ich dich an diesem Abend noch fragen würde – war beantwortet, bevor sie gestellt war. Was ist damals geschehen?«

»Geschehen? Geschehen ist gar nichts, Bastian. Ich hatte dein Buch im Schoß, und wenn ich aufsah, blickte ich auf die Porta Trasimena und drüber hinweg, auf die Weizenfelder, die schon gelb wurden, und wir hatten sie blühen sehen! Der Mohn leuchtete, es wurde Abend, die Schatten der Pinien lagen auf den Mauern, die Grillen hatten aufgehört zu singen – oh, ich weiß, welchen Nachmittag du meinst, Bastian, ich habe ihn nicht vergessen! Unser Bussard kreiste wieder über den Türmen. Und dann das Buch – und du im Museum, und draußen leuchtete alles, lebte alles, war jung. Du besitzt doch mein Tagebuch. Ich weiß, ich hätte es dir nicht schicken dürfen. Es war unrecht. Ich redete mir ein, die Aufzeichnungen seien von einem Kind, sie könnten keinem mehr schaden und keinem mehr nutzen. Es lagen zehn Jahre zwischen unserer Reise und diesem ersten Winter bei O'Kleans. Ich hätte das Tagebuch vernichten sollen. Aber davon wollte ich mich nicht trennen. Ich meinte, es sei doch auch deine Vergangenheit, und ich könnte nicht allein darüber verfügen. Ich dachte wohl auch, daß alles bewahrt bliebe, wenn es bei dir war. Und du hast es nicht einmal so wichtig genommen, daß du es gelesen hättest.«

»Nein, ich habe es nicht gelesen. Und tatsächlich habe ich diese Blätter vergessen. Margot hatte – ich entsinne mich jetzt, du mußt bedenken, daß unsere Augen ein wesentlicher Teil des Gedächtnisses sind –, sie hatte angefangen, mir vorzulesen, was sie ›Eure Geschichte in Italien‹ nannte. Aber ich wollte es damals nicht hören, nicht von ihr, und einen anderen, der es mir hätte vorlesen können, hatte ich nicht. Später habe ich es vergessen. Vermutlich liegt das Heft noch in meinem Schreibtisch. Such es hervor; die privaten Dinge liegen rechts, in der zweiten Schublade von unten.«

Katharina schaltete das Deckenlicht an.

Bastian erhob sich, machte ihr Platz am Schreibtisch und stellte sich abwartend mit dem Rücken an die Bücherwand. Wieder trug sein Gesicht die Zeichen von Müdigkeit und einer Ratlosigkeit, die sie mit tiefem Erbarmen erfüllte. Wie er jetzt die Arme ein wenig hob und dann wieder fallen ließ, als er merkte, daß sie vor ihm stand, hieß das soviel wie: ›Du siehst ja nun selbst, wozu ich noch tauge. Man kann sich nicht mehr mit mir verständigen.‹

Katharina setzte sich in seinen Stuhl. »Wie anders alles aussieht von hier aus! Ich habe noch nie an deinem Schreibtisch gesessen. Hier warst du also, während ich mich draußen herumgetrieben habe. Jetzt stehst du zwei Meter hinter mir, und ich soll unsere Vergangenheit hervorholen aus dem Schreibtisch, Bastian! Spürst du's, dies ist ein Augenblick wie damals. Damals im Schatten der Porta Trasimena, als du mich allein gelassen hast und in dein Museum gingst.«

Sie zog, während sie sprach, die Schublade auf, suchte das Heft, und als sie es in der Hand hielt, fragte sie, unsicher geworden: »Soll ich es dir wirklich vorlesen? Du kennst sie doch, unsere Geschichte. Die einzige, die du und ich miteinander erlebt haben, die einzige, die du kontrollieren kannst, auf ihre Ehrlichkeit hin. Vielleicht sagst du nachher: Es war ganz anders. Vielleicht habe ich mir alles nur eingebildet, daß du mich lieben könntest, ich war doch erst neunzehn, und du warst schon ein fertiger Mensch; oder ich habe es mir eingebildet, als ich in Irland war und so allein war und mich in dieses Stück Erinnerung flüchtete, das jetzt meine Jugend ist. Ich konnte dir damals keine Briefe mehr schreiben. Ich fürchtete, du würdest aus jedem Satz meine Sehnsucht spüren.«

»Lies, Katharina, fang an! Setz dich dorthin, in deinen Sessel, und mach mir Platz. Aber hol erst eine Flasche Wein, du weißt welchen, es müssen noch ein paar Flaschen dasein. Gönnen wir uns die Illusion, diese Reise ließe sich noch einmal machen: Chiusi, Tarquinia, Fiesole . . .«

Katharina war schon an der Tür: »Orvieto, Volterra, Veji, Vervetri, Chianciano, Vulci . . .«

»Das weißt du noch, alle die Namen?« Seine Stimme war von Freude erfüllt. »Du hast das nicht vergessen? Jahrelang habe ich geglaubt, es hat dir nichts bedeutet.«

Die Tür schloß sich hinter Katharina.

Als sie zurückkam mit dem Wein und den Gläsern, saß er und hatte die kleine Bronze mit beiden Händen umfaßt. Er hob den Kopf und sagte: »Schenk uns ein, Katharina, und laß uns auf das Wohl dieser Dame trinken, und dann fang endlich an zu lesen!«

Es war, als ob eine Truhe geöffnet wurde, zu der er selbst den Schlüssel besessen hatte; nur das Wort hatte ihm gefehlt, damit sie hergab, was in ihr verborgen und aufbewahrt war. Während Katharina las und er ihre Stimme hörte und meinte, neben ihr über die zerfallenen Stufen der Nekropole von Tarquinia zu gehen, einer der etruskischen Totenstädte, denen die Reise gegolten hatte, wurde er gewahr, daß nichts verloren war, daß dieses Stück seines Lebens bewahrt geblieben war, ähnlich den schönen Wandbildern in den Totenkammern, die, vor jedem menschlichen Zugriff beschützt, jahrhundertelang ihre Farben in sich gesammelt hatten und sie aufglühen ließen und verschwendeten an den, der dieses Grab öffnete.

Wie sehr hatten sie die Zeitlosigkeit empfunden, beide, wenn sie aus den kleinen Städten kamen mit den zerfallenen, kaum ein Menschengeschlecht bewahrenden Häusern und durch das Tal des ausgetrockneten Flusses gingen zu den ewigen Hügeln der Toten, über denen Weizen wuchs und Ölbäume ihre Schattennetze ausbreiteten und die Weinstöcke ihre Girlanden hängten. Katharina hatte auf den Stufen gesessen, die hinunterführten zu dem Grab, in dessen Kammern bläulich schillerndes Wasser stand. Sie war so unglaublich jung gewesen.

Er mußte sich Mühe geben, daß seine Gedanken nicht abirrten und sich einen eigenen Weg suchten und den verließen, auf dem Katharina ging, jene Katharina, deren Stimme nicht mehr den hellen raschen Ton hatte, die Frau, die dort in dem Sessel saß und die nun bald zu dem Augenblick kommen mußte, denn sie war schon weiter, war schon auf Elba, auf ihrer Insel.

»Ach, er ist nicht sehr würdig, mein Doktor! Darum nenne ich ihn Bastian, und er sagt Kat. Er hat mir einen Armreif geschenkt; er ist einem etruskischen Armreif nachgearbeitet,

es ist mein Wunschring. Ich brauche nur daran zu drehen, wenn wir unter unserem Feigenbaum frühstücken. Heute morgen habe ich mir gewünscht, zur Fiesta dei Fiori gehen zu dürfen. Alle Blumen verschwendet an einen einzigen Tag! Bald kommt die Hitze des Sommers und versengt die Erde; sie schneiden die Blumen, bevor sie welken. Wie klug das ist: beherzt selbst das Ende bestimmen!

Auf der Piazza gehen die Mädchen in langen Reihen, Arm in Arm, alle Fenster sind mit Blumen geschmückt, Vogelkäfige schaukeln zwischen Asphodelen, und festlich geputzte Puppen starren heiter und bunt wie die Blumen, die Vögel und die Mädchen unter den blauen und roten Schirmen hervor. Die Männer hocken in der Bar, deren Türen weit offenstehen und den Geruch von verschüttetem Wein und scharfem Tabak herausquellen lassen zusammen mit greller Musik. Bastian ist geflüchtet, er mag diesen bunten Lärm nicht.

Wie schön ist es, sich zu trennen und zu wissen, daß man bei jedem Atemzug, bei jedem Schritt, den man tut, vermißt wird!

Ich war in der kleinen Kirche. Auch die Mutter Gottes hatte noch einmal Rosen bekommen, und nun wird sich wohl lange keiner mehr um ihren Blumenschmuck kümmern. Schon welken sie; dafür haben sich die letzten Knospen der Lilien aufgetan, sie sammeln alles Licht in ihren Kelchen und erstarren weiß und fern im Dämmern.

Weihrauch und Lilienduft hüllen mich ein, machen meine Seele trunken. Der Meßdiener muß sie einfangen und mir wiedergeben, damit ich nicht ohne sie zurückkehre. Ich muß sie ihm abkaufen, für eine Handvoll Lire. Heute abend wird er sich Zigaretten und Wein dafür kaufen, und sie wird sich wieder in Rauch auflösen – diese törichte, unruhige Seele!

Der letzte Tag auf unserer Insel im Thyrrhenischen Meer! Wir gingen und sagten Lebewohl: der kleinen Bucht am

Strand, in der wir nachts geschwommen sind, den Eidechsen auf den warmen Treppensteinen, die durch den Weinberg führen hinter unserem Haus, unserem alten Asinus, Benjamino hieß er, dieser große Schweiger, der nur einmal am Tag einen Schrei ausstößt, in den er alles hineinlegt: seinen Hunger, seine Einsamkeit. Und dann ging Bastian und verabschiedete sich beim Pfarrer, der das Museum betreut, und ich war zum letztenmal auf dem kleinen Friedhof oben am Berg.

Die Tür fiel in ihr rostiges Schloß. Ich war allein im heißen Geviert des Friedhofs. Die weißen Mauern warfen die Sonnenstrahlen zurück, und die Augen suchten Schutz auf der schwarzen Wand der Zypressen, die den Bergwind auffangen.

Verdorrtes Gras, welkender Mohn, aufgeblätterte wilde Rosen, gestürzte Grabsteine.

Die Toten sind ganz für sich.

Vögel streichen über die Mauern und bleiben fern. In den Zypressen wispert der heiße Wind. Flüstern die Toten? Singen unten im Weizenfeld die Zikaden? Ich hocke eine Ewigkeit auf diesem Stein.

Es fehlt der Atem Gottes, hier atmet die Natur. Hier ist keine Liebe, hier ist nur noch Vergessen und Verwesen.

Die Schattensprossen der Zypressen werden länger. Von der Gräberwand, in die man die Toten einmauert, löst sich eine weiße Tafel und fällt ins trockene Gras. Ich hebe sie auf und lese die Inschrift: Emilio Galvani. Sechzehn Jahre hat er nur gelebt. Bald dreißig Jahre liegt er schon hier. Ich sehe mit Furcht das kreisrunde Loch unten in seinem Steinsarg in der Totenmauer. Langsam ist sein Leben versickert, ausgelaugt von dem glühenden Stein. Mein Gott, verwest wie diese wilden Rosen. Und deine Seele – Emilio? Was wurde aus deiner Seele?

Ich spüre die Zeit, die mich alt macht. Was sind Minuten?

Eine Ewigkeit im Garten der Toten. Mit bebenden Händen ziehe ich die Tür zu, die mich trennt von ihnen.

Mein Weg führt durch eine Schlucht. Edelkastanien und Steineichen machen das Licht tiefgrün und kühl. Ich fasse mit beiden Händen in ihr Laub und drücke eine stachlige Frucht tief in mein Fleisch und spüre, daß ich lebe.«

Sie hat das also auch empfunden, dachte Bastian, dieses Lebendigsein zwischen den Toten, dabei war sie doch noch ein Kind. Ich saß an der Wegbiegung und wartete auf sie, die Zikaden schrien, daß es die Ohren betäubte; der Himmel war fast weiß vor Helligkeit, die Sonne schien unendlich vergrößert, schluckte das grelle Gelb der Kaktusblüten und machte ihr Grün staubig. Katharina trat aus dem Dunkel der Baumschlucht in ihrem hellen Kleid und hob, geblendet, den Arm vor die Augen und blieb dort stehen. Sie wußte nicht, daß ich auf sie wartete, oder spürte sie es, zögerte sie nur noch, wie ja auch ich den Augenblick jeder neuen Begegnung hinauszögerte, und dann kam sie zu mir, setzte sich und lehnte sich an meine Knie und sagte: »Spürst du es, wie sich die Erde dreht? Eine Extratour. Für dich und mich, Bastian!«

Und er? Er hatte gewußt, vielleicht zum ersten Mal in seinem Leben: Das ist das Glück.

Am Abend hatten sie noch einmal auf der Klippe gesessen.

»Die Nacht und das Meer machen unsere Insel ganz klein. Wir sehen den Sternen zu. Ein paar sind heruntergefallen ins Meer. Zwei schaukeln sich in den Wellen, die anderen kauern am Strand. Wie Glühwürmchen. Eine Reihe von vier, fünf Sternen glitzert im Dorf. Der Große Wagen! Wir konnten ihn deutlich erkennen. Alle Räder, die gebogene Deichsel und wirklich: Er fehlte am Himmel! Hatten wir ihn

nicht gestern noch, in den letzten Stunden der Nacht gesehen, dort, wohin er gehört?

Bald werden sie verlöschen, die Sterne im Meer und auf unserer Insel. Vielleicht bleiben die Fischer lange draußen, der Wind ist ruhiger geworden, die Laternen an den Booten wiegen sich sacht. Wir warten, bis der Große Wagen zurückgekehrt ist von seiner Reise auf unsere Insel, und dann gehen wir ins Haus.«

Der Doktor dachte: Am Morgen um sieben Uhr ging unser Schiff und brachte uns zurück ans Festland, und ich hatte das Gefühl, zur Erde zurückzukehren. Es gab wieder Plakate an den Hauswänden und Inschriften mit »Viva il Duce«, und es gab wieder Zeitungen, und als wir einen Espresso tranken in einem Straßencafé in Piombino und ich die Überschriften las, fragte Katharina: »Nun, wie weit bist du mit deinem Krieg?« Ich legte die Zeitung beiseite und sagte, wohl in unnötigem Ernst, aber die Situation war nicht mehr zum Scherzen: »Noch ist es nicht soweit.« Sie fragte: »Was würde denn passieren, wenn es Krieg gibt, und wir sind im Ausland?« Ich sagte ihr, daß wir dann interniert würden. »Und?« fragte sie. Ich begriff nicht, daß sie noch nicht wieder zurückgekehrt war zur Erde. »Wäre es nicht schön, wenn wir zusammen interniert würden? Auf unserer Insel? Gefangen auf Elba?« Ich konnte darüber nicht scherzen. Ich sagte: »Für mich wäre es wohl das beste, wenn ich im Ernstfalle nicht dabei wäre, nützen könnte ich dort nicht viel, vom Ausland aus möglicherweise mehr. Aber für dich, Katharina, wäre es falsch, du gehörst nach Hause, du würdest mir Vorwürfe machen.« Das Mädchen hatte damals gesagt: »In allem haben Sie schon Erfahrungen, sogar in Kriegen. Nichts ist Ihnen mehr neu, Doktor.«

Katharina schien diesen Zwischenfall nicht in ihren Aufzeichnungen vermerkt zu haben, sie war schon bei der Fahrt nach Assisi – Assisi ...

Sie hatten für zwei Wochen Zimmer in Perugia gemietet, und diesen Ausflug nach Assisi hatten sie zu Fuß angetreten. Am Abend zuvor hatte er ihr den entsprechenden Abschnitt aus Goethes »Italienischer Reise« vorgelesen, und morgens zwischen vier und fünf Uhr waren sie aufgebrochen.

»Wieder ist Mittag. Wir sitzen auf einer Mauer im Schatten eines Ölbaums, beide an den Stamm gelehnt. Wir haben den mitgebrachten Wein getrunken, der warm geworden war in der Bastflasche, und haben Brot und Speck und Käse gegessen und waren müde und benommen, von der Sonne und dem Wein und ein wenig wohl auch von der Nähe des anderen. Bastian schweigt und sieht hinunter auf die Stadt, in der er schon oft gewesen ist – ohne mich; manchmal bin ich traurig, weil er alles schon kennt. Aber wenn ich das sage, will er es nicht wahrhaben, er sagt, es sei ganz anders, sei wieder neu, mit mir.

Von der Mauer hat sich ein erdgrauer Stein gelöst – eine Schildkröte – und wandert um unseren Olivenbaum, langsam, ziellos. Ein Kreis, im Abstand von einem Meter um seinen Mittelpunkt. Der kleine Kopf schwankt melancholisch von rechts nach links, von links nach rechts. Die Beine wiederholen zweimal den Takt. Es ist so gleichgültig, wann dieses Gehen im Kreise ein Ende hat. Vielleicht hat es eines, vielleicht nicht. Sie geht und geht, schwankt mit dem Kopf, und plötzlich erstarrt sie wieder zu Stein, zieht die Beine zu sich, verbirgt den Kopf. Einmal – vor fast tausend Jahren, da ruhte der Fuß des heiligen Franz auf ihr. Noch andere Tiere waren um ihn, Vögel, Katzen, Hunde, Esel und Schlangen. Sie umflogen sein Haupt, saßen auf seiner Schulter, ringelten sich um seinen Arm und fraßen aus seiner Hand. Aber auf ihr, der jungen braunen Schildkröte, ruhte sein Fuß! Sie verharrte in fröhlicher Geduld. Bis sich sein Fuß von ihr löste und sie ihre niemals endende Wanderung begann. Als alle Tiere, die einmal gleich ihr dem Heiligen gedient hatten, tot waren und sie allein blieb. Er hatte sie vergessen: seine kleine Fußbank am Hang des Monte Subasio über Assisi. Nicht sein Blick hatte auf ihr geruht, nur sein Fuß. Manchmal kommt ein Erinnern über sie, daß es nicht immer so war. Dann verharrt sie, zieht sich ganz in sich zurück und versinkt in einem Traum. Sie meint wieder den Fuß des Heiligen zu spüren.

Es ist meine Hand, die auf ihr liegt. Sie liegt still auf dem sonnenwarmen Panzer, der bebt im Traum. Wieviel Zeit sie hat zum Träumen! Viertelstunden verschwendet sie an einen einzigen Traum. Sie schiebt den Kopf hervor, wendet ihn mir zu, sieht mich an. Sie ist ohne Furcht. Weil sie so schwach ist? Weil sie alle besiegt durch ihre Wehrlosigkeit? Weil sie nicht sterben kann? Sie holt die kleinen verkümmerten Beine hervor, eines nach dem anderen, und beginnt ihren Rundgang. Eine Weile nimmt sie meine Hand mit sich, dann ziehe ich sie fort, und nur meine Augen folgen ihr durch grelles Sonnenlicht, über Steine, über harte, borkige Erde. Wie wenig macht das aus. Das wirkliche Leben ist das nicht.«

Bastian dachte – sie hat das wirklich gesagt: »Sieh nur, die Fußbank des heiligen Franz!« Die Schildkröte umwanderte uns während der ganzen Zeit, die wir dort saßen. Bis zum Angelusläuten.

Am nächsten Tag erst waren sie nach Perugia zurückgegangen. Das Wetter war umgeschlagen, Schirokko blies, der Weg war ihnen lang geworden. An den Abend konnte er sich nicht erinnern, nur an den nächsten Nachmittag, als er im Museo civico mit diesem Professor verabredet war, dessen Namen er vergessen hatte. Er hatte diese Verabredung eingehalten, obwohl sie ihm nicht mehr wichtig erschien, obwohl er wußte, daß Katharina nicht begreifen konnte, warum er sie wegen dieses Mannes, wegen eines Gesprächs über eine Aschenurne, deren mythologische Darstellung ihm nicht klar war, wie er sie wieder wegen eines Steins verlassen konnte. Sie hatte ihn bis zur Porta Trasimena begleitet, und er hatte ihr sein Buch über frühchristliche Totenbestattung in den Mittelmeerländern zu lesen gegeben.

Als er fortging und spürte, wie sie ihm nachsah, hatte er einen Augenblick gezögert; vielleicht rief sie ihn zurück. Aber – ja, daran hatte alles gelegen! Keiner hatte dem anderen zeigen wollen, daß er ohne ihn nicht sein konnte, es war wie ein Machtkampf gewesen, keiner wollte den anderen mehr lieben, als er geliebt wurde. Katharina hatte es erst neulich gesagt: »Du hast nie versucht, mich zu halten.« Er hatte, und das gehörte zu den Grundansichten, die er sich mühsam genug erworben hatte, es immer für der Freiheit eines Menschen gemäß gehalten, wenn man ihn ›ließ‹, wenn man nie versuchte, ihn zu beeinflussen.

»Bastian ging fort. Ich sah ihm nach, ich versuchte zu rufen: ›Geh nicht, geh nicht in dieses Museum, das steht doch noch hundert Jahre, aber ich . . .‹ Ich konnte nicht rufen. Wenn ihm nichts daran lag, dann sollte er gehen. Ich wollte nicht, daß er mehr Macht über mich hatte als ich über ihn. Es ist egoistisch, mehr lieben zu wollen als der andere. Man muß ihm Gelegenheit geben zu lieben, man muß es lernen, ein Gegenstand der Liebe zu werden.

Ich schlug sein Buch auf, ich fing an zu lesen. – Tote, Tote! Gab es denn nichts anderes? Interessierten ihn denn nur die Toten?

Ich haßte diese Mauern, dieses trasimenische Tor da,

durch das die Menschen gingen und kamen. Heute diese, morgen jene. Immer durch dasselbe Tor! Die Stadt ist das Grab der Lebendigen. Auch er war durch dieses Tor gegangen und ließ mich draußen. Im Duft des Weizens. Und wieder sangen die Zikaden; auf den zweiräderigen Karren wurden Pfirsiche vorbeigefahren, süß und faulig, und ich hielt sein Buch im Schoß; Papier – Steine. Und auf einmal fiel mein Blick auf ein Wort und einen dünnen Bleistiftstrich, der einen Buchstaben wegstrich, ein »h« das nicht dorthin gehörte.

Dieses h! Dieser dünne, saubere, gewissenhafte Bleistiftstrich, der es vernichtete. Auf einmal wußte ich: Es geht nicht. Ich legte mich zurück auf die Erde und starrte in den Himmel. Und der blieb grell und ohne Wolken. Nur der Bussard war schon da, der sonst erst gegen Abend kam.

Ich wollte frei sein. Ich wollte nicht durchgestrichen werden wie so ein h in einem Wort. Ich würde ein Fehler sein in Bastians Leben, den er immer wieder korrigieren würde.«

»Darum – Katharina? Wegen dieses einen Buchstabens?«

Katharina sah auf: »Ja, darum.«

Sebastian schwieg, dann griff er nach seinem Glas und hob es und sagte: »Ich glaube, ich habe es verstanden.«

Katharina legte das gelbe Heft beiseite. Das Ende der Reise war nun nicht mehr wichtig. Wichtig war jetzt nur noch, was Bastian sagen würde.

Es war so still zwischen ihnen, daß sie hören konnte, wie seine Finger an den Buchrücken entlangstrichen.

Endlich tat er den einen Schritt, legte seine Hände um ihre Schultern. Sie hörte seinen Atem. Aber als er dann sprach, war seine Stimme ruhig. »Einmal hast du mich deinen Zaungast genannt, Katharina. Ich tauge nicht für die Arena. Tat es damals nicht und tue es heute noch weniger.«

Katharina lehnte den Kopf zurück, so weit, daß sie sich an ihn anlehnen konnte. »Zaungast? Habe ich dich so genannt? Arena? Ist das auch von mir? Und wenn ich heute einen Platz neben dir auf der Tribüne haben wollte, was dann? Wenn ich nicht mehr in die Arena wollte?«

Er sagte: »Laß das mit den Bildern! Das hast du nie gekonnt, Katharina.«

Sie lachte auf, nahm seine Hände und legte ihr Gesicht hinein.

Erst als er die Hände von ihrem Gesicht löste, fuhr sie fort: »Von der Tribüne aus erkennt man es besser, ›das Leben‹. Wenn man mitmacht, verliert man zu leicht den Überblick. So würdest du es mir früher erklärt haben.«

Er ging zu der Wand und lehnte sich an. »Und heute? Heute würde ich sagen, es stimmt nicht. Man darf sich nicht so weit vom Leben entfernen. Es ist Unrecht zuzusehen.«

Ihr Lachen unterbrach ihn. »Eine lebenslange Diskussion, und am Ende hat einer den anderen überzeugt, und wir müssen noch einmal von vorn anfangen, und immer wirst du fragen: ›Warum, Katharina?‹ Und ich werde niemals einen Schritt tun können, den ich nicht vor dir und darum vor meinem Gewissen rechtfertigen muß.«

»Kat« – er suchte einen Augenblick nach dem rechten Wort –, »hältst du es für möglich, oder scheint dir der Gedanke absurd ... Ich fürchte, du hättest sehr viel Mühe mit mir, und man kann auch sagen, es sei sinnlos, eine solche Reise für einen Blinden. Würdest du mich begleiten? Wir könnten reisen, sobald das Semester zu Ende ist. Ich könnte in Museen arbeiten, in Bibliotheken, du könntest mir vorlesen. Ich könnte den alten Plan, über Kleinplastiken zu arbeiten, aufgreifen; doch, das könnte ich! Und alles, was ich nicht sehe, würdest du sehen. Du siehst sehr viel. Ich habe das eben gehört. Kat? Kat – hörst du?«

Bastian nahm die Hand von den Augen und wartete auf ihre Antwort.

Katharina war ans Fenster getreten, und ohne sich umzuwenden, sagte sie: »Warum fragst du mich nicht, ob ich glücklich bin, Bastian?«

»Bist du es denn, Katharina?«